2015年山东省社科普及与应用重点项目
山东省国家级非物质文化遗产知识普及读本

山东民间文学与民俗集要

林凡军　何秀丽　编著

山东人民出版社
国家一级出版社　全国百佳图书出版单位

图书在版编目（CIP）数据

山东民间文学与民俗集要/林凡军，何秀丽编著. --济南：山东人民出版社，2017.9
ISBN 978-7-209-11042-6

Ⅰ. ①山… Ⅱ. ①林… ②何… Ⅲ. ①民间文学-作品集-山东②风俗习惯-概况-山东 Ⅳ. ①I277 ②K892.452

中国版本图书馆CIP数据核字(2017)第218531号

山东民间文学与民俗集要
林凡军　何秀丽　编著

主管部门　山东出版传媒股份有限公司
出版发行　山东人民出版社
社　　址　济南市胜利大街39号
邮　　编　250001
电　　话　总编室（0531）82098914
　　　　　市场部（0531）82098027
网　　址　http://www.sd-book.com.cn
印　　装　山东华立印务有限公司
经　　销　新华书店

规　　格　16开（169mm×239mm）
印　　张　16.5
字　　数　260千字
版　　次　2017年9月第1版
印　　次　2017年9月第1次
印　　数　1-1000
ISBN 978-7-209-11042-6
定　　价　32.00元

前 言

山东自古以来被称为“齐鲁之邦，礼仪之乡”，是中华文明重要发祥地之一，有浓厚的地域特色和文化底蕴，开发较早、影响广泛。我省非物质文化遗产丰富多彩，与群众生活密切相关，是历史发展的见证，是重要的文化资源。非物质文化遗产的开发和利用，对当地的社会生活和行为方式产生了较深的影响。自国家非物质文化遗产保护工作开展以来，我省认真调查，积极申报，目前已经有国家级项目173项，位居全国第二位，省级项目751项，并形成了国家、省、市、县健康的金字塔式四级名录体系。随着民众对非物质文化遗产这个概念的逐渐熟悉，对非物质文化遗产项目进行调查、梳理和资料汇编，形成非物质文化遗产知识普及丛书，对于普及非物质文化遗产知识、进行非物质文化遗产教育、保护和利用好非物质文化遗产、继承和发扬中华优秀传统文化，增强民族自信和文化自信，促进社会主义精神文明建设都具有重要而深远的意义。

《山东省国家级非物质文化遗产知识普及丛书》入选2015年山东省社科普及与应用重点项目，丛书就省内非物质文化遗产资源的种类、数量、分布状况、传承发展情况、保护现状及存在的问题，进行认真普查，并试图通过用图文并茂的方式，来保留文化记忆，为非物质文化遗产的传承和发展贡献一己之力。丛书注重通俗性，力求做到用深入浅出的方式达到普及知识和传承文化的功能，真正提升丛书的社会价值，从而影响和提高民众的人文素养，唤起民众对于非物质文化遗产保护的自觉和热情。

《山东民间文学与民俗集要》是《山东省国家级非物质文化遗产知识普及丛书》中的一册，主要对我省国家级民间文学类和民俗类非物质文化遗产项目进行系统梳理，对每个项目的流行区域、申遗、传承等情况进行全面介绍，参照不同的流传版本，尽最大可能校正了口口相传中形成的错讹，有助于更好地普及我省民间文学和民俗类非物质文化遗产知识。

目 录

民间文学类

梁祝传说

提起梁祝，人们一定会想到凄美婉转的小提琴协奏曲《梁祝》，这部诞生于20世纪50年代的作品将梁山伯与祝英台的爱情故事带给世界，被西方人称为“中国的罗密欧与朱丽叶”，这也是我国民间四大传说中，唯一在世界范围内产生广泛影响的中国民间传说。

一、流行区域及申遗情况

梁祝传说是我国四大传说之一，经过上千年的传承，至今，流传区域已经扩展至全国各地。从相关故事文本及母题的流行广度来看，其主要传播区域为山东济宁市。另外，还包括浙江宁波市、杭州市、上虞市、江苏宜兴市、河南汝南县等。在传播过程中，各地百姓又将当地风物传说等元素加入故事中，丰富了故事的情节与内涵，同时还兴建了众多以梁祝传说为主题的庙宇、墓碑等建筑，有的地方还形成了相应的庙会并且传承数百年。此外，梁祝故事在传承过程中，还辐射到朝鲜、越南、日本、新加坡和印尼等国家和地区，其影响之大在中国民间传说中比较少见。

2003年10月27日，在山东省济宁市微山县马坡“梁祝合葬墓地”出土的明正德十一年（1516）皇帝钦差大臣崔文奎重修“梁祝”墓、祠时立的“梁山伯祝英台墓记碑”　山东省文化馆非遗保护中心供图

关于梁祝故事发生在何处，一直以来有几个说法。第一种观点认为，梁祝传说应该是发生在山东济宁。最重要的证据是1952年山东邹城修浚白马河时，发现了梁祝墓碑一块。碑高1.82米，宽0.82米，碑首篆刻“梁山伯祝英台墓记”。碑文836字，记述了梁山伯与祝英台的求学经历及爱情故事。碑刻上记载重修梁祝墓时间是明正德十一年（1516），是南京工部右侍郎崔文奎为“推

梁山伯祝英台墓记

丁酉贡士前知都昌县事古邾　赵廷麟撰
文林郎知邹县事古卫　杨 环书
亚圣五十七代世袭翰林院五经 博士孟 元额

《外纪》二氏出处弗详。迩来访诸故老传闻：在昔济宁九曲村，祝君者，其家钜富，乡人呼为员外。见世之有子读书者，往往至贵，显耀门闾，独予无子，不贵其贵，而贵里胥之繁科，其如富何?膝下一女，名英台者，聪慧殊常。闻父咨叹不已，卒然变粹易服，冒为子弟，出试家人不认识；出试乡邻不认识。上白于亲："毕竟读书可振门风，以谢亲忧"。时值暮春，景物鲜明，从者负笈，过吴桥数十里，柳荫暂驻，不约而会邹邑西居梁太公之子，名山伯，动问契合，同诣峄山先生授业。昼则同窗，夜则同寝，三年衣不解，可谓笃信好学者。一日，英台思旷定省，言告归宁。倏经半载，山伯亦如英台之请，往拜其门。英台肃整女仪出见，有类木兰将军者。山伯别来不一载，疾终于家，葬于吴桥迤东。西庄富室马郎亲迎至期。英台苦思：山伯君子，吾尝心许为婚，第无父母之命，媒妁之言，以成室家之好。更适他姓，是异初心也。与其忘初而爱生，孰若舍生而取，悲伤而死。少閒，愁烟满室，飞鸟哀鸣，闻者惊骇。马郎旋车空归。乡党士夫，谓其令节，从葬山伯之墓，以遂生前之愿，天理人情之正也。越兹岁久，松楸华表，为之寂然。俾一时之节义，为万世之湮没，仁人君子所不堪。矧惟我朝祖宗以来，端本源以正人心，崇节义以励天下。又得家相以之佐理，斯世斯民何其幸欤?时南京工部右侍郎前督察院右副都御史奉敕总督粮储新泰崔公讳文奎道经，顾兹废圮，其心拳拳，施于不报之地。乃托阴阳训术鲍恭干，昔有功于张秋，爵以奉禄，近有功于阙里，书以奏名，授今兹托，无用其心哉!载度载谋，四界竖以石，周围缭以垣，阜其冢，妥补有祠，出入有扉，守祠有役。昔之不治者，今皆治之；昔之无有者，今皆有之。始于十年乙亥冬，终于今岁丙子春。

恭干将复公命，请廷麟具其事之本末，岁月先后，文诸石。不得已而言曰：上帝降衷，不啬于人，惟人昏淫，丧厥贞耳。独英台得天地之正气，萃扶舆之清淑，真情隐于方寸，群居不移所守，生则明乎道义，没则吁天而逝。其心皎若日星，其节凛若秋霜，推之可以为忠，可以为孝，可以表俗，有关世教之大不可泯也。噫!垂节义于千载之上，挽节义于千载之下。伊谁力欤?忠臣力也，忠臣谁欤?崔公谓也。不然，太史尝以忠臣烈女同传。并皆记之。

正德十一年丙子秋八月吉旦立

卷里社林户符　孜
石匠梁　圭

明正德十一年（1516）重修"梁祝"墓、祠时立的"梁山伯祝英台墓记碑"拓片及碑文　山东省文化馆非遗保护中心供图

之可以为忠，可以为孝，可以表俗。有关世教之大不可泯也"而立的，并认定孔孟故里山东济宁为梁祝故事发生地。2003 年该墓碑在济宁微山县马坡乡重立。据不完全统计，全国共发现梁祝墓十多处，但总的来说，山东济宁发现的墓地修建时间最早且相关文字记载最为丰富。另外还有一种观点认为梁祝故事发生在浙江宁波地区，证据之一是宁波城西十五里有高桥乡，其境内山坡上修有"敕封忠义王庙"，庙里面供奉的主神就是身着官服的梁山伯和身着新娘衣服的祝英台，当地人认为这里就是梁祝传说发源地。梁祝故事到底发生在哪里也许永远都会是一个历史公案，但其表达的爱情故事却感动了一代又一代的中国人。

2006 年 5 月 20 日，在国务院批准文化部确定的第一批国家级非物质文化遗产名录中，"梁祝传说"作为民间文学类名列其中，其主要保护和传承单位为宁波、鄞州、杭州、上虞、宜兴、济宁和汝南 4 省 6 地。

二、历史渊源与基本内容

梁山伯与祝英台的爱情故事在中国可以说是家喻户晓。聪明伶俐的祝英台女扮男装外出求学，并爱上了品学兼优、年轻俊秀的同窗梁山伯，虽然祝英台积极主动地追求梁山伯，向他作出了许多大胆的暗示，但梁山伯陶醉在同窗友情的表面现象之中，始终不解风情。最终，祝英台的父亲将女儿另许他人，英台不从，两人先后殉情，双双化蝶。这个带有浪漫色彩的悲剧爱情故事从东晋流传至今，已经一千五百多年。

据史料记载，梁山伯与祝英台可能确有其人，明代徐树丕根据南朝文献《金楼子》，认为梁山伯、祝英台皆为东晋人。从有限的记载来看，梁祝的故事在当时只是被认为是不同寻常的异事。直到晚唐，张读在《宣室志》中才对梁祝故事有了较为详细完整的描述。其中，像英台男扮女装、山伯访祝、祝许马家、英台哭墓、墓裂同埋等重要情节已经出现。到了宋代，梁祝故事进一步变得丰富，在民间开始出现梁祝的坟墓和纪念他们的祠庙。随着元杂剧、明传奇、清代说唱等俗文学的发展，梁祝的故事以人们喜闻乐见的方式流传

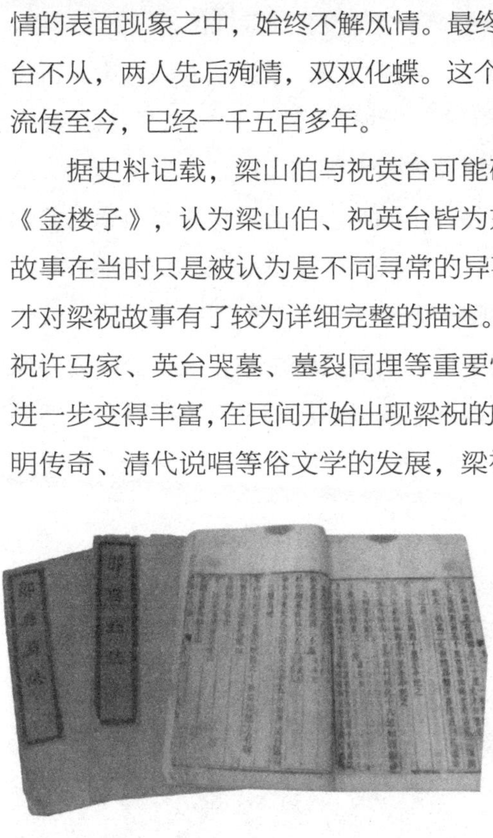

《邹县县志》记载："梁山泊祝英台墓城西六十里吴桥地方，有碑。"

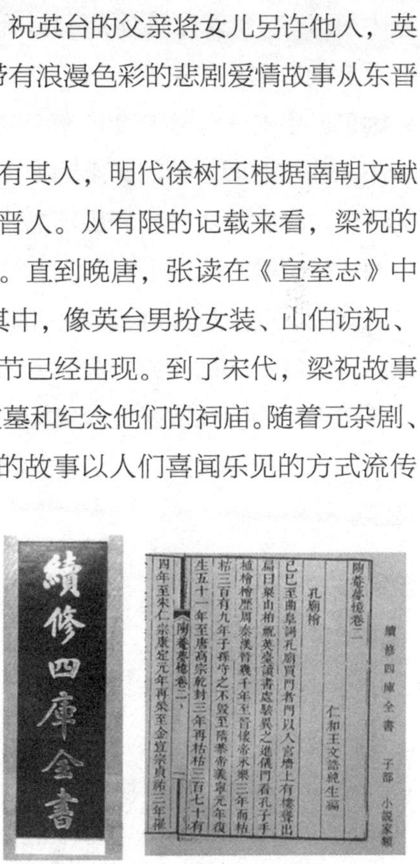

《续修四库全书》记载："孔庙有梁山伯祝英台读书处。"

《峄山志》记载："梁山伯祝英台在峄山读书事宜。"

邹城县志记载　王丕琢供图

着，日渐深入人心。值得注意的是，关于梁祝故事最富有神奇色彩的“化蝶”情节，学者钱南扬先生认为这可以追溯到东晋干宝的《搜神记》，里面有韩凭妻子“化衣为蝶”的记载，后来与梁祝故事结合，使“梁祝化蝶”这个带着诗意的说法在宋代得以形成并广为流传。

根据济宁当地老人传说：在过去济宁的九曲村，有一户姓祝的人家，因家中很富有，乡人称他为祝员外。他家虽富，但并没有社会地位，不受人尊重，而社会上有男孩的家庭，孩子通过读书，求得官位，受到世人的尊重。祝员外因自己家中没有男孩读书，整日唉声叹气。他家中有一个女儿，叫祝英台，从小就非常聪明。他的父亲因为没有男孩去读书而感到忧愁。为了排除父亲的忧愁，她女扮男装到峄山读书。在去峄山的路上，遇到同去峄山读书的邹县西居村的梁山伯，两人相见后情投意合，一同到峄山读书。在峄山读书期间，二人同吃、同住，祝英台三年没有脱衣服睡觉。学业完后，梁山伯应祝英台之邀，到祝英台家拜访时，方知祝英台为女子，他向祝英台求婚，祝英台虽内心深爱梁山伯，但因此时祝英台父母已将她许于邹县西庄的马家，祝英台虽然喜欢梁山伯，但也没办法。这样，梁山伯回到家里，不到一年时间就害相思病死了。

邹城峄山　梁祝读书处　山东省文化馆非遗保护中心供图

地主马文才家迎娶祝英台的那天，祝英台也因为思念梁山伯而死在家中，马家迎亲队伍只好无功而返。梁山伯和祝英台因相互思念而害相思病先后死去的故事，在当地很快就广泛传播开来，人们纷纷对这一对苦命鸳鸯心生怜悯。更有一些开明的大户人家被他们的爱情所感动，于是商议把祝英台和梁山伯合葬。打算让这对生时不能在一起的苦命鸳鸯，死后能永远相伴。

后人为了纪念他们，唐朝武德年间，就在梁祝墓地建有祠堂，到了明正德十一年（1516）皇帝钦差大臣、南京工部右侍郎、前都察院右副御史崔文奎又对墓、祠进行重修，并立碑纪念。

在济宁市任城区、微山县、邹城市一带还流传着许多与梁祝有关的传说故事，如《合葬》《蝴蝶成双不分离》《峄山姻缘来世成》《梁祝读书洞》《梁祝闹五宝》《“断桥”隔断梁祝情》等。此外，在《邹县志》《峄山志》《陶庵梦忆》等历史文献中都有关于梁祝传说的记载。在地方曲艺南路山东琴书《梁祝下山》的演唱中，也有关于梁山伯祝英台家在济宁，二人同在邹县（今邹城市）峄山读书念文章，因相互思恋而死，死后合葬在邹县马坡（现属微山县）的唱词。时至今日山东琴书《梁祝情缘》等说唱艺术形式仍在当地流行。

从草桥结拜到同窗三载，从十八相送到长亭惜别，从抗婚不成到哭坟化蝶，梁祝的故事情节在人们口耳相传中变得跌宕起伏、引人入胜，既有“十八相送”的幽默风趣，又有“哭坟化蝶”的壮烈惨痛，用喜与悲相结合的方式唤起了人们的情感共鸣。如今，梁祝已经被运用到戏曲、音乐、舞蹈、影视等多种媒介的表现方式中，成为雅俗共赏的艺术。作为中华民族的艺术瑰宝，梁祝传说蜚声海外，在东南亚、欧美等地颇受欢迎，赢得了很高的美誉。千百年来，这个反映打破常规、冲破礼教束缚、敢于追求自由的爱情故事依然散着出无穷的魅力。

三、传承价值及传承情况

（一）故事传承价值

梁祝传说，作为民间广为流传的爱情故事，千百年来已深深地扎根于广大人民群众心中，是一首响彻东方乃至整个世界的千古爱情绝唱，是灿烂的中华民族文化之瑰宝，加强对孔孟之乡——山东济宁梁祝文化的研究、保护、利用有很重要的价值。

首先，梁祝故事有重要的民间文学研究价值。梁祝传说深深扎根于民间，富有孔孟之乡——山东济宁的地方特色，特别是在民间曲艺山东琴书的唱词中表现得尤为突出，所写植物，所种农作物，所用语言都有地方特色，梁祝传说就像发生在民间的真实的爱情故事。山东琴书《梁祝下山》《十八里相送》等唱词的基本内容，成为梁祝文艺创作内容的主要来源。《十八里相送》作为民间文学作品，在叙事方法上采用了顺叙、倒叙、插叙等；在撰写手法上使用了肖像描写、语言描写、行为描写、心理描写等；在构思技巧上使用了伏笔、暗示、夸张等；在修辞艺术上使用了谐言、比喻等。

其次，梁祝故事还有社会教化价值。主要表现在：一是有利于倡导中华民族尊老爱幼的传统美德；二是有利于倡导追求知识，敢为人先的良好社会风气；三是有利于倡导男女平等，树立正确的爱情观等。

另外，梁祝故事及其物质和空间载体具有经济开发价值。梁祝传说是很重要的文化资源，加强对梁祝文化资源的开发利用，有利于旅游业的发展，同时也有利于对传统民间文化的弘扬。

（二）故事传承情况

梁祝传说自汉代产生以来，在民间广为流传，自元明以后，被改成俗曲小唱在山东，特别是鲁西南地区相当流行，至清不衰。鲁西南“小曲子”在农村广泛流传之后，清末叶，开始向职业性撂地说书转化，主要代表人物为金乡的李凤来。因山东琴书主要伴奏为扬琴，群众将他们称为“唱扬琴的”。

李凤来在清光绪初年开始唱扬琴，他特别注重叙事性与抒情性的结合，注重即兴发挥，能绘声绘色地表现故事中的各种人物。他演的代表作主要有：《梁祝姻缘记》《梁祝下山》《十八相送》等关于梁祝传说的曲目。由于梁祝传说是发生在民间的故事，反映了人们的愿望，深受广大群众欢迎，使扬琴这一古老的说唱艺术由济宁鲁西南地区一带向全国各地传播开来，并使得梁祝这一美丽的爱情故事，在广大民间广为流传。

李凤来琴书谱系

代别	姓名	性别	出生年月	文化程度	传承方式	学艺时间	居住地址
第一代	李凤来	男	不详	不详	师传	不详	济宁金乡县
第二代	茹兴礼	男	1888 年	不详	师传	不详	济宁茹行
	殷田昌	男	不详	不详	师传	不详	济宁
第三代	杨芳鸿	男	不详	不详	师传	不详	济宁
	如义玲	女	不详	不详	父传	不详	济宁茹行
	邓九如	女	1894 年	不详	师传	不详	济南
第四代	王宝真	女	1930 年	不详	师传	1938 年	济宁
	邓立仁	男	不详	不详	师传	不详	济南
	李金山	男	1906	不详	师传	不详	山东青州

四、较常见的故事文本

传说过去济宁有个九曲村，有一户姓祝的大户。这个大户有九个孩子，其中第九个孩子是个女孩，取名为祝英台，小名就叫九儿，家人都称她为九姑娘。这个九姑娘长大以后，不但女红做得好，从小在其父兄的影响下还会识文断字。长到十几岁，她就想到离家很远的峄山学堂去读书。家里人拗不过她，只好答应。但她毕竟是个女孩子，那时候女孩子是不能去外面读书的。有句老话说，女子无才便是德。不过，别看英台年纪不大，鬼点子倒不少，她穿了一身男子的衣服，将自己打扮成了一个年轻的男子。她的父母看她执意要去也没办法，只好派了个书童跟着她去。

到了峄山学堂，她先拜过孔圣人和老先生，就在老先生的指引下和同在那里求学的同学见面了。这些同学当中，有一个叫梁山伯的，英台看着他非常可爱，不但相貌清秀，性情温和，读书尤其用功。因此，她就经常有意识的与梁山伯接近，就这样一天一天的，他们之间的感情更加亲密。两个人白天共案读书，晚上联床睡觉。虽然英台越发的爱上了梁山伯，但她毕竟是以男子身份来读书的，因此防范的比较好。她是怎么做的呢？原来，每天睡觉时，她都把自己的书籍安置在两个人睡觉的床头中间，书籍上面还会放上一盆水。她告诉梁山伯："你睡觉的时候，要老实一点，不要在床上乱翻乱滚的，把盆里水弄洒了，我马上报告先生，叫他责罚你。"梁山伯听了她的话，每次睡觉时只好规规矩矩的不敢擅动。因此，两个人虽然同窗学习三年多时间，梁山伯始终不知道祝英台是个女孩子。

祝英台能用小机灵瞒得过梁山伯和其他同学，但她却瞒不过老师娘。有一天，老师娘告诉老先生："祝英台是一个女扮男装的女孩子。"

老先生很诧异，"你怎么知道？"原来，老先生一味读书育人，竟也没发现。

老师娘说道："男孩子磕头，左膝先跪，女孩子磕头，右膝先跪。你没注意到英台初来时拜圣人，右膝先跪的吗？"

老先生还是有点不信："你说的有道理，但也不能凭这一点就说英台是女孩子啊。也没准是她跪错了呢。"

看着老先生不相信，老师娘有一天就把英台请家里来吃饭。饭桌上她用酒把英台灌醉了，一检查英台果然是个女孩子。老先生知道以后，有点生气，他可是读圣贤书的，知道女子无才便是德的道理。于是，他决定赶走英台。英台求他："先生，我女扮男装前来求学是我不好，请先生不要告诉其他同学，否则这要传出去，我的名声就完了。"老先生答应了她。

知道祝英台要走，梁山伯并不知究竟，苦苦留她也没能成功，未免感到别离之苦。在英台要走的那天，梁山伯执意要去送她。一直送了很远的路程。当快要离别的时候，祝英台很想让梁山伯知道她的身世，但终究不好开口，于是就一路走一路说着暗示的谜语。但生性敦厚的梁山伯始终没有明白其中意思。

两个人正走着，路上有两只鹅，祝英台指着鹅说："山伯哥，前面有两只鹅，母鹅前面走，公鹅紧跟着。"梁山伯听后没能明白，只是笑了笑。

再往前走，又看见两只鸡，祝英台指着这两只鸡说，"山伯哥，前面两只鸡，母鸡前面走，公鸡后面笑嘻嘻。"梁山伯还是没能明白。

两个人继续往前走看到天空飞着两只雁，就对着梁山伯说："山伯哥，你看天上两只雁儿飞，一个东来一个西，雁儿雁儿我劝你，你们最好不分离。"梁山伯还是没有明白祝英台的意思，他说："英台弟弟，我们要分别了，我心里真难过，你只是说这些鹅啊、鸡啊、雁啊的，说这些无关紧要的话，我真不明白你的意思。"祝英台一看他实在是不开窍，就说："好吧，我不说这些话了，你送了我这么远，也该回去了，俗话说送君千里终须一别，你回去吧。"

梁山伯说："我是真舍不得你走，英台弟弟，还想再送你一程。"

英台说："山伯哥，你对我好，我能记着，你不要再送了。你的婚事不是还没有定吗？我家里有一个九妹正到嫁人岁数，我回去和我父母商量把她许配给你如何？”

山伯一听，当然很高兴说：“太好了！”

英台说：“我想你也很愿意，不过你一定要早点去我家里一趟才好。”

“好极了，我一定会尽快到你家里去。”梁山伯开心地答应着。

再往前走，有一条小河挡住了他们的去路。祝英台看了看河水，说“山伯哥，你看这河水也不知深不深，你快去那边村子里借一根竹篙来看看。”梁山伯答应着，就往附近村庄去了。祝英台就趁机脱下衣服独自趟过河流。等到梁山伯气喘吁吁地拿着竹竿子过来的时候，看见祝英台已经站在河对面整理衣服，就很失望地说：“英台弟弟，你咋一个人过去了？”

“山伯哥，对不起，我已经过来了，你回去吧。只是你一定要早点去我家提亲啊。”英台说着头也不回地走了。梁山伯很悲伤地看着祝英台的背影，直到什么都看不见。

梁山伯回到学堂，不久听说父亲生病，就回家照顾父亲了。这一下过了好长时间，他才记起祝英台临行前告诉他要早点去她家提亲的事儿。于是，赶紧收拾了一下，就赶往祝英台家了。到了祝英台家后，他进了门向她家里人说明了来意。坐在客厅里等了好久，也没看见祝英台出来见他。怎么回事儿呢？原来祝英台等着梁山伯前来提亲，这边她父母也催着她办婚事，她实在等不及了，就同意了父母安排，与当地马姓地主的儿子马文才订亲了。因此，虽然知道梁山伯来了，还是不肯出来与他相会。可怜梁山伯抱着满腔热血匆匆前来，竟落了个空，又失望又气愤，不顾三七二十一，就在大厅闹了起来。还砸坏了不少家具。英台听说后，没办法，只好从绣楼跑下来，与山伯见面。梁山伯见到已经换成女装的祝英台，才知道原来和自己朝夕相处的英台弟弟是个美丽的姑娘。这时候，英台也说话了：“山伯哥，我家里也没什么九妹，我就是九妹，我让你尽快来我家提亲，结果左等等不来，右等等不来，现在我父母把我许配给马家了。俗话说一马不配二鞍，一女不许二夫。你还是回去吧。”说完，英台哭着跑上绣楼去了。留下山伯一个人在大厅里。看着英台的背影，情知再闹也无济于事了，梁山伯只好含泪离去。

山伯到家以后，就害起了相思病。眼看着他就要死了。只好央求他母亲到祝英台家里，问她如何治好这相思病。梁山伯母亲见到祝英台，英台告诉她：

"山伯哥的病，需要用老龙头上的角，蚱蜢虫脖子上的浆，才能只好。"

梁山伯的母亲回到家里，把祝英台的话告诉了他，他一听就明白了。没过多久，山伯就病死了。临死时，他就告诉他的母亲："我死后，一定要把我埋在马家到祝家的大路旁，我要看着英台出嫁。"

这一天，祝英台与马文才结婚的日子到了。马家兴高采烈地去祝家迎娶英台。英台坐在花轿里，猛地看到了梁山伯的墓，就喊轿夫："轿夫，停一下。"她跳下轿来，到了梁山伯墓前拜了几拜。忽然听得"卡啦啦"一声巨响，那山伯墓突然裂开一个大口子。英台一看，连忙跳了进去。她这是要殉情。她刚跳下去，山伯墓就合了起来。马家人一看祝英台跳下去了，赶紧来挖山伯墓。不料，挖开一看，只见一具空棺，这时有两只蝴蝶从里面飞出。老人们说，这两只蝴蝶就是梁山伯和祝英台幻化成的。

孟姜女的传说

在我国北方，流传着一种习俗，每年十月初一标志着严冬的到来，人们要在这天祭奠已故的亲人，将冥衣焚化给逝者，谓之“送寒衣”。在民间有一种说法，认为这源自孟姜女千里寻夫送寒衣的故事。四大传说之一“孟姜女哭长城”想必很多人都有耳闻，一个弱女子跋涉千里寻找自己的丈夫，最后哭倒长城，她对爱情的忠贞和勇敢，在人们的传颂中成为千古绝唱。

一、流行区域及申请情况

据《左传》“襄公二十三年”载：公元前550年（春秋时期，齐庄公四年）秋，齐国将军杞梁率兵攻打莒国（今山东莒县），不幸身亡。其妻孟姜迎柩至郊外（齐长城与淄水交汇处，今淄博博山源泉镇北），齐王欲在此处吊唁，孟姜抵制，要求按仪节到宫舍祭祀。杞梁安葬后，孟姜仍悲痛万分。过了两百年，《檀弓》记载曾子对此事的说法谓：“其妻迎其柩于路而哭之哀。庄公使人吊之。”到西汉刘向的《说苑·善说篇》中出现了“其妻悲之，向城而哭，隅为之崩，城为之”的记载。《列女传》里出现了杞梁妻赴淄水（今源泉北）而死的情节。杞梁妻的事迹是为孟姜女传说的最初版本。孟姜女传说因其深厚的群众性，流传二千五百多年而不衰，流传地区遍及

博山　孟姜女投水处　王丕琢摄

全中国，内容上也多有演变，本来是春秋齐国的杞梁妻（孟姜女），最终其悲剧命运却与秦始皇和秦长城联系了起来。但追根溯源，杞梁妻哭崩的杞国都城、投身自尽的淄水都在山东淄博一带。

姜女泉　山东省文化馆非遗保护中心供图

在两千多年的历史传承中，孟姜女故事流传范围极其广泛。根据著名历史学家顾颉刚先生在 20 世纪 20 年代的统计成果就可以看出，孟姜女故事流传区域除了山东之外，还包括北京、河北、辽宁、山西、河南、陕西、上海、云南、四川、甘肃等将近二十个省、市。除了相关传说故事外，不少地区与孟姜女相关的遗迹也非常多，其中比较著名的有河北山海关的姜女祠庙、姜女坟等，辽宁绥中的姜女祠，河南杞县孟姜女庙，山东博山姜女泉等。

为使得孟姜女故事的历史文化价值、社会价值以及文学研究价值等得以进一步彰显，山东省淄博市于 2005 年将孟姜女故事提交文化部参与评审非物质文化遗产项目，经过多方努力，2006 年山东省淄博市申报的孟姜女传说被列入首批国家级非物质文化遗产名录。

二、历史渊源与基本内容

孟姜女千里寻夫送寒衣、哭倒长城的故事，可谓家喻户晓，妇孺皆知。实际上，在故事流传之初，孟姜女传说并没有哭长城的情节，甚至孟姜女的名字也是很久以后才出现。这还要从《左传》说起，公元前 549 年，齐国有一位名叫杞梁的将领为国捐躯，当时杞梁的妻子不接受齐庄公在郊外吊唁的行为，认为这过于草率和有失礼节。此时的杞梁妻只是一个懂礼节的女子。直到两百年后的《檀弓》记载“其妻迎其柩于路而哭之哀”，这才有了哭的情节，并一直延续到西汉。东汉刘向的《列女传》中有“杞梁妻向城而哭，城为之崩……赴淄水而死”等记载，自此出现了崩城、投水的情节。至于“哭长城”，在唐代才有了确切记载，贯休的《杞梁妻》这样说道：

秦之无道兮四海枯，筑长城兮遮北胡。筑人筑土一万里，杞梁贞妇啼

齐长城　王丕琢供图

鸣鸣。上无父兮中无夫，下无子兮孤复孤。一号城崩塞色苦，再号杞梁骨出土。疲魂饥魄相逐归，陌上少年莫相非。

可见，贯休将发生在春秋时代的事情转移到了秦代，认为杞梁妻哭倒的是长城。其实这并非偶然，历朝历代的百姓承受着繁重的兵役、徭役，早在汉代就有对筑城惨死的记载，陈琳在《饮马长城窟行》中咏叹"君独不见长城下，死人骸骨相撑住"就是对这种民生疾苦的反映。于是，人们将杞梁妻哭夫同长城联系起来，借杞梁之妻的故事浇自己的块垒，经过人们情感的渲染，渐渐成为广为流传的故事。

杞梁妻后来被定名为孟姜女。对此，顾颉刚先生认为，孟姜是齐国年轻貌美女子的代称。当齐国出现了杞梁妻这个知礼、贞节的典型人物之后，其心灵之美便与孟姜女的形象联系在了一起。此外，民间还流传有孟仲姿的说法，孟姜女丈夫的名字也有很多：范杞梁、万喜良、万杞梁、范喜郎等。

孟姜女故事一直受到人们的口耳相传，她为远方的丈夫送寒衣，当发现丈夫已经在饥寒劳累中死去时，她发出了悲痛的哭喊，最终哭倒长城，将丈夫的尸骨埋葬，自己也投海而亡。如今，在民间小调里依然有《孟姜女十二月调》，京韵大鼓也有著名唱段《孟姜女》，正如唱词所述：孟姜女哭长城令人难忘，真称得起亘古无双，一味贤良，美名在万古扬。不管对孟姜女故事如何演绎，自清代以来，孟姜女故事已经基本定型。现在民间广为流传的

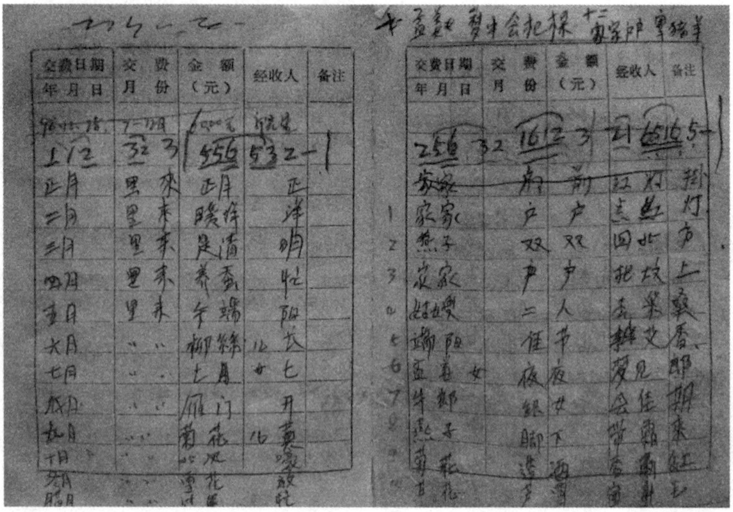

博山　孟姜女小调　王丕琢摄

故事内容大体上包括缉拿逃走、花园遇见、临婚被捕、辞家送衣、哭倒长城、秦始皇垂怜孟姜女美色、孟姜女要求立庙与御祭、孟姜女自杀等环节。孟姜女故事经历数千年流变与传承，其故事情节与文化内涵是不断累积的，总的来说，故事反映了历代劳动人民对幸福、自由生活的渴望与追求，同时对于坚定爱情的向往。

三、传承价值及传承情况

（一）故事传承价值

孟姜女哭长城的传说是珍贵的非物质文化遗产，具有突出的地域文化特色和民族特色。其主要价值是：

首先，孟姜女故事具有较高的文学和历史研究价值。对孟姜女哭长城的故事，自汉、唐以来多附会于秦始皇所修长城，意图贬低秦始皇。按《左传》等史书上所载，孟姜女乃春秋时人，比秦始皇早约300年，我们通过查阅资料、现场考察、民间调查，考证了孟姜女的年代、国籍、身份和死亡背景，确定了其死亡地点，还原了孟姜女哭长城的历史本来面目。

其次，孟姜女故事具有较高的思想价值。通过孟姜女的形象，使人们认识到古代妇女的善良性格和战争带给她们的悲惨命运。忠贞的爱情被破坏，送夫出征、迎尸回乡，是战争的罪恶。孟姜女哭长城的故事像全国的望夫山、望夫石一样，表达了古代人民对战争的厌恶和控诉。

最后，孟姜女故事中“哭长城”的情节对于我们继续研究齐长城有重要意义。齐长城具有重要的历史文物考古价值；孟姜女哭长城的民间故事是重要的非物质文化遗产。

另外，孟姜女的故事对古代妇女哭文化进行了探索。孟姜一哭动天地，甚至改变了齐国之俗。至今博山中老年妇女仍是长歌当哭，以孟姜女传统曲调来寄托哀思。孟姜女式哭腔在民间的广泛流传，可以说形成了一种哭文化。

（二）故事传承情况

“孟姜女哭长城”的传说自春秋战国始，历经两千余年，在博山民间世代相传，其传说也随着时代的变迁，内容不断丰富和发展。由音乐人记录的博山民歌《孟姜女》《哭长城》历史渊源虽已无法考证，但有关孟姜女哭长城的民歌至今仍在博山民间传唱。

有关孟姜女传说故事的文献及曲艺作品可谓卷帙浩繁，相关研究著作自20世纪20年代顾颉刚等进行系统研究以来，也频有佳作问世。据不完全统计，目前博山地区有关孟姜女故事的相关文献与文艺作品不下十几种，其中比较有代表性的如：

（1）马传政《孟姜女哭长城在源泉》一文载于《源泉山水美如画》一书，并在《淄博晚报》发表；

（2）王永海、杨道坤记录的博山民歌《十哭长城》；

（3）陈倩、曲蓬南记录的博山民歌《哭长城》；

（4）牟仁均记录的博山民歌《哭长城》；

（5）侯宇爽记录的张店民歌《哭长城》；

（6）寒克记录的博山民歌《哭长城》；

（7）闫水村记录的博山民歌《孟姜女》；

（8）闫水村记谱的临淄管子独奏曲《哭长城》；

（9）马传政记录的博山民歌《十二月歌》。

四、较常见的故事文本

从前，有一个村子里，住着姓孟的和姓姜的两家人，是隔墙邻居。两家人平日里也比较和睦，最大的问题就是两家都没有儿女。有一年，孟姓老头在自家墙根底下种了一些葫芦籽。结果只有一棵成活了。在孟姓老头的呵护下，葫芦苗长得很快。不久就漫过了墙头长到了姜家的院子里。到了夏天，这棵葫芦苗在姜家院子里长了一个小葫芦，葫芦上还长着一个花骨朵。过了几天，这个花骨朵就开花了，白色的花很漂亮，引来了蜜蜂蝴蝶。

随着花朵落下去，葫芦越长越大了。后来，姜姓老头的老伴就对他说："我说老头子，这个葫芦苗是人家姓孟的，可是它是长在咱家的，这么着，你哪天有空了你去告诉人家一声，就说葫芦是一家种，两家长的，等秋后葫芦成熟做成瓢，一人一半。"姜姓老头听了老伴的话，心想是这么个理儿，就找了个机会去给孟姓老头说了。孟姓老头一听，也觉得有道理，说："咱两家这么多年关系和睦，葫芦是我种的不假，可确实是长在你家，秋后葫芦做成瓢，咱两家一人一半。"

转眼间秋天快要过去了，眼看就霜降节气了。普通葫芦早该成熟了，可是孟姜两家的葫芦却还在不断地长。就这样一直长了十个月才停止。有一天姜姓老头早晨起来打扫院子，发现葫芦已经落在了地上，葫芦秧子也已经枯萎。于是他赶紧隔着墙头喊："老孟，快来，快来，葫芦成熟啦。"孟姓老头及其老伴听说后，赶紧跑到姜家。一进门就看到了墙头的大葫芦。

两家四口人，看着这个大葫芦，非常稀奇，因为这个葫芦长得比普通葫芦大得多，而且很圆，很适合做一个大瓢。孟姓老头先说话了："我说老姜，盼星星盼月亮，终于把这个葫芦盼成熟了，按照咱们之前说的，找个锯子，把葫芦锯开，咱两家一人一半吧。"姜姓老头的老伴一听乐了："嗯，就这么办，老头子，你快点去拿锯子。"姜老头回到屋里拿出了锯子。两个老头开始一人一头拿着锯子锯这个大葫芦。没想到才刚锯开一个小口，就发现了问题，他们感觉这个葫芦在动，好像活的一样。再往下锯，他们就发现葫芦里面好像包着一个球，像是一个胎儿。两个人你看我我看你，不敢用锯子了，干脆用手掰，一使劲葫芦就被掰成了两半。里面真的是一个胎儿。旁边看的两个老太太也高兴得不得了。赶紧上前把胎儿抱起来，一看是个闺女。四个老人都欢喜的不得了，都说这是老天爷睁开了三分眼，眼看两家都没儿没女怪可怜的，就给送了一个闺女来。

高兴过后，孟老头拉过姜老头说："老天爷知道咱两家没儿没女，这是通过葫芦给咱送闺女来了。这样，你看行不行，葫芦是我种的，但又是长在你家的，这个闺女就归咱两家养，等咱老了，就让她给咱们送终，行不行？”姜老头一听也正有此意，忙说：“好啊，好啊，给她取个名字吧，叫孟姜女行不行？就是咱两家的闺女。”老孟和他的老伴也没意见。

就这样十几年工夫，孟姜女在孟、姜两家的精心呵护下，出落成一个非常漂亮的姑娘。孟姜女不但长的漂亮，而且琴棋书画样样精通。俗话说，女大不中留，转眼间孟姜女也到了谈婚论嫁的时候了。那一天，孟姜女在自家后花园里赏花，忽然看到一个蓬头垢面的男人从墙头翻了进来。孟姜女刚要大喊，那个男人小声说：“请小姐不要害怕，我叫范喜良，我是个读书人，现在秦始皇到处抓壮丁修长城，我实属无奈，才化了妆逃了出来。结果到这里前后都有追兵，情急之下只好翻墙到此，惊扰了小姐。”孟姜女一听这个人谈吐不凡，而且又听到墙外边是士兵的声音。于是，带着范喜良到了一间屋子藏起来。等到追兵过去，才让他出来。孟姜女带着范喜良去见了孟老头。孟老头听说他的遭遇以后也非常同情，让管家给他找了两件干净衣服，并带着他去洗了个澡。

等换洗完毕，范喜良再到前堂见孟老头和孟姜女时，已经是一个漂亮的小伙子了。不用说，孟老头、孟老太还有孟姜女都很喜欢这个小伙子。他们让小伙子在孟家多待几天。几天相处，他们越发感觉范喜良是一个不错的人，老两口就有将女儿许配给他的意思。有了这个想法之后，孟老太催促孟老头：“我说你啊，赶紧去姜家，把这些事一五一十说一下，看看他那边的意见。”孟老头到了姜家一五一十地说了，不用说，姜家也非常高兴啊。他们来到孟家见到了范喜良，也是第一眼就欢喜的不行。而范喜良和孟姜女呢，也都是一见钟情。没过多久，孟、姜两家就张罗着为范喜良和孟姜女办喜事。谁知，这件事惊动了村子里的一个无赖，这个无赖早就垂涎孟姜女的美色了。他也不知道哪里听说范喜良是一个逃兵。就向官府告发了。

这样，在范喜良和孟姜女洞房花烛夜的时候，来了兵丁把范喜良抓走了。新婚夜丈夫被抓走让孟姜女难过了很长一段时间。她天天在村口盼望着丈夫回来。三四个月过去了，眼看天就要冷了。丈夫还是没有回来。孟姜女想丈夫走时只穿了单衣，眼看天气转凉，还不如自己到长城去给丈夫送点衣服。孟、姜两家四个老人看到孟姜女要去给女婿送衣服，知道挡也挡不住，就帮助女儿收拾好行李，打点好盘缠，送女儿去寻夫送衣。这一天正好是农历十月初一，到现在淄博这一带还有“十月一，送寒衣”的习俗。

孟姜女走了也不知道多少个日夜，吃尽了苦头，终于到了长城边上。她看到成千上万的民夫在那里光着膀子修筑长城。她也不知道去哪里找，正在发愁，过来一个民夫，她上前问道：“大哥，请问你认识一个叫范喜良的吗？”也是赶得巧，这个人正好认识，就说：“你是他什么人啊？”孟姜女说：“我是他妻子，范喜良是我丈夫。”这个人听后眉头一皱，低下头不说话。孟姜女接着问他：“大哥你到底见没见过我丈夫啊？”这个人低声说：“见过，不过，他已经死了，他来这里没多久就累死了。”孟姜女一听这个，感到天晕地旋，一下子瘫倒在地。好不容易稳定了一下情绪，又问：“大哥，你知道我丈夫埋在哪里了吗？”民夫说：“这里死人都是常事儿，那还给你埋啊，就直接扔到长城地基里了。”孟姜女听后，更是悲从中来，大声嚎啕开了：“我的夫君啊，你到底在哪里——”孟姜女一声声地悲鸣，引来了很多民夫，他们看到这个场面，也跟着哭泣。不多时，只听轰隆一声，孟姜女眼前的长城竟然倒塌了八百多里，露出了无数的森森白骨。

孟姜女见长城倒了，立马起身去白骨堆里找她的丈夫。这么多白骨去哪里找啊？孟姜女也犯愁了。这时有一个年纪稍大的老民夫过来说：“我听说，夫妻之间血脉相通，你把手指割破，能融进去血的就是你的丈夫。”孟姜女一听，赶紧咬破手指，在那里试起了滴血认骨。也不知道过了多长时间，流了多少血，终于找到了她丈夫范喜良的尸骨。正在孟姜女收拾尸骨的时候，来了一队当兵的，他们簇拥着秦始皇前来。原来，孟姜女哭倒长城这件事早有兵丁把消息报告给了秦始皇。秦始皇来到以后，正要发火，瞅见孟姜女长的很标致，于是就打起了歪主意，他要娶孟姜女啊，孟姜女当然不从。秦始皇就强迫她，还威胁要是她不答应，就把所有在场的民夫都杀掉。孟姜女是个善良的人，哪能看到这么多民夫为她去死啊。就只好同意了秦始皇的要求。“不过，要娶我也可以，我有三个条件，你答应了才行，否则我也只有一死了之。”孟姜女对秦始皇说。秦始皇垂涎孟姜女美色，连忙说：“别说是三件，我是当今天下的皇帝，三百件我也能答应。”孟姜女说：“那好，第一件是给丈夫范喜良封王。”“好，我答应。”“第二件事是给丈夫范喜良举行国葬。而且秦始皇要亲自披麻戴孝。”“这个嘛，有点难度。”秦始皇犹豫了，他是一国之尊啊，哪能给一个民夫披麻戴孝呢。孟姜女看他犹豫了，就说：“你要是不依我，我就死在你面前。”秦始皇心想，反正天下也是我的，何况已经准备给范喜良封王了，就慌忙答应：“好，你说第三件吧。”“第三件是我想去东海看看。”秦始皇一听这个容易啊，“好，我都答应你。”

为了得到孟姜女，秦始皇把前两件事都做了。然后带着孟姜女到东海边看海。趁着秦始皇没注意，孟姜女一下子跳进了东海。秦始皇赶紧派人去打捞，哪还能打捞上来。过了不久，秦始皇就病死了，后来的他的儿子也不好好干，十几年后秦朝就灭亡了。

董永传说

20世纪50年代，一出黄梅戏《天仙配》，将“董永与七仙女”的故事传遍大江南北，其后数十年中，经过几代戏曲艺术家的演绎，这部充满浪漫色彩又不乏悲情的经典传说更是广为人知，其中“夫妻双双把家还”等名段，更是家喻户晓。

一、流行区域及申遗情况

董永传说分布的核心区域是山东省博兴县，在长达两千年的传承过程中，董永故事的流行区域现在已经广布全国。董永传说在西汉刘向的《孝子传（图）》、三国曹植的《灵芝篇》、东晋干宝的《搜神记》中都有相关记载。山东省嘉祥县东汉武氏墓群石刻中就有董永鹿车载父、田间劳作的情景，并有“董永，千乘人也（今山东省博兴县）”的文字记载。东晋干宝的《搜神记》中的记载因主题突出、情节完整在我国农村地区广泛流传，成为两千多年来故事嬗变和文学移植的母本。由于董永与七仙女的故事是既有教化作用又有爱情色彩的民间传说，其教化内容同大众心理需求相适应，爱情故事又契合了民众追求婚姻幸福的内在感情，所以深受民众喜爱。董永传说在长期口耳相传的过程中，成为受广大群众欢迎的文艺题材，出现了黄梅戏《天仙配》等影响深远的作品。

董永墓碑　山东省文化馆非遗保护中心供图

董永雕塑　王丕琢供图

董永故事研究　山东省文化馆非遗保护中心供图

近年来，山东省博兴县搜集整理了民间流传的系列民间传说故事，出版了《董永的故事》一书；编写了京剧《孝子董永》、吕剧《圣贤楼》、吕剧《孝子董永》等剧本。董永传说故事至今仍在博兴县村村流传，编写的戏剧仍在城乡演唱。

2007年，山东博兴县文化馆对流传于本域的董永传说进行非物质文化遗产保护项目申报，申报类型为民间文学。2008年博兴董永传说继山西万荣等地之后被列入第二批国家级非物质文化遗产名录。

二、历史渊源与基本内容

董永传说在两千多年的流传过程中，与群众生活相结合，留下了许多富有地方特色的传说。在山东省博兴县，有许多与董永传说有关的文物遗址和文化遗迹，如博兴县陈户镇出土了与董永身世有关的文物、碑碣等；博兴县湖滨镇湾头村，还有传说中的董永与七仙女的爱情见证老槐树——媒仙，并形成了大量脍炙人口的民间故事，如董永系列传说故事，吕剧《圣贤楼》《孝子董永》等优秀作品。董永传说所蕴含的历史、文学艺术资料对研究我国各个历史时期的社会、经济、政治、文化，特别是文学艺术等方面都有一定的价值。其中，传说中宣扬的孝文化，是家庭和谐文化的重要组成部分，在现阶段大力宣传和弘扬孝文化，对于建设社会主义精神文明和构建社会主义和谐社会具有重要的现实意义。

董永传说始于汉代，最早出现在东汉武梁祠画像石，汉代文学家刘向根据这段故事写成了《孝子图传赞》。三国时曹植的《灵芝篇》有描述："董永遭家贫，父老财无遗。举假以供养，佣作致甘肥。责家填门至，不知何用归。天灵感至德，神女为秉机。"东晋人干宝在《搜神记》中较为完整地记录了董永传说：孝子董永自幼丧母，与父亲艰苦度日，后来父亲得病身亡，他没钱埋葬父亲，只好将自己卖给一个姓傅的地主，地主给他钱让他去埋葬父亲并在家守孝。三年以后，董永准备回到地主家继续服劳役，路上遇到一位女子，女子告诉董永愿意做他的妻子。董永带着女子来到地主家，并对他说：“您给的钱我已经用来埋葬了父亲，现在我来到您这里替您干活，以报答您的恩情。”地主问：“女子有什么特长？”董永说：“会织布。”地主说：“要是这样的话，你让你的妻子给我织一百匹布吧。”于是董永的妻子为地主织布，仅用十天就织好了，女子对董永说：“我本是天上的仙女，因为你的孝行感动了天帝，我奉他的命令下界帮你还债，现在债还完了，我也该走了。”说完就飞走了。

在传承中，该故事的情节不断丰满，宋代的《太平御览》将该故事主人公提前至西汉时期。元代郭居敬将董永传说收录至《二十四孝》，名为“卖身葬父”。元明清及以后，董永与七仙女的传说逐渐被纳入到戏剧中传唱传承。明代传奇故事《织锦记》中将董永与七仙女所生的孩子附会为西汉时期董仲舒，但此说法并未得到认可。清至民国时期，该故事被多种地方戏传演，不过大都没有留下完整的唱本。直到 20 世纪 50 年代，经洪非等人改编的《天仙配》，经黄梅戏表演艺术家严凤英与王少舫的精彩演绎，让这个既融合了孝道文化又不乏凄美爱情的传说有了新发展。20 世纪八九十年代，该故事突破戏曲形式，被改编为电视剧、电影，更加广为人知。

从民间口头传承来看，目前山东省博兴县流传的董永传说可分为以下三大类：一是宣扬“孝”文化的故事，代表作有《董永卖身》《董永守孝》《举孝风波》；二是爱情故事，主要代表作有《董永和傅小姐》《老槐树媒仙》《回波桥》等；三是宣扬公正、诚信的故事，主要代表作有《董永买油》《董永不贪易财》。当然流传最为广泛的还是董永和七仙女的故事。

三、传承价值与传承情况

（一）董永故事的传承价值

首先，董永故事表达了一种孝道观念。董永行孝故事被奉为典范，列为二十四孝之一，这与人们朴素的道德观念有着密切联系；董永传说的思想核心是孝敬父母，这也是中华民族所提倡的传统美德，与当今倡导的社会主义精神文明相吻合，已经成为社会主义道德风尚的重要组成部分，这是该传说具有的现实性特征。

其次，董永与七仙女的故事表达了爱情的忠贞。董永与七仙女的传说传承两千年未衰，既反映了人们对于孝道文化的推崇，又体现了人们对于美好爱情与幸福婚姻的追求，它的神奇幻想同人间现实巧妙地融合在一起，至今深受人们喜爱。

第三，董永传说具有文化研究价值。董永传说以口头民间文学的形式，经过历代文学家的艺术加工，逐步演变为惊天动地的天上人间情缘，演绎为孝心感天、卖身织缣、下凡结缘、满工回家、天地同心等充满神奇色彩的诱人情节，使这一故事历经千年而不衰，具有鲜明的传奇性特征。

（二）董永故事传承情况

董永传说形成历史比较早，两千年来，在民间传承未断，这主要得力于其多元化的传承方式。具体而言，博兴董永传说的主要传承方式包括文献（书面）传承、实物与社会传承、口头传承等。

历史上对于董永传说的文献记载，主要包括历史与文学记载、志书记载、传说故事记载以及戏文记载等几种类型。

目前，我们看到的最早记载董永传说故事的史料与文学作品大概就是三国时期魏国曹植所作的《灵芝篇》，其中有“董永遭家贫”。

1987 年 4 月 5 日至 6 日，山东省博兴县召开“汉孝子董永及故里的考证”论证会，山东师范大学安作璋教授、河南大学朱绍侯教授、郑州大学高敏教授等十多位专家学者通过对大量史料与文献资料的讨论与论证，最后形成了一个共识，即认为董永确有此人，而且其故里为山东博兴。李建业、董金艳等主编的《董永与孝文化》一书中记载了这次会议的相关论证文章。另外，许可顺、舒立臣等人编著的《董永的故事》一书，也将董永的神话传说还原为生活故事和历史叙事。这些著述对于董永故事的传承和继续传播具有重要意义。

（三）实物与社会传承

作为我国主要传说之一的《董永传说》，其故事原型产生于博兴县，即汉代的青州府乐陵郡千乘县（现山东省博兴县陈户镇、庞家镇、纯化镇一带）。故事中有两个主人翁，一个是董永，一个是七仙女。董永确有其人，而七仙女则是在我国传统文化的作用下演绎出的人物。现在陈户镇董家村，仍有董永墓和董永祠，县博物馆收藏有董永墓中出土的陶罐、铁剪、铁镬和董永墓碑刻。

在董永传说故事的源头，博兴县政府和人民群众也为董永传说的传承和保护做出了贡献。博兴县政府对保护董永传说这一文化遗产高度重视和保护，县委、县政府组织召开了“董永论证会”；组织开展了董永传说系列民间故事的搜集、整理工作对董永传说进行了抢救性保护，建立了档案，结集出版了董永民间传说故事，并对民间艺人进行了保护；建立在上级文化部门领导下，由专家指导、以分管县长为组长的董永传说保护领导小组；修护董永祠、董永墓等古遗迹；每年举办董永文化旅游节，宣传和弘扬董永以及孝文化。

博兴县的人民群众通过各种形式传承和保护董永传说，除了代代相传的口头传承方式之外，也通过各种方式进行传承和保护。如由舒立臣、许可顺主编的《董永的故事》，用文字记录了许多关于董永的民间传说；也有的利用课外时间在青少年中普及开展董永传说及孝文化教育，扩大董永传说在青少年中的影响，为董永传说的普及和传承做出了贡献。

山东省博兴县陈户镇董家村董姓村民都称是董永的后代，他们日夜自发守护董永墓及董永祠，代代相传董永的故事，颂扬最原始和最朴实的孝文化，对董永传说以及其延伸的孝文化的传承和保护做出了不可磨灭的贡献。

（四）口头传承及代表性传承人

舒立臣：1955 年生，1976 年参加工作，山东省博兴县湖滨镇人，现任博兴县文化旅游局创作室主任，长期致力于文学创作，编写的《董永的故事》、创作的吕剧《孝子董永》深受广大群众喜爱，《孝子董永》在小戏艺术节中获得大奖，对于董永传说的传承、孝文化的传播做出了较大的贡献。

四、较常见的故事文本

董永传说在近两千年的传承过程中，故事情节不断丰满，从早期的卖身葬父强调孝文化，到遇到七仙女衍生成爱情故事。故事的母体发生了变化，流传区域越来越广泛，其异文故事也比较多。只山东博野地区流行的董永传说就多达数十个，其中涉及孝道文化、爱情故事、诚信故事、地方风物传说等。接下来，本部分将根据《董永与孝文化》《董永传说》等文献资料以及传承人的讲述整理，撷取其中比较有代表性和典型性故事呈现给大家。

董永卖身葬父

说的是那一年，董永的父亲死了。当时董永家里很穷，没有钱给父亲办丧事。可他又不忍心这样埋了，父亲活着时受尽了人间的苦，死了后没有寿衣，没有棺材，让父亲这样到阴间，有辱祖宗脸面，自己也对不起父母的养育之恩。董永为难了，他甚至想到了死。可是又一想，自己死了后，谁给父母的坟头添土呢？谁给父亲守孝呢？就是不管这些，自己死了后，父母在九泉之下也是合不上眼的。

董永想尽了办法却无计可施，于是只好出门求亲告友，希望能借点钱来把老父亲葬掉。可惜的是，他跑了整整一天，两条腿都变得麻木了，他还是没有借到一点钱。有钱的亲戚不敢借钱给他，怕他还不了，没钱的穷亲戚自己还没饭吃呢，没钱借给他。

就这样，董永在外面奔波了几天都没借到什么钱。到了晚上，他就跪在父亲的遗体前，一动不动。他也不哭，眼泪早就流干了。他实在没办法了，眼看着和自己沾亲带故的亲戚都走遍了，再也不知道该去向谁求助了。在父亲灵前，他暗暗寻思，要是这时候有人肯帮他，他做牛做马都要报答这恩人。可惜的是，并没有这样的人来帮助他。

俗话说兔子急了还咬人呢，人急了自然也能想出办法来。就在自顾自地伤心时，忽的一个想法跃入脑海。他想起了有些人走投无路时卖儿卖女，甚至连老婆都卖。我现在没有老婆孩子，不如把自己卖了。反正身体发肤受之父母，卖了自己埋葬老父亲也算是报答父母养育之恩了。

想好了主意，董永也就不那么发愁了，他躺在父亲遗体旁边睡了一晚。等到第二天天亮，他就找了几根茅草，绑起来，仿照他看到的卖儿卖女的样子，把茅草插到后衣领子里。他自出了家门，从这个集市到那个集市，从这个村到那个村，一连又是好几天，连个问价的都没有。

这天，董永转到了马踏湖边的李家庄村，他经过一个高门楼时，一个人把他拉住了。那个人长得油头粉面，阴阳怪气的说："你是干啥的？"董永抬头看看眼前的这个人，一身绫罗，看起来像个有钱人。他赶紧低下头，作了个揖，说："我是卖人的，请问这位大哥要买人吗？"

那个人明显一愣，问道："买人？你是卖老婆还是卖孩子啊？"董永摇了摇头："都不是，我要卖自己。"

"啥？你要卖自己？哈哈哈。"那个人听后哈哈大笑起来。他笑了好一会儿，然后说："我家老爷从来买人都是买漂亮年轻的女人，从来也不会买男人。"董永感觉受到了侮辱，转身就要走。这时，从高门楼里走出来一个肥头大耳的男人。他朝董永招了招手，说："你先别走，我要问问你。"

董永停住脚步，以为看到了一丝希望。那个人不怀好意地笑着说："我一辈子娶了好几个女人，可都是没用的东西，只有一个给我生了儿子。我这个儿子一个人很孤单，这么着吧，我把你买下，给我当个儿子吧？"

董永听到这些，非常生气，可是转眼又一想，答应吧，这明显是在侮辱人。不答应吧，好不容易碰到这么一个买主。想了想，唉，没办法，眼下卖掉老父亲是最主要的，就准备答应了。还没等董永开口，这个人又说话了："到底行不行啊，我李虎活了这么大年纪，还没听到有儿子喊我一声爹呢。如果你愿意当我儿子，就先喊我三声爹，我听听好听不好听，你叫得好听，我就把你买下，多少钱都不碍事。"

董永一听这个家伙报出了名姓，腾地一下子火就从心头烧起了。闹了半天，站在眼前的就是仇人李虎啊。原来这个李虎打死了他的生身母亲，逼死了未婚妻自张月笙，又买通了官府，让他吃了官司，官府还打断了他父亲的双腿，赔上了全部家产。最终落得个家破人亡。说着真，冤家路窄，仇人相见，分外眼红，再加上刚才他又羞辱自己。越想越生气，不由得双拳紧握，就向前迈步。这个李虎一看架势，不对劲啊，就大喊："你要干什么？有话在下面说。"

李虎刚说完话，就从大门楼里走出来两个膀大腰圆的汉子。走过来挡住了董永。满是愤怒的董永哪管这两个人，像疯了一样继续向前闯。硬是闯了过去，把李虎撞了个四脚朝天。

董永正要扑过去狠狠地揍李虎，那两个汉子转过了身来，一把就把董永抓住了。董永毕竟好几天都没怎么吃饭了，连反抗的力气都没有。这两个大汉你一拳，我一脚，不多时就把董永打得不省人事了。

李虎看着躺在地上的董永，就朝那两个大汉摆了摆手，"不要打了，把他拖到路边水沟里，有人问起来，就说他到家里来偷东西，被你们撞见了。"那两个壮汉遵从李虎指示赶紧把董永加起来拖走了。到了庄外一个水沟前，俩上一顺劲，就把董永扔到水沟里了。

不一会儿，董永就被水沟里的冷水冻醒了。他使劲睁了睁眼，才发现自己躺在雪地里。过了好一阵儿，他才想起来自己被李虎两个门丁打的事儿。他咬着牙撑起身子，费了好大劲儿，才爬上了沟崖。他坐在雪里喘了半天气，忍着一身疼痛，要再去找李虎拼命。可是转眼又一想，就凭现在怎么去给李虎拼命，还不是白白送死吗？要是万一被打死了，父亲的尸体怎么办？

想到这里，虽有千般无奈，董永还是吞下了这股恶气，回过头向家走去。直到天很黑了，他才趔趔趄趄地回到家。进屋后，他点上火暖和暖和身子，又上炕跪在父亲的尸体旁，说道："爹，不孝儿对不起你。我自卖自身几天没卖得了，还受了咱的仇人李虎的欺负。你老人家躺在家里已好几天，让你受委屈了。"

董永说完，扑到父亲身上哭了起来。苦命人什么时候也是命苦。董永自卖自身没人买，碰到仇人李虎还差一点搭上命。直到后来，他让傅家庄的傅员外买去了才成全了他的孝心。从那时起，董永卖身葬父的故事就一代一代地传下来了。

董永与傅小姐[①]

马踏湖里的水，是由很多小河里的水汇集而成，又从四周的一些小河里流出去。湖里的水一年四季一样深浅，水清得能看得见底下的鱼虾。在马踏湖的东北边，有一条向东北流去的小河。小河上有一座木桥，人们都叫这座木桥"回波桥"。为啥叫它"回波桥"呢？这座桥下的水，今天向湖外流，明天就再向湖里流，不知多少年了，桥下的流水从来没打破这个规律。

说起这座"回波桥"，它还真和董永有直接的联系呢。

有一年，董永卖身葬父，卖到了马踏湖边的傅家庄傅员外家。傅员外有一个闺女，名叫傅秀娟，长得花容月貌，二十一岁，还没出嫁。傅秀娟从小不出大门，和丫环住在后花园的绣楼上。

这位傅小姐住的绣楼，和别家的不一样。傅小姐的绣楼全是木头和木板做的，有一条从湖中流向东北的小河流经傅员外家，傅小姐的绣楼就搭在小河上。绣楼外边是用木板隔的木墙，绣楼下面和四周全是水，有一座小木桥通进后花园。傅小姐住在这里，每天看诗书、学诗文，也绣花绣草。闲来无事，不是站在窗前观看湖中来往的船只，就是和丫环到后花园中赏花观草，过着神仙一样的日子。

---

① 李建业、董金艳著：《董永与孝文化》，齐鲁书社 2003 年版。摘录时略有改动。

这位傅小姐从小读书识理，心地善良。她的丫环是一家穷人的闺女，可是傅小姐却和她相处得好似亲姐妹。

傅员外买了董永后，丫环说傅员外是个大善人，经常和小姐说起这件事。后来举孝，她听说董永举孝为官，就替董永高兴，把这当作好消息说给小姐听。前不久，她到前院给小姐拿针线时又听说董永没去做官，来傅家做活了。回来后，她又跟小姐夸奖董永是多么大仁大义、多么知情知理的小伙子。傅小组开头还没在意，日子长了，对董永也有了几分敬重。世上的人那么多，有几个人能像董永那么孝顺呀？有几个人有董永那样的人品呀？她觉得董永是个好人，是个了不起的人。听丫环说董永来了她家后，她很想见见董永是啥样的人。可碍于男女有别，内外之分，她一直没敢开口。但是她每天想起董永，就耳热心跳，闲来无事时，也有意无意地从丫环嘴里打问一些董永的事。丫环是穷人家的孩子，对董永有同病相怜的成分，把她所知道的董永的一切，一点不漏地说给了傅小姐。

傅小姐年纪不小了，可终身大事一直没有着落。父母心里着急，她自己也暗暗伤心。自从听了丫环说了董永后，她天天心神不定了。有时一个人偷着捂起脸笑，有时一个人坐着一动不动地发呆。丫环看小姐有了这些不正常的变化，吓得不得了，光想小姐是中了什么邪气。

这一天，傅小姐和丫环站在绣楼上，依窗观看马踏湖的风光。这时，正值春暖花开，湖中和岸上的万物都充满了一派生机，岸边的垂柳春意更浓，显得情意绵绵。傅小姐触景生情，不免又想起了自己终身无靠，两眼不由得湿乎乎的了。

正在这时，只见湖中有一只小船慢慢地驶向岸边，撑船的是一个年轻人。小船是朝绣楼这边驶来的，在楼上看得清清楚楚。只见撑船的年轻人，长得身材高大，浓眉大眼，显得英俊，透着朴实厚道。傅小姐心里一动，赶忙指给丫环看，问丫环认不认得撑船人是谁。丫环一看乐了，说："小姐，他就是老爷买的那个大孝子董永，我到前院给你拿东西碰到他好几次了。"

撑船的人真是董永。董永的家住在离马踏湖十多里外的董家庄，从小没撑过船。到了傅员外家后，闲来无事时就撑船玩。时日一长，他学会撑船了。这天，董永在家里没事做，闷得慌，就撑船下湖去玩。

真是有缘千里来相会，无缘对面不相识。董永在湖中玩了一阵，撑船回来时，不想被傅小姐看到了。

傅小姐听丫环说撑船人是董永，心里一阵欢喜。她没想到董永长得这样英俊，一时间心跳脸热。她赶忙转身进了书房，拿过自己的一块白丝手帕，随手又拿过一支笔。

傅小姐不愧才貌双全，聪明过人。她在拿笔和手帕的时候，已想好了一首诗。她几笔把诗写在了手帕上，然后把手帕叠好。正要向外走，又一想，拿过了压书的一块小石头，转身来到了窗前。

这时，董永慢悠悠地撑着船正巧来到傅小姐的绣楼下边。他贪看湖里的风景和岸边的垂柳，根本不知道头顶上有两个女子在偷偷看他。

傅小姐见董永不向楼上看，抬手把手里的小石头扔进了湖里。平静的湖水里，突然"砰"的一声响，把董永吓了一跳。他先向四周看了一遍，没有人，又抬头向上看，这时他才发现面前有一座很精致的小楼。小楼搭在小河上，楼外用木板搭成墙，把小楼和湖隔开了。再往楼上看，只见楼上的窗前站着两位妙龄女子，有一个像是丫环，他见过面。另一个像是一位小姐，长得花容月貌，让人见了会误认为是天上的仙女来到了人间。

这时，只见那位小姐冲他笑了笑，扬手扔下了一块白手帕。董永误认为是小姐不小心掉下的，赶忙探过身子，伸手把手帕接住了。他正想再还给楼上的小姐，可是窗前早已没有人了。

董永定神打量了一阵小木楼和那条小河，这才知道这条小河就是流经傅员外家的那条小河。不用问，这座小楼一定是傅员外家后院的绣楼，楼上的人一定是傅员外的闺女傅秀娟了。他早听人们说过，傅员外家有一个仙女一样的小姐，今日一见，果然不是虚传。

董永呆了一阵，这才想起手里的手帕。他慢慢地把手帕放开，只见手帕上有一首诗。那首诗是：

金童玉女水中游，一石击破湖中秋。
月老牵线联双影，明珠颗颗我不收。

董永看完诗后，一时显得手足无措。他是读过书的人，一看就明白诗的意思。可他万万没想到傅员外的千金小姐竟写这样的诗。写给谁的呢？这可是一个人的隐私，能随便抛了吗？一时间，董永好像做了什么见不得人的事。他觉得对不起傅员外，又觉得是自己多心，说不定是傅小姐写给谁的诗，失手掉了下来，自己碰巧接住了。想到这里，他的脸上一阵发烫，他心里笑自己自作多情。自己卖给傅员外了，是个连自己都没有了的人，谁能看中呢？更何况傅小姐是千金之躯呢。

他小心地把傅小姐的手帕叠好，揣进了怀里，想着等见了傅小姐的丫环时再托她还给傅小姐。可是，自从见了傅小姐一面之后，他心里总是乱糟糟的。他吃饭不觉香，睡觉睡不稳，做营生时丢三落四，一有空闲就躲起来看傅小姐的手帕。

有一天，董永又撑船到湖东边的一个集市去买菜，把船拴在了湖边一棵老槐树上。买好菜，解绳子上船时，一块槐树枝子碰了他的头一下。他心里烦，一把折下了那块树枝子。到了傅员外家后，他把菜一样一样地拿进厨房，不想连那块槐树枝子也一块捎进了厨房。他把菜交给了厨师后，拿起那块槐树枝回屋了。

回到屋里后，董永又看了看傅小姐的手帕，心里不觉一动，想出了一个主意。他拿过笔，小心地在槐树叶子上写下了一首诗，每个叶上写一个字。写完了，他又看了几遍，心里很满意。

他拿着那块树枝子装作没事一样地来到大门外，解开小船，撑船来到了傅小姐的绣楼外。他往楼上看了看，没有人。低头想了想，随手从湖里掐下一个藕荷叶。他把槐树枝子放在了藕荷叶上，冲着水里小声说："如果苍天有情，就让这荷叶冲到小姐的绣楼前，让小姐看到。如果流水无意，这个荷叶就永远冲不进去。"

董永说完，把荷叶放进了水里。湖中的水正向湖外流，把荷叶从木板墙下冲进了院里边。

前边说过，傅小姐的绣楼是用木头搭在小河上的。董永放下的那个藕荷叶一直冲到了傅小姐的绣楼下边。傅小姐的丫环到绣楼下提水，搭了一个探台，荷叶正巧被探台挡下了。

再说傅小姐，她从那天见了董永后，心里一直忘不了。她吃不下饭，睡不好觉，做梦也梦到董永又撑船到了她的绣楼下。也许是落花有意流水无情，董永从那天再没出现，害得她天天依着窗台看。

这一天，傅小姐烦躁得一天没起床。下午了，她叫丫环陪着到花园里散散心。真是无巧不成书，两人走到绣楼下，看见从那边冲进来一个荷叶，荷叶上还有一块槐树枝子。傅小姐是个机灵人，觉得蹊跷，就叫丫环过去捞上来看看。

丫环过去把荷叶连同槐树枝子一起捞了上来，递给了傅小姐，傅小姐接过来一看，槐树叶上有字。她赶忙返身上楼，把那些字联起来写了下来，原来是董永写给她的一首诗。那首诗是：

绵绵相思随水游，天上地下度春秋。
月老牵线联双影，痴情无绪有谁收。

傅小姐看完了诗，心里欢喜得不得了。她知道董永的心了，也知道自己的一片痴情没有白费。她叫丫环把槐树枝子拿到水里冲洗干净，她又提笔在槐树叶上写下了一首诗。写好后，她叫丫环还是按原来的样子放进了水中。

丫环把荷叶和槐树枝子放下去了，傅小姐的心里又有几分失望。湖里的水是向湖外流的，从来没有倒流。这荷叶能从湖中冲进院里，可怎么让荷叶逆流而上冲到湖中呢？这可是儿女私情，绝对不能让外人知道，也不能叫丫环给董永去送。怎么办呢？难道自己的一片心意，就让这一堵木板墙挡住了吗？

正当傅小姐为水不能倒流而急得没法的时候，天阴了，呼呼地刮起了北风。真是天意，北风刮来，正好把荷叶从傅小姐的绣楼底下又刮进湖中去了。

董永把荷叶和槐树枝放进水里后，心里一直害怕。他怕傅小姐看不到他写的诗，又怕傅小姐看了诗后发火，也害怕这事被傅员外知道。要是傅员外知道后，那可不是闹着玩的，他越想越害怕，越想越后悔。回过头来说，傅小姐写在手帕上的诗是写给自己的吗？一个人再撑船到小姐的绣楼外转，湖中船来船往，让人看见了能有好说的吗？如果再传到傅员外的耳朵里，那可不是闹着玩的事。

董永把船拴到了大门外的一棵柳树上，急得在门外打转转，心里七上八下的。这时，阴天了，刮起了风。他拴船的绳子没系好，小船被风刮得乱碰，把绳子挣开了。他赶忙过去拉船，无意中一回头，看见他放进水里的那个荷叶又漂了出来，上边还放着那块槐树枝子。

董永一看，心里有几分高兴。他想傅小姐还没看到他写的诗，就赶忙撑船过去捞了上来。等他捞上来一看，槐树叶上的字变了，不是他写得了。董永又把叶上的字写了下来，联起来念了念，是傅小姐写给他的一首诗。从那以后，董永就和傅小姐用槐树叶子写起了诗。说来也怪，每当傅小姐给董永写好后，都是从里边刮进湖中。

董永和傅小姐天天写，越写越热乎，都想有朝一日能结为夫妻。

世界上的事情就是这样，要想人不知道，除非自己不做。有一天，傅员外愁眉苦脸地进了后花园，不知不觉地走到了闺女的绣楼下，正巧看到了一个荷叶从湖中冲进院来，荷叶上还有一块槐枝子。他感到奇怪，就过去捞上来看。一看树叶上有字，他把字写了下来，又联起来看了看，才知道是董永写给闺女的书信。从书信看，两人好像写了很多书信了，两个人也到了难舍难分的地步。

傅员外气呆了。他做梦也没想到，在自己的眼皮底下，老实憨厚的董永竟勾引他闺女，这实在是太不应该了！他不单生董永的气，也生自己闺女的气。他没想到自己那深居简出的闺女竟会做出这种事。闺女可是千金之躯，她怎么看上了董永呢？他不明白两人是怎样见的面，又是怎样搭的桥。唉，真是闺女大了不可留，留来留去结冤愁呀！

傅员外气得两眼冒花，浑身哆嗦。他几把把那些树叶子撕碎，扔到地上踩了几脚，气呼呼地回前院去了。

俗话说，家丑不可外扬。傅员外怕闺女和董永的事传出去，到时候好说不好听。他的闺女还得嫁人家，他的老脸也不能丢，可是怎样做才能两全其美呢？傅员外不是省油的灯。他想了一个主意，不几天就把董永撵走了。

董永走了后，傅小姐绣楼下的水还是隔一天向湖中流一次。天长日久，人们就给小河上的这座木桥起名“回波桥”了。董永和傅小姐谈情说爱，是用槐树枝子传书信的，人们又把董永折树枝的那棵老槐树，说成是董永的媒人。

两千多年过去了，马踏湖边的人们依然传说着董永和傅小姐的故事，也传说着老槐树和“回波桥”的故事。

尧的传说

古史记载，帝尧是我国上古帝王，他具有“揖让之德、和合之道、询谋之风、节俭之行”，被后世儒家尊为圣人，是我国的文明始祖之一。相传，尧统治时期，政治清明，民风纯朴，是历史上的黄金时代。民间关于尧的传说传承数千年，故事本身也已经融入了中华文明之中。

一、流行区域及申请情况

中国有着五千年的悠久历史和灿烂文化，远古时期，五帝之一的尧王就是中华文明重要的开创者。中国上古时期部落联盟首领、“五帝”之一。尧为帝喾之子，十三岁封于陶（山东菏泽市定陶区）。十五岁辅佐兄长帝挚，改封于唐地，号为陶唐氏。二十岁，尧代挚为天子，定都平阳。尧从父亲帝

尧陵　王丕琢摄

喾那里继承帝位，并禅让于舜。尧老，舜代替尧执政，尧让位二十八年后死去，葬于谷林（山东省菏泽市鄄城县境内）。“尧王虚葬八百墓，唯有真身在谷林”。尧王墓，是帝尧的陵寝，因葬于鄄城谷林，又称谷林尧陵。今属鄄城县，位于今山东菏泽市鄄城县城南 7 公里处富春乡赵仟庄前。谷林尧陵虽经数千年沧桑风雨，但墓冢犹在，碑碣尚存。

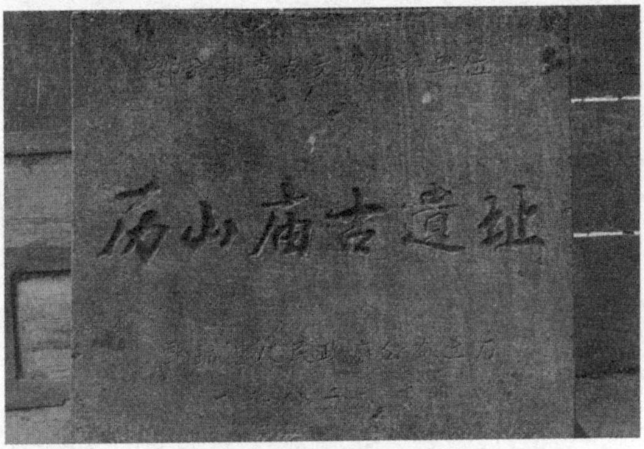

历山庙古遗址　王丕琢摄

2008 年被国务院批准列入第二批国家级非物质文化遗产名录。

二、历史渊源及基本内容

中华文明的开端，通常被认为是始于皇帝到尧舜，在尧舜之前还有强烈的神话意味，而到尧舜时期则被后人描绘成是一个政治清明、万民归顺的时代，也被认为是中华文明社会的起点。目前所见到的关于帝尧的传说最早始于春秋时代，主要体现于史书的《左传》《国语》以及《论语》。诸子之中也零散分布着帝尧的传说，但是基本上都是只言片语，并且带有强烈的理学色彩，都是利用尧舜传说宣扬各自的学理。还有两本重要的著作，《世本》和《大戴礼记》，《世本》是战国时期赵国史书，记载了黄帝以来的史事，原十五篇。《大戴礼记》相传是西汉戴德从当时所存的战国以来说礼之文一百三十一篇中选取八十五篇而成。

《唐虞考信录》中提到：“然则尧舜者，道统之祖，治法之祖，而亦即文章之祖也。”虽然这种观点未必是上古社会的真相，但是至今为人所共知，不必深究历史真实性，也不必将还原上古真实性作为唯一的目标，因为尧舜传说本身就是珍贵的历史文化遗产。现在广为流传的上古史观，同《史记·五帝本纪》相仿，即黄帝、颛顼、帝喾、尧、舜作为夏商周之前的五帝。但是经过顾颉刚、杨宽等学者考据，其可信度非常小，他们都认为真正的上古史应从夏代开始，甚至连夏代也只是一个印象，考据该从商代算起。因上古资料极度匮乏，所以史学界通常称夏前时代为“传疑时代”。民俗学家钟敬文曾将传说分为三类：人物传说、史事传说、地方风物传说。尧的传说作为人物传说，随着时代的变迁也在不断地演绎改造，故事的演进过程与社会是一个相互作用的过程。从先秦两汉到魏晋隋唐，再到宋明理学都影响着帝尧传说，在一步步的发展中将尧的形象逐渐演变成一个政治符号、道德符号，尧的身份不再是上古帝王而是中华民族赖以追求的精神信仰，是权威的象征，包含着民众对皇权的敬畏。从中我们可以看出帝尧的传说是神圣性和理性集于一身，代表着以德治为核心的理想社会。

作为五帝之一，帝尧在中华上古文明中是一个举足轻重的人物，尧这个词有着特别的含义，《风俗通义》卷一云："尧者，高也，饶也。言其隆兴焕炳，最高明也。"也就是说，尧本义是高远的样子。帝尧之所以被称为尧，大概是因为他是有德行的皇帝。在《尚书·尧典》中记载，尧本名叫做放勋，是黄帝的后代，他的身世在《大戴礼记·帝系》中有详细的记载："黄帝产玄嚣，玄嚣产蛟极，蛟极产高辛，是为帝喾。帝喾产放勋，是为帝尧。"这样一直追溯到尧的祖先，竟是黄帝。

传说尧的父亲帝喾是一个不错的帝王，在他统治期间，国家稳定，人民安居乐业，被列为"五帝"之一。关于帝喾和他的儿子，《大戴礼记·帝系》是这样记载的："帝喾卜其四妃之子，而皆有天下。上妃，有邰氏之女也，曰姜原氏，产后稷；次妃，有娀氏之女也，曰简狄氏，产契；次妃曰陈隆氏，产帝尧；次妃曰陬訾氏，产帝挚。"帝喾死后，把帝位传给了帝挚，他的第四个儿子，帝挚是个倒霉的皇帝，也没有什么治国才能，寿命也非常短，没有资格列入"五帝"。《史记·五帝本纪》上这样说"帝喾崩，而挚代立。帝喾立，不善，而帝立放勋，是为帝尧。"

就这样，帝尧继承了帝位，开始了一代明君的政治生涯。从这段谱系中我们可以看出，五帝一脉相承，皆为黄帝后代。不仅如此，夏商周的始祖也是黄帝的后代，但史实是不是真的如此？这就不好判断了。事实上，早期史料没有什么涉及帝尧的身世记载。许多说法大多是从周末秦汉之间开始出现的，因为那时人们热衷于整顿上古时代的谱系，但是这种谱系多是牵强拼凑的，把帝王们凑成一家，也许是为了论证帝王的血统和正统，尽管对这个谱系的真实性还有待考察，但是它所带来的特殊效果是不可否认的，能够让人物变得更加鲜活。

帝尧作为五帝之一，受到万世敬仰，其政绩也得到传颂。《史记·五帝本纪》中有一段介绍帝尧在天象历法方面的成就：帝尧命令羲氏、和氏，听从上天的意旨，根据日月星辰，制定历法，向民众谨慎的颁布从事生产的节令。他命令羲仲住在东方，羲仲住的地方叫做旸谷，他在那里恭敬地迎接日出，按照次序安排耕作。

春分日，白昼与黑夜一样长，朱雀七宿中的星宿在黄昏时出现在正南方，羲仲根据这个标志来确定仲春，每年这个时候，民众在田野中劳作，鸟兽生育繁殖。

帝尧又命令羲叔住在南交，有次序的安排夏季的农活。夏至这天，白昼最长，苍龙七宿中的心宿黄昏时出现在正南方，羲叔根据这个标志来确定仲夏，每年到了这个时候民众住在高处，鸟兽羽毛变得稀疏。

帝尧又命令和仲居住在西土，和仲住的地方叫做昧谷，他在那里恭敬的送太阳落下，安排秋天的收获。秋分日，黑夜和白昼一样长，玄武七宿中的虚宿出现在正南方，和仲以此来确定仲秋之时。到了每年这个时候，民众移居平地，鸟兽再生新毛。

帝尧又命令和叔住在北方，那个地方叫幽都，在那里安排冬季的贮藏。冬至日白昼短黑夜长，白虎七宿中的昴宿在黄昏时出现在正南方，据此来判断仲冬之时，每年这个时候，民众在屋中取暖，鸟兽长满细毛。一年三百六十天，用闰月的办法来校正春夏秋冬四季。帝尧告诫百官各司其职。

三、传承价值及传承情况

帝尧传说的发轫和初创期在先秦，此时传说情节已经基本确立，形成之初与政治结合紧密，在《尚书》《左传》《国语》等先秦典籍中，有关文章记载勾勒出尧的主要功绩，确立了圣君明主的地位。书中记载尧帝的治国方略，他命令大臣敬天授时，制定历法，讲述大臣到东南西北四方观测天象，从生活中发现规律，区分春夏秋冬四季变化；在用人方面选贤举能，为了考察帝位继承人，将自己的两个女儿娥皇女英嫁给舜，观其德行，三年后禅位于舜。在《国语·鲁语上》载，“尧能单均刑法以仪民”，都反映出尧选贤举能的治国方略。诸子记载中的帝尧事迹更加多元，剥离纯粹的传说故事将深邃的思想加入帝尧事迹中，推进传说的传播效果。诸子借助尧的传说，实现托古改制的思想，此时的传说成为一种工具，与诸子的思想是互释的关系，他们创造性地发展了帝尧的传说，孔子称：“才难，不其然乎？唐虞之际，于斯为盛。”（《论语·泰伯》）强调选贤事迹，孟子认为尧为了寻找接班人，从方方面面考察舜，在孟子看来，尧禅位给舜是顺应天意的举动。孟子始终认为尧是明君，“欲为君，尽君道；欲为臣，尽臣道。二者皆法尧舜而已矣”。在《管子》一书中还提到帝舜善于听从民众意见。墨子尊帝尧为圣王，提出了尚贤的主张。先秦诸子表现出浓重的崇古观念。春秋战国，社会纷争不断，在这样的环境中，他们通过著书立说宣扬自己的观点，以谋求社会地位。

帝尧传说的兴盛发生在秦汉时期，这时国家逐步形成统一，在文献典籍中，上古传说当列其中，此时的传说更加丰富，在司马迁的《史记》中集中讲述了帝尧传说，收罗各种学说版本，为后世尧传说提供了详实的依据，对传说的发展起到了至关重要的作用，可以说是集大成之作。处在当时的环境中，受谶纬思潮的影响，尧帝出现神话特征，描述帝尧具有不同于常人的面相，《淮南子·修务训》中记载：“尧眉八彩，九窍通洞，而公正无私，一言而万民齐。”《尚书大传》曰：“尧八眉，舜四童子。八者，如八字也。”并且将传说与政治结合起来，形成系统发展之势。历代帝王喜好用尧舜标榜自己，西汉末年的帝尧传说具有强烈的政治干预性，最明显的事件就是西汉末年王莽夺权代汉。汉代文人也将五帝世系法典化，为传说和政治相结合提供了法理依据，认为帝王受命于天，是神灵的化身，这种意识深刻影响了后世对帝尧的认识。

传说的成熟期是魏晋南北朝至唐朝，这个时期传说中的故事情节已经逐渐发展成熟，表现出史实与神话相互结合的特点，在尊重翔实的基础上，为帝尧的传说增加了神话的色彩，更加具有文学的张力。在《帝王世纪》中，帝尧传说更加丰满详尽。首先，增添了帝尧地位过渡的情节，将称帝前的政治生涯历程展现出来；其次，扩充了人物角色，勾勒出更加复杂的社会网络，塑造了反面人物，包括苗氏，尹寿，许由等鲜活的人物形象，使得帝尧传说广为流传；第三，加入祥瑞事件，任防《述异记》直接化用：“务为仁君，一日十端。宫中会化为禾，凤凰至于庭，神龙见于宫沼，历草生阶，宫禽五色，鸟化白神，水生莲箦，蒲生厨景，星耀于天，甘露降于地，是为十瑞。”诸如此类的记载推动了后世关于尧的传说创作。

宋元时期可谓是一个全新的时代，宋代以来，在相对宽松的政治环境下社会经济蓬勃发展，科举规模的扩大，印刷术的普及，促进了宋代的文学艺术创作。后来在程朱理学的阐释下，传说中的帝尧从一代圣主变为人们道德行为的楷模，适应了社会各阶层的道德需要，传说从通俗化走向大众化。南宋理学家胡宏所著《皇王大纪》中记载了帝尧的两个传说，一是嫁女于舜，二是知人善任。可以说朱子建构了中国的道统之说并且拉近了圣人与常人的距离，使得圣人具有泛化的意义。

传说的推进期是在明清，除了对帝尧传说的肯定外也提出了否定和质疑，崔述认为“大抵战国秦汉之书皆难征信，而其所记上古之事尤多荒谬”。康有为在《孔子改制考》中说“黄帝、尧、舜之事，书缺有间，茫昧无稽也”，一些文人对帝尧古史传说进行演义，写成了古史通俗小说。与此同时，帝尧被列入仙籍，高居世俗的神灵之位。

尧文化在当代社会生活中产生了一定的社会效益和经济效益，具体主要包括民众、当地政府和学者三者之间的关系，尧文化经过学者们的再生产，能够在当地产生效应，运用多元的方式对尧文化进行再现还原，或是民俗展演，或是传说故事，都为适应大众化的需要，深入挖掘历史思想，打造文化热点。地方学者在建构尧文化的过程中，充分进行文化再生产，重建文化圣地，将尧文化与地域联系起来，形成一种想象的空间。在打造尧文化的过程中对当今社会

尧王祭祀仪式　王丕琢摄

风气产生了净化作用，与社会状态相吻合。传承尧文化能够实现充实民众精神，促进社会凝聚力，实现和谐发展。

四、较常见的故事文本

尧造酒传说①

尧作为上古五帝，传说为真龙所化，下界指引民生。他带领民众同甘共苦，发展农业，妥善处理各类政务，受到百姓的拥戴，并得到不少部族首领的赞许。尧由龙所化，对灵气特为敏感。受滴水潭灵气吸引，将大家带至此地安居，并借此地灵气发展农业，使得百姓安居乐业。为感谢上苍，并祈福未来，尧会精选出最好的粮食，并用滴水潭水浸泡，用特殊手法去除所有杂质，淬取出精华合酿祈福之水，此水清澈纯净、清香幽长，以敬上苍，并分发于百姓，共庆安康。百姓为感恩于尧，将祈福之水取名曰“华尧”。

尧与鹿仙女成婚传说故事②

传说鹿仙女肌肤若雪，体态娇艳，俨然绰约处子。她心地善良，好济困扶危，为民除害。仙洞沟附近黑龙潭中，潜伏一条黑龙，经常兴风作浪，惊扰行人，还溯河而上到鹿沟一带伤害鹿群。鹿仙女顾念百姓的安全和鹿群的生存，决心制服黑龙。一天她来到黑龙潭边，向黑龙挑战，黑龙从潭中奋身腾跃而起，张牙舞爪，直奔仙女。鹿仙女伸手向黑龙一指，黑龙一下子瘫软地陷在河滩上，向鹿仙女求饶，表示愿终身为仙女效劳。鹿仙女饶它不死，将它关押在黑龙洞里，变为自己驾乘的坐骑。从此，黑龙对仙洞沟一带生灵的危害始得解除。

帝尧受命于危难之时，先是“十日并出”，禾稼焦枯，继而洪水泛滥，淹没田园，各地部落方国，割据称雄，独霸一方。帝尧依靠后羿等部落方国领袖的支持，削平群雄，重新统一中原，率领群众与水旱灾害作斗争，万民称颂。一天，他到仙洞牧马坡巡视，同牧民谈论畜牧之道。牧民们顺便也讲述了鹿仙

---

① 张婷：《尧舜传说》，中国社会学文献出版社 2008 年版。摘录时略有改动。

② 张婷：《尧舜传说》，中国社会学文献出版社 2008 年版。摘录时略有改动。

女为民除害的故事。正说之间，忽见一位仙女凌空飘然向仙洞而去，众牧民惊喜地指给帝尧说，那就是被称姑射神女的鹿仙女。帝尧回尧都以后，鹿仙女的形象一直浮现于他的脑海里，萦绕在他的心头。夜里梦见鹿仙女飘飘然从天而降，凝目含笑，向他走来，与他并肩携手，互诉衷情，驾云凌空同游。帝尧微服到姑射山访察，走到仙洞，远远看见林边草坪上有一个青年女子翩翩起舞，婀娜多姿，忽儿腾空，忽儿遁地，穿石如人虚，履空如平地，身边有一只小鹿陪伴着她。帝尧心想，她一定是鹿仙女了，于是健步上前，向她打躬施礼。不意她竟未答话，抽身躲到一棵松树后边，面含娇羞地装作用木梳梳头。待尧将走近时，她将木梳往这株树上一扎，又转到另一株树后边嬉笑着。帝尧也嬉笑着追赶，不觉来到一个僻静处，猛然从山谷窜出一条巨蟒，口吐红信，目光瞵瞵，昂首向尧扑来，帝尧后退不及，被地上的草丛绊倒。在这危急时刻，鹿仙女见状，折身一个箭步跳到帝尧身前护挡住他，倾手一指，只见那巨蟒浑身颤抖，瘫痪在地，按照指令，回身向山谷退去。这蟒是由黑虎仙幻化而成，意欲加害帝尧。帝尧惊恐之余，一再拱手感激鹿仙女救命之恩。二人相随回仙洞途中，互相倾诉衷情，情投意合。

当晚帝尧留住仙洞。第二天鹿仙女领着帝尧游山观景，鹿仙女指着闪闪发光的大镜石说：“我常常对着它照面整容。”走到涧沟下的石台边，鹿仙女说她“常坐在这台上梳理头髻，大家传为我的梳妆台。”她向对面岸上的层层石阶一指，说她经常从那里拾阶而上，人称仙梯。她说她经常骑黑龙去后沟的龙须瀑沐浴戏水“我喜欢这神奇的大自然，喜欢自由自在地生活，但从见到你以后，我打内心里敬佩你匡扶天下的大志，甘愿扶助你光大帝业”。帝尧听后，十分欣慰，表示愿作比翼鸟和鸣齐飞。二人遂订立婚约，择定吉期成婚。帝尧与鹿仙女双方结鸾俦于仙洞之中，以洞为新房，对面的蜡烛山上光华耀眼，照得南仙洞如同白昼一般。后来人们便称这新婚之夜为“洞房花烛夜”。帝尧婚后，忙于治理国事，鹿仙女也经常关照牧马场的事。第二年鹿仙女生了一个男孩，尧很高兴，为他起名为朱。鹿仙女抚育儿子，渐渐成长。听说一只巨蟒在牧马滩吞食牧民，她想一定又是那黑虎仙在兴妖作怪，于是决心降服那只恶蟒。她从牧马滩追赶那蟒，跟踪来到梳妆台下，那蟒正要回身，鹿仙女纵身一跃，用剑直刺那蟒的喉咙，巨蟒被刺身亡。黑虎脱身而去，后来那里留下了巨蟒窟。黑虎仙愈加嫉恨鹿仙女，想方设法要加害鹿仙女。鹿仙女只得向天帝告发，天帝派天兵天将捉拿黑虎仙，将黑虎仙压在乎阳东南的山丘之下，是为卧虎山。天帝同时又罚鹿仙女与帝尧割断尘缘，鹿仙女无奈，将幼年的朱儿送还帝尧，从此，隐居深山。帝尧派人四处查找，不见踪影，亲上姑射山去找，没明没夜地呼唤，也不见回音。帝尧另娶散宜氏女为妻，生了七男二女。朱儿后封于丹地（浮山），故称丹朱邑。后来人们感念鹿仙女功德，在南仙洞黑龙洞左旁的一个小洞窟中为鹿仙女塑像纪念，千百年来香火不绝。

牛郎织女传说

“纤云弄巧，飞星传恨，银汉迢迢暗度。金风玉露一相逢，便胜却人间无数。柔情似水，佳期如梦，忍顾鹊桥归路。两情若是久长时，又岂在朝朝暮暮。”这首以牛郎织女故事为题的《鹊桥仙》，数百年来，给予向往爱情的人们以无限遐想。

一、流行区域及申遗情况

牛郎织女的故事被称作中国四大民间传说故事之一，《诗经》中有关织女、牛郎的记载，便是流传于今鲁中地区牛女传说的萌芽形态。在传说的发展历史

织女洞　王丕琢摄

织女塑像　王丕琢摄

过程中，牛女与鲁中南地区的一些山川、风物互为依托，形成了具有地方特色的传奇故事。沂源县的牛女传说，早见于织女洞宋、金碑记，其流传时间可远溯到唐代或唐代以前，以县境南部燕崖乡牛郎官庄为中心的地区最有地方文化特色。

目前，该地区已经发展成为以织女洞为中心的牛郎织女景区。景区主要景点有织女洞、牛郎庙、世界爱情邮票博物馆、牛郎织女民俗展览馆、情人谷、叶籽银杏、织女泉、九重塔等各种人文景观和各种石刻碑林等。

2008 年沂源县申报的“牛郎织女传说”被国务院列入第二批国家级非物质文化遗产名录。

二、历史渊源及基本内容

作为古代四大传说之一，牛郎织女的故事是我国民间文学遗产中绚丽的瑰宝，相传农历七月初七的七夕节亦来源于此。人们提起牛郎织女，就能想到爱情，现在年轻人甚至将七夕节附会为中国“情人节”。实际上，牛郎织女最早是两颗星星的名称，《诗经·小雅·大东》中有“跂彼织女，终日七襄”“彼牵牛，不以服箱”的诗句。渐渐地这两颗星星生发了联系，到东汉末年时，牛郎织女的爱情故事已经大体形成，无名氏诗《迢迢牵牛星》可见一斑。在随后的数百年传承中，该故事产生了多个异文，宋代以后基本形成了两个较为流行的版本：其一说的是牛郎与织女本都是天上神仙，大体讲述的是织女是天帝的孙女，长年累月织布，天帝可怜她生活孤独，就让她与银河西边的牛郎结为夫妻，然而结婚后的织女由于贪欢而耽误了织布，天帝大怒，将她赶回银河东边，并规定他们夫妻每个月初七见面，结果喜鹊在传送天帝旨意时，误将每月初七说成每年七月初七，天帝为了惩罚喜鹊，便由它们每年七月初七搭建鹊桥，以助牛郎织女夫妻团聚。

另一种主要是口头流传，其影响也更为广泛。大体讲述的是从小就是孤儿的牛郎跟着哥哥嫂子过日子，嫂子待他刻薄无礼，后来兄弟分家，牛郎只分到一头耕牛。牛郎只好与耕牛相依为命，白天去耕地，晚上回到家中，他就同耕牛说话解闷儿。有一天老牛忽然说话了，它告诉牛郎晚上将有仙女到湖里洗澡，到时候藏起一件红色衣服，衣服的主人就会成为他的妻子。晚上牛郎到了湖边果然看到有几个女子在洗澡，就依照老牛的话，将红色衣服藏了起来。仙女见到有人来，都飞走了，只有织女因找不到衣服而没有飞走。牛郎走出来将衣服还给织女，并告诉她老牛的话，织女认得这牛是天上金牛星下凡，来成就她与牛郎的一段姻缘，就与牛郎结为了夫妻并为牛郎生下一对龙凤胎。过了一段时间，老牛终于要死了，临终前它告诉牛郎，待它死后要将它的皮剥下来放好，披上它能够飞上天。后来王母知道了织女与牛郎结婚的事情，非常生气，就命天兵天将前来将织女抓走，牛郎赶忙拿着担子挑着儿女披上牛皮，出门追赶，眼看就要追上时，王母摘下发簪在身后一划，一道宽宽的银河挡住了牛郎的去路。牛郎与两个孩子大哭不止，王母又被这种深情所感动，就同意他们每年七月初七可以见面。直到现在有些地方，还流传着农历七月初七下雨，是牛郎与织女在流泪，在葡萄树下可以听到喁喁私语的说法。

现在沂源县境内传承的牛郎织女传说除了上面的说法之外，还有与当地风物相结合的传说。

1. 牛郎庙与织女洞

牛郎的后人在当地修建了牛郎庙，庙里面供有牛郎和他的两个孩子，这也是孙姓家族的宗祠，当地人认为先有牛郎庙后有织女洞，并且以庙名命村名，这就是现在的牛郎官庄村。与牛郎庙隔河人们修建了织女洞，在天上被银河阻隔的牛郎织女化成了当地被沂河阻隔的牛郎庙与织女洞。

牛郎庙碑　山东省文化馆非遗保护中心供图

2. 天孙泉

在当地的大贤山上有一眼泉水，当地人称为“天孙泉”。相传织女后来又私自下凡，王母娘娘担心女儿，悄悄来到织女洞看望织女。见织女孤苦伶仃，非常心疼。王母走到织女洞南，坐在岩石上不觉掉下泪来，眼泪掉在岩石上立即化成了一眼仙泉，王母抚摩着身边一棵小树说：“这仙泉是专为织女而成，你在此守候它，让它清冽、甘甜。”

牛郎庙　山东省文化馆非遗保护中心供图

3. 叶籽银杏

织女在天孙泉喝水时，不小心将头上的宝珠掉在水中，后来竟发现自己掉落的宝珠竟托在树叶上。织女就将宝珠暂时托付于树，待七夕见面时再来拿。等到七夕时，织女竟发现每个树叶上都托着一个像宝珠一样的仙果，味道清香、鲜美，过去的小树现在已经长成参天大树，每年都会结很多果实，这些果实都长在树叶的上面，所以被称为叶籽银杏。

三、传承价值及传承情况

（一）故事的传承价值

牛郎织女的传说，首先具有很高的认识价值，牛郎织女传说在当地传承反映了当地民众的历史，突显当地民俗风情、实践着当地民众伦理，制约着当地民众心理。其次具有较高的文学艺术价值。牛郎织女的传说为我国牛郎织女传说宝库中增添了新的异文，为研究比较这类型的传说故事提供了重要的资料。第三，牛郎织女的故事还具有较高的教育价值。牛郎织女传说中反映夫妻恩爱、家庭和睦的内容对于现代社会具有很高的教育价值。

（二）传承情况

民间传说主要是民众以口头方式进行传承的一种民间文学形式。在沂源县，牛郎织女的传说除了口头传承之外，还呈现出其他多种形态的传承。以织女洞、沂河、牛郎庙以及牛郎官庄等与传说故事相关的物质载体，使沂源的牛郎织女传说呈现出一种空间和物质传承的特点。这些特定的地方风物与民间传说结合在一起，使得整个故事更加丰满，也更有利于传承。

不管怎样，沂源地区牛郎织女传说仍然以口头传说为主。尤其是在县城南端的燕崖乡牛郎官庄村，人们对这个传说更是达到了妇孺皆知的地步。这个村庄牛郎织女传说的传承人情况基本如下：

姓名	性别	年龄	文化程度	传承方式	居住地址
孙兆华	男	79	初中	听家里老人讲、听说书	牛郎官庄
孙兆永	男	65	初中	听家里老人讲、听戏、看电视	牛郎官庄
韩凤祥	女	80		听家里老人讲、听戏、看话本	牛郎官庄
马会义	男	35	高中	听别人说、看电视	牛郎官庄
孙启荣	男	72		听家里老人讲	牛郎官庄
耿学成	男	85	私塾	听家里人讲	南安乐庄
孙启中	男	63	小学	看书和听别人讲	牛郎官庄
张文永	女	75		听家里老人讲	大马岭村
任传俊	女	87		听家里老人讲	牛郎官庄
张道长	男	78		听自己的师傅讲的	神清宫
孙培福	男	80		听家里老人讲	牛郎官庄

另外，还有许多人能讲述不少牛郎织女的故事，传承情况兹列如下：

姓名	性别	年龄	职业	文化程度
孙振鼎	男	98	农民	三年私塾
孙兆华	男	80	农民	初中
孙启传	男	56	农民	初中
孙启文	男	43	农民	初中
孙启信	男	38	农民	高中
解明泉	男	53	农民	初中
耿国军	男	43	农民	文盲
江照风	女	42	农民	文盲

（续表）

姓名	性别	年龄	职业	文化程度
江玉芬	女	86	农民	文盲
任大花	女	50	农民	小学
张文荣	女	76	农民	文盲

四、较常见的故事文本

沂源地区流传着不同异文的牛郎织女故事，每个故事都有其特色，这里选取两个以飨读者。

孙守义娶妻[1]

传说，牛郎本来是天上的牛郎星，有一回他去参加王母娘娘的宴席。一人一个桌，织女来泫盅（倒酒）。牛郎看着织女怪好，织女也看着牛郎怪好。他俩你戳我，我戳你，王母娘娘看见了，非常生气，就把牛郎赶下界来，正赶上咱们沂源这里一个姓孙的人家生孩子，他就投胎到这一家啦。

姓孙的有两个儿，大儿叫孙守仁，二儿叫孙守义，就是牛郎。孙守义从小爹妈就死啦。他就跟着他的哥哥嫂子过日子。他哥哥比他大很多，他嫂子怪狠，对他不好。他哥哥去做买卖，叫他上学。可是他哥哥一出门，他嫂子就虐待他，不叫他上学，叫他去放牛。

这一次，他放牛的时候，牛就对他说了话了，"晌午的饭不能吃，面条里下毒药了，要药你。"中午回家后，他嫂子对他怪尊重，说："你放牛怪累，我擀的面条子，你吃了吧。"孙守义知道有毒，就等了一会儿，把面条豁到地上。他哥哥家里养的狗就跑过来吃，吃完了当时就伸了腿了。孙守义就提出分家。他哥哥说："你要啥算啥，要哪块地就给你哪块地，要什么东西就给你什么东西。"这个老牛和他说了："什么也别要，就要一个破柜子、破单车，再加上它，就这三样。"他舅舅来给他们分家，他就要了这三样，赶上车走了。走到荒坡地，画了线桩，起了屋，柜子里放什么吃的有什么吃的。过了一段落时间，牛郎对

① 叶涛、韩国祥：《中国牛郎织女传说沂源卷》，广西师范大学出版社 2008 年版。摘录时略有改动。

老牛说："我现在什么也不想，就想个媳妇。"老牛想了想，说："织女姊妹们就织女还没主，其他人都有主了，她们会下来洗澡。"它又把谁的衣服放哪告诉了牛郎，让牛郎抱走织女的衣服。这一天，牛郎就去了。其他人看到来了个青年，都穿上衣服走了，就剩下了织女。她身上也穿着一件浴衣，可是盖不全。她对牛郎说："你把衣服给我吧，我得走了。"牛郎说："我把衣服给你也行，可你得跟了我，做我的妻子。"织女没办法，就答应了。牛郎就把衣服送过去，她就穿上了。

后来，牛郎和织女生了两个孩子，一男一女。会看相的说织女的织女洞在河南岸，牛郎挑着两个孩子在河的北岸，就是现在的牛郎村。有一天，老牛对牛郎说："我快死了，等我死了，把皮留下来，到时候就用着了，裹着能上天。"

牛郎有儿有女，日子过得怪滋。这一天，他去赶集，想买点吃的、玩的哄孩子。他回来时，发现织女不在了。天上下来旨意把她拿回去，几年的时间有数，应该有一段夫妻缘。他想起老牛说的话，就挑起两个孩子，用牛皮裹着，追了上去。王母娘娘看见了，拔下柳叶针一划就成了天河。

百鸟搭桥是这么一回事。一个鸟精犯了事，玉皇派元帅李天王去追它。这个鸟精急了眼，就跑到了织女屋里，藏到了织布机后面。李天王追到门口，不大好进去了，因为织女是他小姨子，他妻子是玉皇的大闺女。他就回到天上，交了旨算完了。后来每年七月七，百鸟为了报恩，就搭桥让牛郎和织女见面。

牛郎会织女[①]

牛郎本来就是天上的，是天蓬大元帅，猪八戒是一个，牛郎也是一个。牛郎长得潇洒，又是天蓬大元帅，织女长得也很不错，织女就看了牛郎一眼，用眼神，两人就有感情了，结果被她的母亲王母娘娘发现了。

王母娘娘是玉皇大帝的夫人，她母亲很关注这个事情，觉得不能和天蓬元帅有关系了，就和玉皇大帝说咱们的七女儿和天蓬元帅有了感情，结果玉皇大帝就把天蓬大元帅撤了职，就是现在下了岗了。

猪八戒落到猪栏里了，成了猪八戒，牛郎落到牛棚了，所以叫牛郎。他爹

---

① 叶涛、韩国祥：《中国牛郎织女传说　沂源卷》，广西师范大学出版社 2008 年版。摘录时略有改动。

妈生了他们兄弟两个，他哥哥的媳妇很厉害。他父母不在了以后，他嫂子不管他，牛郎的生活很难维持。

他不是投生到牛棚了吗，落到牛身上，这个老牛就托梦给他，说："你就坐到我身边，你冷了，就趴到我的身上，我不是有毛吗，毛发暖，我是老牛，牙齿没了，你就用刀把草铡细了，把我的生命保住了，将来对你会有好处的。"

牛郎按照老牛说的做了，夏天的时候，就到东边的牛栏休息，吃青草，冬天再领着它回来。又过了些时候，老牛又给牛郎托了个梦，说我已经老了，不行了，等我死了以后呢，不要把我的皮剥了卖给人家，不要把我的肉吃了，你去给人家磕头，挖个大坑把我埋了，把我埋得深深的，以后你有什么难事了，就来我的坟前烧香，说我有大灾大难了，你必须出来解救我。

第二天这个老牛喘了两口粗气，就死了。牛郎和老牛的感情很好，就哇哇大哭，他的邻居过来问他是怎么回事，牛郎就把这事告诉了其他人，也给邻居磕了头。牛郎对待老牛就像自己的父母一样，清明、冬至、过年都要去坟前烧个香。

过了几年，牛郎也长大了，有十八九岁。织女在天上看到了牛郎的一举一动，觉得他是个好人，所以就很可怜他。织女本来在天上织布，她就下来，下来就到洞里了。张道通就在这里炼仙丹，冒出烟来，就不环保了。所以张道通就把炼丹炉拿了，建了织女洞。这个时候，牛郎和织女已经过到一块了，生了一个男孩子和一个女孩子。王母娘娘知道后，就用天兵天将把织女捉了回去。

织女走了以后，那两个小孩就没法养了。他觉得这是最大的困难，就烧香跟老牛说王母娘娘把织女捉了回去，两个小孩子没法养了。老牛就说，你等一等，我到了晚上再来找你。到了这天晚上，老牛就出来了，跟牛郎说你披着我的牛皮，连着这个角你带着，我身上的东西不能少，担着你那两个孩子，上天以后就能追上织女。牛郎听了他的话后，就担着两个小篓子，挑着孩子上了天。就在牛郎快追上织女的时候，王母娘娘拔下她头上的装饰品——簪子，在天上划了一道就成了天河，牛郎在这边，织女在那边，这就是牛郎织女的故事。织女在天上总觉得不如在地上好，所以又下来了，王母娘娘也就跟着下来了。织女在洞里面，就要王母娘娘住在另一个木屋里，这就是织女洞。

徐福东渡传说

传说中的徐福乐善好施，不但精通医术养生，还善于对神秘莫测的航海及海市蜃楼这种自然现象进行探索，被当地人称之为神仙。徐福传说深深扎根于民间，富有地方特色，特别是这些传说中的语言提炼尤为突出，所写地理位置、农家民俗都有着浓郁的海洋文化特色。这些传说不但是我国民间文学宝贵的精神财富，也为黄岛区开发保护徐山提供了素材。徐福传说架起了中日韩以及东亚各国文化交流的桥梁，记录并发展了中国和东亚各国的神话传说，形成了东亚徐福文化圈，具有重要的文化意义。徐福传说也反映了我们祖先寻求海外世界、探索自然奥秘的愿望。

一、流行区域及申遗情况

徐福，字君房，秦代方士，原齐国人，曾在黄岛区境内的徐山修行炼丹。公元前 219 年、210 年，徐福先后向前来琅琊巡游的秦始皇禀告，为其寻找长生不老药，得到秦始皇允许，徐福率领一支两千童男女及五谷、百工的庞大船队，从徐山一带出海，一去未归，据说到达了韩国和日本。

徐福石雕像竖幅　王丕琢摄

徐福传说起源于黄岛区境内的徐山。徐山东临前湾港，西靠国家级风景旅游区小珠山，面积约 1 平方公里，海拔高度 87 米，因徐福东渡的故事发生在这里，当地群众称作神仙山。两千多年来，徐山，作为徐福的修行炼丹地和出海地，留下了许多优美的传说和神话故事。近几年来，经黄岛区民间文学工作者的努力，共挖掘整理出有关徐福的传说 20 多个。至今，徐山仍遗留徐福当年炼丹用过的石屋、水井、观星台、棋盘石、车辙石等遗迹。

2006 年徐福东渡传说入选青岛市第一批非物质文化遗产名录。2009 年入选山东省第二批非物质文化遗产名录。2011 年入选第三批国家级非物质文化遗产名录。

二、历史渊源与基本内容

《神仙传》上称徐福为方士之祖，道家称其为神仙。徐福传说自秦代以来就在徐山一带广为流传，大都是徐福炼丹、为民治病以及率童男童女出海求仙的故事传说。这些故事既真实又富有传奇色彩，千百年来为人们津津乐道而广为传颂。

有关徐福的史料记载，最早见于《史记》，始皇二十八年（公元前 219）“齐人徐市等上书，言海中有三神山，名曰蓬莱、方丈、瀛州，仙人居之。请得斋戒，与童男女求之。于是遣徐市发童男女数千人，入海求仙人”。

《史记》又载：始皇三十七年（公元前 210）“始皇出游。……并海上，北至琅邪。方士徐市等入海求仙药，数岁不得”。秦皇帝“遣振男女三千人，资之五谷种种百工而行，徐福得平原广泽，止王不来”。

根据以上记载可以断定，徐福所居住的地方距琅玡不是很远，根据“齐人徐福”的记载，徐福所居住的地方，应该在原齐国的地域（齐长城之北）一处靠海的地方，这个地方就是黄岛区的徐山一带。徐山距琅玡不足 50 公里，东侧就是胶州湾，齐长城从徐山山脊穿过，这基本符合史料记载。

另外，关于徐福入海求仙东渡的故事，在我国各地均有传说，但这些记载大都是明清之后的史料，大多出自一些家谱、民间传说和近代的研究结论。在徐福长达 9 年的海上求仙途中，游历遍沿海各个岛屿，到过这些地方并留下一些传说，也在情理之中，但史料最早记载徐福启航的地点就是徐山，徐山才是徐福的大本营。

晋代地方志《三齐记》记载：“小珠山又东徐山，方士徐福，将童男女二千余人会此入海，采药不返，因曰徐山。”元代地方志《齐乘》载：“徐市将入海，会于此处。”又载，“壬午，始皇二十八年，帝东巡，登琅琊，立石，遣徐市入海求神仙”（见《纲目》注：今治南有徐山）。清乾隆版《灵山卫志》载，“鹁鸪山东为徐山”（即徐福入海求仙处）。又，“徐山，在卫城北十二

黄岛区　徐福东渡启航处　王丕琢供图

里”。民国版《续胶州志》载：“徐福将童男女二千人于此山集会而去，因曰徐山，据此则山之以徐福得名，其说已古。”由此证明，徐福出海起航地就在黄岛区徐山附近，徐福传说在这一带流传，也就在情理之中。

三、传承价值及传承情况

（一）故事传承的价值

首先，徐福东渡传说有一定的文化价值。徐福求长生是方士文化的一部分，徐福东渡所涉及的一系列文化现象是一种徐福文化，作为一种对宇宙和人生奥秘的探索，有着积极的意义。徐福东渡日本和韩国，不仅带去了农耕文化，也将宗教文化带到了异国他乡。徐福东渡架起了我国与日本、韩国以及东亚各国文化交流的桥梁，形成了东亚徐福文化圈，具有重要的区域文化意义。

其次，徐福东渡传说具有一定的历史研究价值。徐福是我国最早的制药家、探险家、航海家。对研究先秦时期的政治经济、宗教信仰、航海技术以及养生、制药都具有重要的意义。

徐山作为徐福出航东渡的启航点，不但遗留徐福石屋遗址，还保存战国时代齐长城“左关”遗址，汉代的墓葬，明代的牛王庙等文物古迹，徐山山

徐福东渡日本航线图　山东省文化馆非遗保护中心供图

脚有新石器时代的遗址，是黄岛地区最早的文化遗址，反映了黄岛四千多年人类文明历史，是一部活的史书，有重要的历史研究价值。

最后，徐福传说对于促进当地旅游经济具有积极意义。徐山位于黄岛区中心部位，因徐福传说而得名，南侧为商住区，北侧是工业园区，交通方便，周边居民密集，是居民休闲的最佳场所。徐山山体以土为主，土石相间，奇石嶙峋，植被保护很好，一年四季常青，三季有花，终年流水不断。如将徐山的文物古迹进行修复，不但为本地增加了一个市内生态文化公园，也为日本、韩国人民开辟了一处寻根认祖的圣地，具有巨大的旅游开发潜力。

（二）故事传承情况

1. 文献传承

除了前面提到的历史文献资料以外，过去的二十多年里，黄岛地区各级文化部门先后编撰数本相关书籍，对于故事的传播和传承起到了积极意义。其中，比较有代表性的有：1992 年辛安街道办事处编纂的《辛安民间故事》，收集了徐福传说的故事；1993 年黄岛区文化局编纂的《黄岛民间故事》，也收集了徐福传说的故事。2006 年黄岛区文化局编辑出版的《徐山》画册、《徐山》论文集，主要介绍了徐福在徐山的遗迹。

2. 口头传承及传承人情况

徐福传说主要流传于徐山周边的辛安街道办事处的村庄，在黄岛区其他乡村中也有流传。

（1）潘春禄（1929—　）男，小学文化，辛安街道办事处牛王庙社区，自小就听祖辈传说有关徐福的故事，他提供的“徐福传说”资料于 1993 年入选《辛安民间故事》，2006 年入选《徐山》一书。

（2）潘进和（1956— ）男，高中，辛安街道办事处台头社区曾撰文“徐福的故事”，入选黄岛区文化局2006年编纂的《徐山》一书。

（3）张学连（1935— ）男，小学文化，辛安街道办事处港头陈社区，他提供的资料于1995年入选《黄岛民间故事》。

（4）薛建梓（1938— ）男，小学文化，柳花泊街道办事处木厂口社区。他提供的“徐福与神水泉”故事于2008年入选《小珠山民间故事》。

（5）赵继梅（1944— ）男，高中文化，原辛安镇文化站站长。主编《辛安民间故事》，曾收录“徐福的故事”。

（6）李居发（1954— ）男，大学文化，黄岛区文化馆文化遗产保护专业人员，1995年主编《黄岛民间故事》、2006年主编《徐山》，均将各版本的传说收入书中，并参与策划了徐山一系列的保护工作。

四、较常见的故事文本

徐福传说在民间流传很广，主要包含在当地人民的口耳相传中，在与其有关的众多典故、风俗中也多有记载和反映。这些传说既集中体现了徐福求长生思想，同时，也体现了人们对大自然的探索认识。接下来本部分将结合文献资料，选取几个流传较为广泛的故事文本呈献给读者。

徐福炼丹

徐山北坡原有一个天然山洞，洞门朝正东方向，石屋内有石炕、石桌、石凳子。石屋的西北角，石屋的一角还有一个方圆一米的通气口，在屋内烧火，可由通气孔向外排烟，很像一间人工凿成的屋子。徐福出游来到徐山（当时此山无名）时，见此山风景秀丽，奇花异草遍地，认为这是上天赐给炼丹的好地方。于是，就决定在此山安家修行炼丹，这正是仙人顺天意而为的追求，也反映了人们对神仙的崇敬心理。

徐福在这里住下以后，就在徐山周边地区采药炼丹，为当地百姓治病，受到人们的欢迎，徐福妙手回春的高超医术也被当地百姓所传颂，如《仙丹的传说》《神水泉的传说》《徐福救人的传说》等。这些传说表达了人们对治愈疾病的渴求，对健康长寿的追求心理。

徐福出海求仙

秦始皇梦想做一个万代皇帝，下令全国各地为他寻找长生不老药。徐福声称在大海中有三座神山，有仙人在此炼丹制药，人吃了可以长生不老。要想找到这些神山需要童男童女求神仙。秦始皇答应了徐福的要求，并下诏沿海各地官吏，为徐福提供各种需求。徐福拿着秦始皇的圣旨，在徐山周围的山上伐木、在徐山北侧的海湾造船后，便出海寻找仙山去了。

关于对徐福求仙的传说有两个截然不同的版本，一个是徐福找到仙药，因为秦始皇暴政，所以没有给他，导致秦始皇在回去的路上就死了。还有一种说法就是徐福根本没找到仙药，就蒙骗秦始皇，为躲避秦始皇的迫害而东渡不归。不管是哪种说法，都表现了人们对徐福的崇敬，对秦始皇暴政的痛恨。如《徐福东渡》《入海求仙》等传说。

徐福与当地风物相关的传说

徐山的石头千奇百怪，惟妙惟肖。这为人们的想象提供了巨大的空间，也就有了徐山奇石的传说。

传说当徐福师徒三人推车来到徐山时，因山坡都有乱石，两个徒弟怎么也推不上去，徐福见状，对两个徒弟说，“看我的”，用手轻轻一推，车子就上了山。由于徐福的力气太大，车轮子压在石头上，居然压出了一条明显的车辙印，至今，这个带有车辙印的石头依然清晰可见，这就是《车辙石的传说》。还有《牛石和羊石的传说》《仙人石的传说》《棋盘石的传说》，因为大自然造就了这些奇石，才为人们提供了巨大的想象空间。既然徐福是仙人，一定和平常人不一样，《神茶树的传说》更带有神秘的色彩，也反映了人们对大自然的一种超常认识。

徐福与日本相关的传说

日本与我国一衣带水，徐福文化在日本影响很深，有相同的文化传统。传说徐福东渡时，他们的船队是朝着太阳升起的方向航行，船工边行船边呼喊：“日奔，日奔”，据说，日本国的国名就是由此演绎而来的。

徐福东渡时，裁缝工匠留在了韩国，到达日本后，才发现没有做衣服的工匠，徐福一行只好将织好的布缠绕在身上，就成为现在日本的传统服装——和服。日本妇女背后都有一个包袱，人称“背福”，据说，这是祖祖辈辈不忘徐福的意思。

徐福到达日本后，居住在熊野浦，那里还有徐福的坟墓。歌山有徐福庙、徐福宫、徐福驻屯中心遗址。还有称为日本国宝的徐福马鞍、徐福木雕人物像等文物。象羽田、羽太、波多、幡多、八田等家族都认为是徐福的后裔，每年要举行祭祖活动。日本的《神皇正统记》中也有关于徐福的记载。

徐福率数千人到达日本，把中国先进的耕种方式、百工技术与习俗文化等带到了那里，使日本很快由新石器时代跃入铜铁器时代，由渔猎经济的绳纹时代转变为农耕经济的弥生时代，水稻、蚕桑、药物等种植得到了推广，促进了日本经济文化的大发展。在日本民间，徐福被尊称为农神、蚕桑神、医药神，这也是徐福到达日本的明证。

陶朱公传说

相传，陶朱公居陶从商的十九年间，充分利用“天下之中”的陶而富甲天下，资累巨万，“三致千金”，被司马迁评论为“富好行其德”，为世人所尊崇。陶朱公传说主要是关于陶朱公居陶十九年间的民间传说故事，传说中的陶朱公善于理财，乐于散财，聚财散财，随心所欲，简直达到了出神入化的境界。秦汉以来，陶朱公一直被人们奉为财神爷。

一、流行区域及申遗情况

陶朱公传说源于山东定陶，广为流传于我国的民间及世界华商中，距今已有两千五百多年的历史。陶朱公，字少伯，楚国宛城三户（今河南省南阳淅川县）人，是春秋末期的政治家、军事家和经营思想家。相传，陶朱公弃官离越后，经齐国西行至陶（今山东省定陶县），以陶为“天下之中，诸侯四通”，遂定居于陶，开创伟业。定陶之名由此而始。定陶古称陶，是中华文明的发祥地之一。《定陶县志》载：“约公元前二十一世纪，尧初居唐，后成陶，定陶为尧都。”春秋末期越大夫陶朱公至陶，以陶为“天下之中”，易名为陶朱公，定居陶经商致富，定陶之名由此而始。

定陶范蠡像　山东省文化馆非遗保护中心供图

陶朱公传说深深扎根于民间，富有地方特色，特别是故事传说中的语言提炼表现得尤为突出，所写地理位置、农家民俗、引典佐证、历史记载都有着浓郁的地方特色。《经商十八利》《经商十八忌》《陶朱公造秤》《陶朱公名的由来》等民间传说故事，已成为陶朱公文化与研究的重要来源。

2008 年山东定陶县申报的陶朱公传说被文化部列入第二批国家级非物质文化遗产名录。

二、历史渊源与基本内容

陶朱公传说在春秋末年以来就在古陶之地广为流传，流传的大都是陶朱公经商、生活的传说故事。陶朱公传说故事以及故事里所体现的陶朱公的经商之道和人格魅力，千百年来为人们所传颂。

陶朱公，本名陶朱公，字少伯，楚国宛地三户（今河南省南阳淅川县）人，是春秋末年著名的思想家、政治家、军事家、经营思想家和大商人，被后人传颂为“治国良臣、兵家奇才、华商始祖”，享“一代名相，千秋商祖”之美誉。

相传，陶朱公在青少年时代就聪明过人，他虽生活在“衰败”的贵族之家，却饱读典籍，胸怀大志。后受宛令文种赏识，与文种一起入越，成为越王勾践的谋士，尽智竭力帮助越王勾践报仇灭了吴国，此后功成身退，由海路到达齐国，变更姓名，自谓鸱夷子皮，“苦身戮力”地“耕于海畔”。凭着“父子治产”“致产数十万”（《史记·越王勾践世家》），取得了当平民后的首次成功。

齐国听说了陶朱公的贤能，欲用为相。陶朱公以为，“居家则致千金，居官则至卿相，此布衣之极也。久受遵名不祥”。于是辞相印不受，“散尽其财，以分与知友乡党，而怀其重宝，间行以去”，西行至陶（今山东

范蠡墓　山东省文化馆非遗保护中心供图

定陶）。“陶朱公以陶为天下之中，诸侯四通，货物所交易也……十九年间三致千金，再分散与贫交疏兄弟，此所谓富好行其德者也。后年衰老而听子孙，子孙修业而直之，遂至巨万，故言富者皆称陶朱公。”（《史记·货殖列传》）定陶之名，就是因为陶朱公定居于陶而得名。据《尚书·禹贡》记载：“济入于河，溢为荥。东出于陶丘北。”《汉书·地理志》之《济阴郡·定陶县》注：“禹贡陶丘在西南陶丘亭。”《说文》段注云：“尧居于陶丘，后为唐侯，故曰陶唐氏。”陶丘在何处？《史记·越王勾践世家》之《集解》引“徐广曰：今之济阴定陶。”《史记·货殖列传》之《索隐》引“服虔云：今定陶也。”

陶朱公养鱼处　山东省文化馆非遗保护中心供图

传说陶朱公在陶地的十九年间，先是以鱼致富。因为陶在当时为“天下之中”，“水陆四通”之地，他认为渔业是致富的重要途径，养鱼业是他积累财富的重要来源。不仅如此，他还把养鱼、经营渔业的丰富经验总结成《陶朱公养鱼经》，此书在汉代已经流行，并被实践运用。现定陶县城内仍存有一大池塘，出土有明神宗二年立“陶朱公养鱼处”石碑一块，传说此处是当年陶朱公教百姓们养鱼的地方。

陶朱公居陶后，看到陶地被黄河、济水淤积的土地十分肥沃，极适于种植树木，于是他就带领家人和百姓们在滩涂种植大量树木，收获颇丰。据《齐民要术·种槐、柳、楸、樟、梓等五十》载：《陶朱公术》曰：“种柳千株则是柴。十年以后，有髡树，得一载；岁二百树，五年一周。”陶朱公在从事农业之外还经营畜牧养殖活动。传说当时鲁国有一名叫猗顿的穷士，不善农桑活计，“耕则常饥，桑则常寒”，便上门求教陶朱公，陶朱公对其说：“子欲速富，当畜五牧。”教猗顿喂羊、出售牛马羊，现今定陶城东南仍存有一地，当地百姓称为“陶朱公养马场”，附近村庄的名子亦曰“养马场”，就是陶朱公当年养马的地方。

春秋战国时期，私营个体手工业大量兴起，这一时期陶朱公审时度势，提出了“务完物，无息币”，强调贮存货物要好，以免浪费或损害消费者的利益。陶朱公虽然是一名自由商人，但他主张物价应局限在不伤害生产者，又不伤害经营者这么一个合理的幅度之内。陶朱公深知，当时的农业经济占国民经济的主导地位，他针对农业经济的发展规律，发现了农业收成存在“三年坏年成，三年好年成，又三年坏年成”的周期性，提出了“经济循环论”，掌握到这一点，他在指导自己经商行为时，便有了预测行情的依据，往往占人之先，立于不败之地。经过一段时间的实践，陶朱公又提出既重视生产，又重视流通，既重视农民，又重视商人的“农商俱利”口号，这个口号在以后的商贸经营领域里产生过巨大的影响。

陶朱公不仅经商有道，自幼对天文、历法就很感兴趣，成人后，每到一地，凡是准备长期居住的地方，都要修建一座观象台，研究其与军事、农业、商业的变化关系，发现了粮食丰歉与天体运动的循环周期，这也是他重视天文气象观测的结果。原定陶城内存一观象台遗址（现遗址上竖一陶朱公像）传说是陶朱公留下的。

陶朱公在制陶上还有发明和创造。传说他举家迁入陶地后，发现所耕种的土地土质上等，土黏性很强，经过多次实践能烧制上等的陶器，于是他就带领乡民利用陶土资源优势，制缸制壶、制盆制罐，发展陶业生产，当时的“天下之中”，千家以“陶”为业，万家与“陶”结缘，成了“陶”的世界，后人还称其为“制缸先师”。现定陶陶朱公墓地周边区域，还大量出土了春秋时期的十几种陶制品，现存放于定陶县博物馆展示。

陶朱公晚年更是反复说：“善治生者，能择人而任”，强调采取任贤使能的用人原则，认为只有选任好“天下事来应之，物来知之，天下莫不尽忠信”。认为唯有任贤使能，调度各方面的专长，才可在变幻莫测的商海中搏风击雨，永立不败之地。故司马迁称其“所止必成名”。

陶朱公传说故事众多，他与美女西施的故事更是家喻户晓，人人皆知。传说在西施未入吴为吴王夫差宠妃之前，陶朱公就与西施一见钟情，倾心相爱。西施色艺双绝，果敢机智，在国家有难、迫在眉睫之际，受陶朱公劝说，甘愿用“美人计”去迷惑吴王，征服敌人，最终以自己的内援配合了越国的复仇战争。灭吴后，有情人终结良缘，随上将军陶朱公泛五湖、经商陶邑之

西施画像　山东省文化馆非遗保护中心供图

地，共度余生，白头偕老。其中数十年的荣辱，是是非非的曲折生活历程，织成一个个荡气回肠、动人心弦的传说故事，至今仍让人津津乐道。

千百年来，人们把陶朱公传说里的故事加以发挥、充实、演绎、细化，将许多经营之道、致富之术托与陶朱公名下，撰写了各种法则、戒律、教训等，并将其称之为经商之宝。民间流传的《陶朱公经商十八利》《陶朱公造秤》《猗顿拜师》《情人眼里出西施》《陶朱公考子》《真金琉璃聚宝盆》《红鸡蛋》《笆斗》等近百个传说故事，经百姓们代代口传，传至今日不仅影响着人们的商业经营，许多还影响到当地的民俗习惯。

传说中的陶朱公不仅善于聚财，乐于散财，而且聚财散财随心所欲，简直达到了出神入化的境界。陶朱公传说故事，经过民间长期的流传，陶朱公本人也被民间从凡人传说成圣人、由圣人传说成财神。定陶一带至今还流传着："红兰寺，朱漆门，堂上坐着大财神。大财神，出凡尘，三聚三散越王臣。越王臣，富贵身，手里捧着个聚宝盆。聚宝盆，天下闻，财源滚滚满乾坤"的民谣。宋朝诗人吕本中在《过定陶陶朱公庙》（即红兰寺，是供奉陶朱公的庙宇，在定陶城南古柳河畔，民国时废）中写道："悠悠千载五湖心，古庙无人锁绿荫。为问功成肥遁后，不知何术累千金？"

陶朱公的传说不仅传说了陶朱公深谙世故，得以"居官为卿相，居家则富翁"，更多的是传说了陶朱公流传千古的经济思想和商业精神。此外，还传说了他用政治、军事的谋略来管理经济，从而使陶朱公的经营理念，以民间传说的形式将其思想遗留给后世。

陶朱公传说故事，对港澳台及海外华人的影响也极大。美国、新加坡、马来西亚等国家，都有当地华商甚至当地居民建立的陶朱公庙，那里的商人每次外出经商谈业务，都要到陶朱公庙去许愿，生意做成后再到陶朱公庙还愿。国内外商人的这种认同感，华商世界里的这种认祖归宗，使海外华人因陶朱公的传说而产生了极大的亲和力。

在国内，许多城市、商埠，凡有庙宇的地方，也都供奉着财神的神位。北京相国寺里所敬的财神之一就有陶朱公。陶朱公的传说，从侧面证实了陶朱公居定陶经商致富的史实。陶朱公的传说故事，历经两千多年风雨的洗刷，至今仍然深入人心，为后人所传颂。陶朱公传说在民间流传很广，主要包含在当地人民的口耳相传中，在与其有关的众多典故、风俗中也多有记载和反映。这些传说既集中体现了陶朱公的商业经营思想，同时，也体现了人们求富发展的经营愿望和定陶乃至鲁西南当地的风土人情。

范蠡祠内范蠡像　山东省文化馆非遗保护中心供图

三、传承价值及传承情况

（一）故事传承价值

在民间广为流传的陶朱公助越灭吴，经商致富，富而好德的传说故事，千百年来已深深地扎根于广大人民群众心中，是中国乃至世界华商的商业典范，是灿烂的中华民族文化瑰宝，对陶朱公文化的研究、保护、利用显得尤为重要。

首先，陶朱公传说深深扎根于民间，故事传说中的语言提炼表现得尤为突出，所写地理位置、农家民俗、引典佐证、历史记载都有地方特色，陶朱公传说就像发生于民间的真实故事。这些故事已成为陶朱公文化与研究的主要来源。它有利于倡导儒商文化和富而好德的传统美德；有利于倡导在经济生活中逐利的同时，提倡“义利相兼”、天地之间人最为贵的良好社会风气。

其次，故事里所体现的陶朱公经营理念，有利于倡导遵循经济发展规律，因地制宜，不墨守成规、固步自封的经济思想；有利于倡导农、林、牧、副、渔全面发展，保护农民利益，进行宏观调控，以免影响生产者和消费者利益的价值观；还有利于倡导公平竞争，反对恶性垄断，提升行业自律。

第三，加强对陶朱公传说的研究，有利于对陶朱公传说的正本清源，弘扬传统文化；有利于加强陶朱公传说开儒商思想先河的正面影响的研究。

除此而外，陶朱公传说对团结台海两岸中国人，团结世界华商、国际友人，加强国际间经济发展与交流，构建和谐世界有着积极的促进作用。

（二）陶朱公故事传承情况

陶朱公传说历来在我国民间广为传颂，主要以社会群体传承为主。陶朱公传说故事传承久远，从无断节，一直流传至今。特别是地处中原腹地，菏泽定陶的广大区域，人们不仅有讲陶朱公故事的传统，也有学陶朱公的典范。

陶朱公传说故事除社会群体传承外，在定陶较有影响的主要还有能说讲陶朱公传说故事的三支流派，即定陶朱氏、孔氏和费氏家族。

1. 定陶朱氏

定陶朱氏，祖籍定陶仿山乡朱庄村。据朱氏族谱记载：其祖上，先前随朱公居定陶经商，经商积财后散财办学，陶朱公观其善行，遂将朱字赠其为姓，并嘱三代之中定有联姻，以示朱公褒奖，朱姓后人万代勿忘。故，朱氏后人多出身教书世家，又因陶朱关系，其家族尤其重视民间陶朱公的传说，并将其视为“祖传文化”传承至今。

族谱记载上有五代传人：

一世　朱祥均（1810—1879）

二世　朱义启（1861—1936）

三世　朱元文（1909—1964）

四世　朱其作（1937—　）

五世　朱为民（1968—　）

2. 定陶孔氏

定陶孔氏，祖籍定陶镇孔书庄村。据孔氏后人传，祖上历代经商，以贩盐为生，其经商之道学自陶朱公，后又在家乡开发养鱼生意，十分红火，至今在其村仍办有一大养鱼溏。原家中存有陶朱公语录匾一块，上书陶朱公遗训“授人以鱼不如授人以渔”。故，凡到孔家买鱼苗，第一桶鱼苗无论多少从不要钱，现仍遵祖训。孔氏为经商世家，对陶朱公传说更是津津乐道，陶朱公传说故事成了他们经商致富的法宝。

族谱记载上有五代传人：

一世　孔宪忠（1761—1841）

二世　孔庆福（1832—1912）

三世　孔凡思（1896—1966）

四世　孔祥元（1921—1988）

五世　孔令松（1971—　）

3. 定陶费氏

定陶费氏，祖籍定陶马集镇费庄村。据传费氏先人，先是以挑担唱小戏为生，后改唱曲艺，以山东琴书、河南坠子为生计，以传唱陶朱公传说故事而闻名乡里。明清以后主要在陇海线，冀、晋、鲁、豫一带演唱陶朱公传说故事，深受当地百姓喜爱。

族谱记载上有四代传人：

一世　费昌元（1864—1914）

二世　费明彪（1897—1957）

三世　费元清（1907—1977）

四世　费洪礼（1932—　）

五世　费庆军（1954—　）

4. 其他传承人

朱其作（1937—　），原定陶师范退休教师。善讲陶朱公经商致富的故事，重视收集有关陶朱公的民间传说，为定陶《民间三集成》做出了很大贡献。常讲的陶朱公故事有《陶朱公名字的来历》《龙凤呈祥》等。

朱为民（1968—　），县工商局在职干部。善讲陶朱公诚信经商和陶朱公经商理念的传说故事，善书法，常在讲故事时把陶朱公的名言书写给大家做留念，被群众称为故事书法家。代表故事有《发财秤》《陶朱公教子》等。

孔令松（1971—　），个体商人。因善讲陶朱公故事，表现诙谐幽默，被人们戏称为“小快嘴”“故事大王”。常在经商之余给大家讲陶朱公传说，经常以陶朱公传说故事为题材，参加市、县举办的演讲比赛，获得好评。常讲的陶朱公传说故事有《三请造船师》《给饭勺子加长把》等。

费洪礼（1932—　），老艺人，原定陶曲艺队琴书队长。以善编善演陶朱公传说故事人物而著称，群众戏称其“小陶朱公”。常演剧目有《陶朱公贩马》《桃花美酒》《白头名山》等。

费庆军（1954—　），定陶曲协理事，马集镇曲艺队队长。善山东琴书、河南坠子、快板书等曲艺形式，能编唱许多陶朱公的传说故事，以说唱短小精悍的陶朱公故事而闻名鲁西南。常编演的剧目有《陶朱公嫁女》《智讨养鱼经》等。

四、较常见的故事文本

在山东定陶一带，流传着许多关于陶朱公的故事，接下来本部分将结合文献资料与老百姓口耳相传的故事，选取几个流传比较广泛的文本呈现出来，以飨读者。

陶朱公躲官

故事说的是范蠡、西施帮助越王勾践打败吴王夫差以后，发现勾践是个可以共患难而不可以共享乐的人。于是找了个机会逃到齐国安顿了下来，一切都安排停当后，才算彻底松了口气。

为了不让勾践找到他，范蠡到了齐国后做的第一件事就是改名字，他改成了鸱夷子皮。因为他知道，如果仍然叫范蠡，声名在外的他还会被齐国聘为官吏，而通过与勾践共事，他已经对官场彻底失望了。不愿再做官的鸱夷子皮开始在齐国做起了生意。由于他见识广、阅历丰富，看准了哪种货物赚钱就不惜重金远途贩运，所以他很快就成了齐国的一大富商。

陶朱公是个很重视情义的人。虽然他人在齐国，但仍然没有忘记仍在越国当官的老友文种。到齐国后不久，陶朱公就给文种写了一封信，告诫老朋友“狡兔死，走狗烹；飞鸟尽，良弓藏”，劝说文种尽快辞官。不过，文种认为陶朱公过于小心和悲观了，就没听他的劝言。

通过做生意致富的陶朱公并没有为富不仁，相反，他经常接济穷人，还经常为做小本生意的人垫付本钱。当时齐国人提起鸱夷子皮，没有不竖大拇指的，都说这个人的好。

久而久之，鸱夷子皮的美名终于还是传进了齐王的耳朵，他召见了陶朱公。齐王对陶朱公说：“齐国是贤臣能将汇聚的地方，像先生这样的贤人理应聘为上卿才是。”陶朱公赶紧推辞，“我不是做官的料儿”。

齐王有点不高兴，说：“我是齐国国君，你是齐国臣民，别说是当官，我就是叫你去死，你也得遵从。”

于是，陶朱公接受了齐王的任命，官拜齐相。不过他提出要求，没有重大国事，即不上朝。齐王答应了他的要求。后来，听说文种在越国被越王勾践赐死了，陶朱公进一步认识到了为人臣子的危险性。他再三考虑，还是决定散尽家财，携家人再次“出逃”。

这次陶朱公来到了陶这个地方，即现在的定陶县。一到陶这个地方，陶朱公就被这里的美景吸引住了，他认为陶是“天下之中”，就决定在这里定居了，因此，后来这个地方被称为“定陶”。当时，陶这个地方商贸也很发达，四面八方的货物在这里云集，各种商人也在这里发财。陶朱公决定在这里度过他的晚年，并自称陶朱公。很快，陶朱公再次富甲一方。

越王勾践先失去陶朱公，后来又失去文种，国势越来越衰弱。这时，有一个商人说他在定陶做买卖时见过陶朱公。勾践非常高兴，当即就派人到陶这个地方寻觅陶朱公。陶朱公见到这个人之后，立马就知道了他的来意，但又不能断然拒绝，于是他说：“让我考虑一天吧。”

第二天他们刚谈到这个问题，一个医生进来了。他给陶朱公把完脉，一句话也没说就走了。越国使者看着奇怪，就装着突然想起什么事儿，辞别了陶朱公。他追上医生问：“先生为什么看完病，一句话也没说就走了呢？”医生说：“陶朱公得了不治之症，顶多还能活三个月。”越国使者听到以后，再也没去见陶朱公而是径直回到了越国。

后来，陶朱公把生意交给别人料理，自己做起了“幕后老板”。做生意之余，他还和老百姓一道开荒种地，挖塘养鱼，也倒是逍遥自在。到现在，定陶还保留着刻有“陶朱公湖”三个字的石碑和刻有“陶朱公养鱼处”的清末重修碑。

陶朱公与西施

在定陶一带，老百姓代代口耳相传着陶朱公与西施的故事。西施是古代四大美女之一，据说有“沉鱼”美貌。说起西施，这本来是陶朱公帮助越王勾践战胜吴王夫差所使用的美人计，后来勾践战胜了夫差。陶朱公也被勾践重用，深知为官之妙的陶朱公，最终还是带着西施离开了吴国，两个人过上了隐士生活。定陶一带关于陶朱公和西施的故事非常多，下面就选择几个小故事以飨读者。

1. 西施驯马

陶朱公帮助越王勾践卧薪尝胆战败吴王夫差以后，听从了西施的劝说，携带一家老小共十六口，驾驶着小船，游遍五湖，经过丁叔镇来到陶（也就是现在的定陶）。当时陶这个地方有很多商贩往来，贸易极为发达。陶朱公看到这种景象以后，决定在这里定居，并改名陶朱公。他的夫人想不通，经常发牢骚："我说你啊，放着高官厚禄不要，跑到这里来受苦，这是何苦呢？"陶朱公知道夫人的心思，有一次，不等夫人发完这通牢骚，就带着她爬上陶南山（就是现在的白土山），朝四下一指说："夫人，你看城西，沼泽一片，正可以养鱼；城南偌大绿地碧草青青，正可以放马；城东丘陵起伏，还可以制陶。陶这个地方虽然不大，可是物产丰富，住在这里，一定会有大作为的。"

陶朱公的夫人看到劝说陶朱公回到越国重享荣华富贵已经没有希望，就哭哭啼啼独自下山去了。陶朱公望了望夫人的背影，长叹一声："知我心者，只有西施姑娘了。"陶朱公打算在陶经商的宏伟计划得不到夫人的支持，只好去找西施姑娘。西施姑娘听了陶朱公的打算之后，十分支持他，说："目前兵祸已经停息，百姓安居乐业，君王寻欢作乐，咱养马驯马，卖给老百姓耕地，卖给官吏骑，一定会赚钱，不愁生活不会变好。"

陶朱公听从了西施的建议，用了几个月的光景，从外地买来许多马匹，西施领着马童在马场驯马。他们教这些马拉车、打场。这些马匹在西施的驯养下，很快去掉了野性，学会了拉车、耕地、打场，甚至允许人们骑上它们驰骋。

陶朱公的夫人看到这些马匹让西施训练得如此听话，不由得气从心来，暗暗骂道："这些马要真驯好，卖给了百姓，换回来老些银子，这个小贱婢的愿望实现了，夫君就更加宠爱她了。不行，我得想办法把这些马放跑。"主意已定，便叫手下人偷偷打开了马场的外门，把马全部放了出去。

第二天，西施又像往常一样，领着马童去驯马，到马场一看，啊，马场的门打开了，一匹马也没有了。人们急得转圈子，不知道怎么办才好。西施没着急，她把所有的马童叫到一起，说了寻马的办法。大伙一起从陶朱公湖找到白土山，从养鸡场找到仿山脚下，连一匹马都没找到。正在为难之际，西施看到一匹枣红马在阿鹄河边喝水，急忙跑过去，双手搂住马脖子。枣红马看见西施过来，头一仰，便咴咴地叫起来，这马一叫，其他马从四面八方跑了过来。原来西施驯的马都十分听话，彼此之间也都有了感情。就这样陶朱公夫人的计划没有得逞。

第二年春天，耕种季节到了，陶朱公、西施他们驯的马也要出栏了，附近许多大户纷纷到马场买马。就这样，年复一年的驯完了卖，卖完了再驯，没用几年，陶朱公就成了定陶的大富翁了。

2. 陶朱公嫁女

西施陪陶朱公来到陶以后，收养了一位义女，也就是干闺女。这义女长到15岁时，到了谈婚论嫁的年龄。陶朱公的夫人对陶朱公说："如今家里虽然有不少钱财，可也不能白白送给那小贱婢的义女啊。"陶朱公说："俗话说，有儿不在庄园地，养女不在嫁妆衣。咱们是殷实人家，都说咱是天下首户，总不能不给女儿一点陪嫁衣吧？"陶朱公的夫人没好气地说："那就给她一粒谷子，到时候，这粒谷子能值多少钱就给她多少钱的嫁妆。"

陶朱公沉思一会儿，笑了笑说："你是说按一粒谷子的价钱给她办嫁妆？"他的夫人点了点头。

转眼间，谷雨到了，陶朱公把夫人给的一粒谷子种到了饭盒里。很快谷子就长出来了。经过陶朱公的精心呵护，当年结下了一个半尺长的谷穗。第二年，陶朱公又把这谷穗上的谷子全部种到菜园里，种了足足半分地。这一年，谷子长得也很好，收了一布口袋。第三年，陶朱公把这一布口袋谷子全部种到地里。第四年，又把第三年收获的谷子全部种到了地里。就这样，一年一年种下来，一粒谷子终于变成了满坡粮食。

西施的义女长到二十岁，准备出嫁时，陶朱公把全部谷子卖出去，用所得的钱给义女买了一套华丽的嫁妆，甚至比国王嫁女陪送的嫁妆还多。陶朱公夫人气坏了，可她也没办法啊，谁让她当时答应给一粒谷子做嫁妆了呢。

3. 鲤鱼为啥红头红尾巴

鲤鱼大家都见过吧，一般都是红色的头和红色的尾巴。传说以前鲤鱼不长这样，之所以变成这样，和陶朱公、西施有关。

有一天，陶朱公的夫人看到西施正在梳妆，便走上前笑嘻嘻地说："今天我心中烦闷，你陪我去桃花湖走走吧。"西施昨天晚上就已经同陶朱公商量好了，要在今天去桃花湖看看养的鱼的情况。正好与陶朱公夫人一同前往。她给手下交代了几句，就跟着夫人去了桃花湖。

路上西施想开导陶朱公的夫人，让她同意陶朱公经商。陶朱公夫人一直想让陶朱公返回越国享受荣华富贵，她一直反对陶朱公做生意。陶朱公的夫人不听西施这一套，她说："前几年，他为了帮助越王战胜吴王就去吴国做奴，我在家给他抚养子女。吴国败了，该享荣华富贵了，他竟然弃官不做，跑到这里来受罪，我怎么能受到了这种闲气！”

西施看到陶朱公夫人这么执拗，也就不再说话。两个人来到桃花湖，沿着湖堤散了一阵步，陶朱公的夫人就坐在一块石头上歇息。西施也不管她，就跑到湖岸上看小鱼苗长得情况。一群小鱼游来游去，她看得入神，没注意到陶朱公的夫人已经来到身后。看到一群小鱼游来，她刚要伸手去捧，陶朱公的夫人在背后猛地一推，就把西施推到湖里去了。陶朱公听说西施落水了，急忙喊来一帮人下湖捞，结果一连捞了三天三夜，也没捞上来。

陶朱公思念自己心爱的西施姑娘，吃不下饭，睡不着觉。西施生前，天天用粉红胭脂搓面，陶朱公为使西施在阴间不缺胭脂用，就买了三大车红胭脂倒在桃花湖里。桃花湖的水被胭脂染红了，湖里的鱼喝了好些胭脂水，渐渐地，头和尾巴也都变红了。

麒麟的传说

麒麟，亦作“骐麟”，是中国古代传说中的一种动物，与凤、龟、龙共称为“四灵”，并居四灵之首位。从外形上看，麒麟有麋身、牛尾、马蹄（史籍中有说为“狼蹄”）、鱼鳞皮、一角、角端有肉、黄色的特征，具备人们珍爱的动物的全部优点，具有威而不猛、泰而不骄、贵而不俗、灵而不钝的形象特点，其中所深含的自强不息、仁厚可亲、吉祥和谐的文化内涵历来被人们所尊崇和喜爱。麒麟，虽说是中国古人创造出的虚幻动物，但自春秋以来，齐鲁大地、大野泽畔日夜流淌着一曲激扬而壮美的麒麟之歌。

一、流行区域及申请情况

《礼记·礼运》有“出土器车，河出马图，凤凰麒麟，皆在郊薮”。郊薮指的就是大野泽，巨野在远古时期地形和气候适宜各种动物的生长，而麒麟也有可能最早诞生在这块古老的土地上。同时，《春秋》三传、《史记·孔子家语》《拾遗记》《国都城记》《东周列国志》等和一些地方史志中都记载了“西狩获麟”的故事，经过史家证明这个故事就发生在巨野。后来，人们为了纪念“西狩获麟”的故事，在埋葬麒麟的地方建了麒麟台，亦名获麟台，古称获麟古冢。两千多年来，巨野有关麒麟的历史遗存丰厚，民间传说颇多，并演变成一种吉祥文化。

获麟碑座　姚继平摄影　山东省文化馆非遗保护中心供图

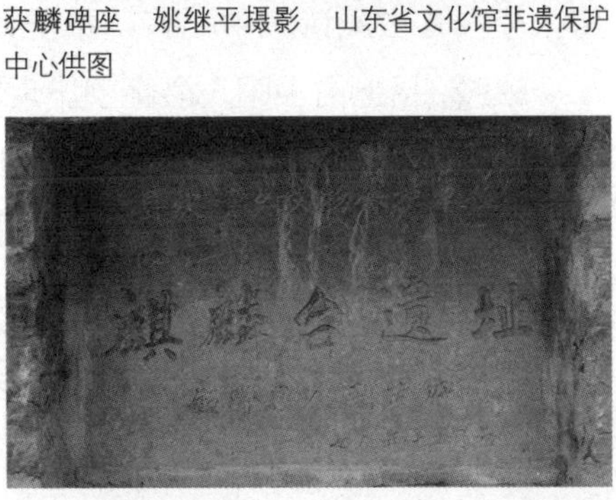

遗址保护标志　姚继平摄影　山东省文化馆非遗保护中心供图

2008年，“麒麟的传说”被列入第二批国家级非物质文化遗产名录，巨野被命名为“中国麒麟之乡”，并作为国家级“中国麒麟文化研究基地”。

二、历史渊源及基本内容

麒麟是吉祥神兽，主太平、长寿，象征大吉大利。《史记·孔子世家》记载:“鲁哀公十四年春，狩大野，叔孙氏车子鉏商获兽，以为不祥。仲尼观之，曰：‘麟也’取之。”大野，就是今天的山东省巨野县。《孔子家语》也有类似的描述，也更详细：“孔子曰：‘麟也，胡为来哉？胡为来哉？’反袂拭面，涕泣沾衿。子贡问曰：‘夫子何泣尔？’孔子曰：‘麟之至，为明王也，出非其时而害，吾是以伤焉。’”孔子认为，麒麟是灵兽，只有君王贤明，太平盛世才会出现。现在周王室衰微，天下大乱，群雄并起，麒麟怎么会出现呢？它的出现又死去，不是好征兆，恐怕国之将亡，自己的生命也到头了。于是命令弟子就地掩埋，堆了个大坟堆，就是现在的麒麟冢。麒麟冢位于巨野县城东十二里麒麟镇获麟集村西北3里处，1979年被公布为县级重点文物保护单位。《东周列国志》记述，七十一岁的孔子埋葬麒麟之后感情难以控制，抚琴悲歌：“唐虞世兮麟凤游，今非其时兮来何求，麟兮麟兮我心忧！”他编修的《春秋》正是止于这一年。《春秋》的最后一句话即是“（鲁）哀公十有四年，春，西狩获麟”。从此孔子无心著述，终因伤心所致，两年后就去世了。因为孔子梦麟而生，见麟而死，麒麟的出现贯穿了孔子的一生，所以《春秋》这部书后来被人们称为“麟史”或“麟经”。麒麟从此成为孔子的化身而被尊为“圣兽”。孔子死后，获麟绝笔的故事广为流传。唐代大诗人李白《古风诗》中就有“希圣如有立，绝笔于获麟”的诗句。①

麒麟，是上古中国人最企望出现的吉祥动物，它们的出现表示一代的幸福。因此，那时的人们希望麒麟伴随着自己，给自己带来幸运和光明，辟除不祥。上古时代的这种信仰被传承下来的同时，麒麟所具有的吉祥意义也随之被广大民众公认且牢牢地存在于人们的意识之中，麒麟便成了某种意念的象征，某种意境的表现，某种力量的显示，启发人们的想象，引导人们的精神去契合某种

---

① 参考《麒麟之乡话吉祥——国家级非物质文化遗产系列报道之嘉祥麒麟传说》，《济宁日报》2008年8月15日。

在麒麟台前举行的祭孔仪式　姚继平摄影

意念，进入一种特定的境界，给人们以希望、安慰和某种追求的力量，化入民俗生活之中，表现在民族文化的各个方面。

三、传承价值及传承情况

麒麟是中华民族传说中独有的神性动物。麒麟传说作为一种独具风格的民间文学形式，其主旋律是仁爱、和谐、和平和吉祥，它更多地代表了中国传统文化。关于麒麟的传说自孔子开始，可以说是家喻户晓、妇孺皆知。麒麟传说作为民间口头文学，其丰富的文化内涵堪称当地历史的“活化石”，其传承的方式除了口头传承之外，还有历史文献的传承、民俗活动及民间雕刻中的石雕麒麟等传承。近年来，巨野县的文化工作者们做了大量的工作，他们对麒麟传说的历史渊源、文化内涵进行了专

明代《巨野县志》　姚继平摄影

麟山　姚继平摄影

门研究，对不同版本进行了整合。在未来一段时间，他们将采取各种措施来保护麒麟传说的传承。进一步收集整理资料，建立完整档案；培养新一代传承人；组织开展理论研究工作，摸清麒麟传说的起源、内涵等问题；将建立麒麟公园，集中展示吉祥文化。另外，巨野县还将建立进一步开发各种麒麟文化的艺术品，以保证麒麟文化的精神和内涵得以广泛地传播。

由于《麒麟传说》在民间广泛流传，随时都可以讲述，许多人都会讲述，无严格的师承关系，只有一些代表性传承人（见下表）。

姓名	性别	出生年月	主要著作	备注
沈效敏	男	1947 年 2 月	《曾子》《曾子与孝经》《曾子及其孝道》《曾子圣迹图》《中华将帅谱》	收集整理了大量嘉祥民间文学作品
刘恒金	男	1941 年 8 月	《嘉祥史话》	发掘出“获麟处”碑，收集整理了大量嘉祥民间文学作品
孟繁荣	男	1951 年 7 月	《民间风》《奇事新语》	收集整理了大量嘉祥民间文学作品

四、较常见的故事文本

巨野的麒麟传说丰富传神。两千多年来，作为麒麟文化的发源地，巨野民间留下了许多关于麒麟的动人传说。巨野麒麟传说最具代表性的有《麟山产麟》《孔母梦麟》《牛生麒麟》《麒麟送子》《麒麟显灵》等20余个。

其中，在古籍记载和历史传说中，孔子是麒麟的化身。《拾遗记》记载："夫子未生时，有麟吐玉书于阙里人家，文云：'水精之子，继衰周而素王。'"孔子的母亲颜征在很贤明，"知为神异。乃以绣绂系麟角，信宿而麟去。"当时就有相者说："夫子继殷汤，水德而素王。"意思是孔子上承殷汤，是无冕之王。这个故事就是"麟吐玉书"和"麒麟送子"传说的由来。

关于孔子的出生，在巨野有"孔母梦麟"的传说。孔子的祖籍在今天的河南商丘，从商丘到曲阜，巨野是必经之路。有一次孔母颜征在跟随家人自商丘返乡，路过巨野的麟山，看到麟山风景优美，就提议在此歇脚。她坐在麟山上的一棵树下，打了一个盹，忽然梦见麒麟入怀，醒来感而有孕，十一个月后生下了孔子。到孔子出生的前两天，麒麟又到曲阜阙里人家，送去玉书三卷。在明本《巨野县志》中有这样的记载："巨野南有樵氏山，世传樵氏山产麟，麟吐玉书于阙里，因名麟山。"

到了元代，在巨野又有了孔子和麒麟相关的故事。《巨野县志》记载，元代至正年间，巨野有一名县尹，名字叫孔浩，是孔子的五十三代孙。为官三载后致仕，上书请留，把家安在麒麟冢旁边，并且修建了春秋书院。后来因为麒麟台地地势太洼，受水患的侵扰，举家迁到县城南二十多里的吉星滩，就是今天的大义镇孔楼村。几年后，又取春秋"微言大义"之意，将春秋书院改为大义书院，每年春秋两季到麒麟台来祭祀先祖。他认为，这里不仅埋藏着一只麒麟，而且还有孔子的灵魂，所谓"先祖灵爽必栖于此"。孔子第五十五代衍公孔克坚撰写的《重修大义书院碑记》里，对这件事有详细的叙述。现在巨野有大义镇，镇里有个孔楼村，村民绝大多数姓孔，他们都是孔子的后裔。

其中《牛生麒麟》[①] 故事讲的是，有一位老汉正在大洼里犁地，没想到犁

① 庞进：《中国祥瑞　麒麟》，陕西人民出版社2012年版。摘录时略有改动。

地的老母牛突然躺倒在地，提前抱（生育）了。老汉没有法，只好放下手中的犁把照顾老牛。没想到这老牛竟生下一个怪物：头上有角，身上披鳞，蹄与尾则很像牛。老汉正在惊愕间，只见那怪物慢慢转过身子，张口就咬铁犁铧，“咯嘣”“咯嘣”地像吃脆瓜一样。老汉更加惊恐，正犹豫间，那怪物将犁铧吃掉了一大半，接着直挺挺地站了起来。老汉这时才回过神，认定它是不祥之物，拿起鞭子就朝怪物打去，不想那怪物伸伸腰，缩身往旁边一纵，竟跃出数尺远。老汉更认定此物留不得，跑到地上拿起铁锨就向怪物铲去，那怪物见状，一扭头向正东方跑去。老汉手持铁锨紧随其后追打，边跑边喊：“都来打怪物啊！都来打怪物啊！”

东边有一处村庄，庄里庄外栽满了树，远望似树林子一般，大约怪兽认定那是蔽身之所，遂飞奔而去。村里人这时已听到老汉的喊打声，于是纷纷手持棍棒、抓钩、刀枪等走出家门。那怪兽见人们手持凶器对他不利，便慌忙穿村而过，往正西方向另一片树林子跑去。它没有想到那片树林子也是一处村庄，这时村里人早已听到了“打怪物”的喊声，手持棍棒刀枪已聚集出村。

那怪物刚好走到村头上，就看到迎面而来的气势汹汹的人群，情知不妙，便绕村而逃，直往西南方向奔去。这时人们已从四面八方赶来，那怪物未及到村头就被人群团团围住，可怜它被人们你一棍我一掀，张一刀李一枪，瞬间毙命。正当人们围着怪物尸体七嘴八舌议论纷纷之时，从正南方向来了一队人马，旗帜高张，衣着鲜明，前边“回避”“肃静”两对金色匾牌高高举着，人们一看就知道是朝中大官来了，主动让开道路。这时骑在马上的一位须发皆白的老人问众人：“这么多人围在这里干什么？”人群中有人高声回答说：“有一头怪物让我们打死了！”老人很吃惊地问：“什么怪物？快让我看看！”人们把他领到怪物跟前，老人一见怪物尸体，立即翻身下马，不禁老泪纵横，放声大哭：“你们这些无知的百姓，这哪里是什么怪物！这是麒麟！是吉祥之物，凡天下太平，遇有英明的君主它方出现，几百年才会现身一次，想不到被你们当怪物打死了。”

当犁地的老汉说及麒麟吃铁犁时，老人气冲冲地说：“麒麟只有吃了铁方能行走如飞，不吃铁连站也站不起来。”老人围绕麒麟尸体转了三圈，不住地拉起宽大的衣袖揩拭面上的泪水，仰天长叹一声：“看来天下要大乱了！”

过了一会又幽幽地对着麒麟说：“你为什么偏偏来到这个地方？你为什么

偏偏来到这个地方？”跟随老人来的人也早已下马围拢过来观看麒麟，人群中不断传来唏嘘之声。

老人对周围百姓严肃地说：“我奉御命前来收麒麟，不想被你们打死了。你们把麒麟埋了吧，它在哪里降生就埋在哪里。罚你们每人挑十担土堆一大冢。”众百姓一听知道闯了大祸，七手八脚把麒麟抬到降生的地方，周围的老百姓一听说安葬麒麟，也都不远十里八里前来挑土，后来竟有百里外的人也赶来挑土给麒麟堆坟，不几天竟垒起十几丈高的大土台。这就是麒麟台。那大洼，就叫麒麟台大洼。至今麒麟台还耸立在巨野县麒麟镇麒麟大洼中间。麒麟到过的第一个村庄改名叫“走庄”，因麒麟从庄中走过，现属济宁市嘉祥县卧龙镇。后人认为“走庄”不好叫，取近似音叫“酒庄”。因麒麟曾走到第二个村的庄头上，遂起名叫“上村”，后叫“尚村”，现在巨野县麒麟镇。打死麒麟的地方附近村名为“获麟集”，即现在巨野县麒麟镇获麟集村。从那以后，“牛生麒麟”的传说也在当地广为传开。

鲁班传说

日常生活中，我们经常用“班门弄斧”来形容一个人在行家面前卖弄，比喻不自量力。这里面的“班”说的就是鲁班。传说鲁班是木匠的祖师爷，到现在，传统木匠在开工之前还要拜拜这位祖师爷，祈求他能保佑按时完工。在鲁班的故乡——山东地区，关于他的传说故事非常多，而且许多故事早已经传遍全国，家喻户晓了。

一、流行区域及申请情况

鲁班传说是我国最古老、流传最广的民间传说之一，鲁班传说流传比较广的区域在中原一带，最早产生鲁班传说的地方应该是鲁班曾经生活的地区，也就是鲁班的家乡。历史上的鲁班是鲁国人，汉代赵岐在给《孟子·离娄上》中的“公输子”作注，从此有了“鲁班，鲁之巧人也”的说法。明朝的木匠读物《鲁班经》和《鲁班书》中，关于鲁班是鲁国人的记载比较多，如《鲁班经》卷一“鲁班先师源流”中就有鲁班是“鲁之贤胜路东鹳寸人也”的记载。既然鲁班是鲁国人，那么其主要活动区域也在鲁国及其周边国家，即今山东、河南、河北一带，即古中原一带，那么鲁班传说在中原一带出现较多也是无可厚非的。以祁连休先生编辑的《鲁班传说故事集》为例，传说集共收录各类鲁班传说 30 篇，其中河北版 4 篇，河南版 2 篇，北京版 4 篇，陕西版 1 篇，整个中原地带的就有 11 篇之多，占到了传说集的三分之一以上。传说不仅在祖国大陆传播，而且在香港、澳门、

曲阜　鲁班画像　山东省文化馆非遗保护中心供图

台湾等地也有所流传。如香港的“三行”（泥水、木工、搭棚）工人把农历六月十六日定为“鲁班节”。鲁班传说不仅在广大汉族地区传播，在一些少数民族中，如白族、彝族、苗族、蒙古组、壮族、布依族、瑶族、水族、土家族、维吾尔族、仡佬族中也有关于鲁班的传说。此外由于我国和周边各国交往密切，鲁班传说在我国周边的朝鲜、越南以及东南亚各个国家都有流传。

滕州　鲁班雕像　山东省文化馆非遗保护中心供图

2008 年 6 月 7 日，鲁班传说经国务院批准列入第二批国家级非物质文化遗产名录。

二、历史渊源及基本内容

鲁班是中国古代手工业发明的典范，其传说体现着古代劳动人民的勤劳与智慧。鲁班传说尤其是体现鲁班“巧”的传说，在先秦时期就已经形成。先秦时期的古籍对鲁班及其传说的记载大多是一些零星的、片段的，着重记述的是鲁班制造工具、器械，着重体现他的“巧”，这个时期鲁班的性格特征也主要表现在他的“巧”上。而且这个时期鲁班也只是木工领域中的一个巧匠，他的活动范围局限在木工范围内的技艺和制作。

滕州　鲁班制磨处　山东省文化馆非遗保护中心供图

有关鲁班传说的记载在汉代及汉代以后古籍中得到了进一步发展。汉代《古诗》里说他制造铜炉器，而且雕文精美。到了（梁）任昉的《述异记》，则不仅提到浔阳江七里洲的木兰舟、天姥山上会飞的木鹤都是他的杰作，而且还提到他刻的石龟“夏则入海，冬复止于山上”。

汉以后，各地关于鲁班在其他行业方面的传说、记载逐渐增多，到唐朝已经相当普遍。唐朝以后，古籍记载中的传说在原有的基础上做了更加完整的补充，如元朝初年编撰的《湖海新闻夷坚续考》中有鲁班修赵州桥的记载，不仅称赞赵州桥的坚固，而且加了张果老褡裢里装着日月和柴王爷车上推着四大名山过桥的内容。到了明朝和清朝乃至近代，有关鲁班的记载特别多，比如说明代编撰的木匠经典《鲁班经》以及在木匠中广为流传的《鲁班书》，但这个时期的传说多集中在鲁班的祖师爷身份和对他的祭祀、神化上。

清朝和近代有关鲁班的传说记载也不少，而且内容情节更加丰富，最具代表性的是各地的地方志中记载工匠们祭祀鲁班的活动，如《嘉庆湘潭县志》云：“本地木匠与外来工匠分为二厂……立有鲁班庙，以为祈报。”此外在当时的一些小说中也有所反映，如《二十年目睹之怪现状》中就有“我在江浙一带，看见水木两作都供的是鲁班……”的记载。

至今，鲁班传说在全国各地都广为流传，不仅数量众多，而且内容斑斓。鲁班最大的性格特征莫过于“巧”，不仅体现在鲁班自身的工艺水平上，也表现在鲁班的徒弟或者其他工匠所从事的工程难度大，遇到困难却在鲁班的启发或帮助下保质保量地完成了任务上，以及工匠们的对他的祭祀上。

综合来说，鲁班传说以古籍记载为基础，随着社会的发展，在人民群众的口耳相传中不断地被增添新的内容，然后又被记入到相关的古籍中，从而使民间流传的鲁班传说不断增多，并最终形成了以鲁班为中心人物的系列型传说。鲁班传说的研究，具有重要的历史、理论、现实意义，鲁班是中国古代手工业技术发明创造的典范，表现了中华儿女积极进取、勇于创新的精神，是实现中国科教兴国和民族复兴的强大动力。

三、传承价值及传承情况

鲁班传说随着历史的长河传承至今，对人们生活的影响是方方面面的。鲁班的发明创造很多，包括木工工具、古代兵器、农业机具、仿生机械以及其他各种种类的发明创造，散见于战国以后的书籍中。鲁班被视为技艺高超的工匠的化身，更被土木工匠尊为祖师。滕州鲁班纪念馆的馆址就是之前鲁班庙的旧址，滕州、邹城接壤处的界河，古称“白水河”，鲁班打造了三千碌碡、几百块长条石，把河两岸砌成了铜墙铁壁式的石堤。滕州现在还有碌碡的遗址并且于2007年开始立碑保护。

滕州　鲁班圣祖坊　山东省文化馆非遗中心供图

随着时代的发展，人民生活水平的提高，班门教子教徒时励志育人的“菜豆腐”，已渐渐转化成了人们餐桌上的环保长寿菜。但匠人们吃鱼不吃头的旧习依然保留着。鲁班是匠人们最信奉师道尊严，鲁班的生日是农历五月初七，忌日也是农历五月初七（也有说是五月初五的），因生卒同日，五月初七被工匠们视为鲁班的寿诞节。“耍手艺”“踩百家门”为生的匠人们，却把鲁班的寿诞节也当“年”过。他们把传统的春节叫“过大年”，把过鲁班的寿诞节叫“过二年”。现在每当鲁班生日的时候，匠人们还会供奉着“鲁班祖师爷之神位”，行跪拜大礼。各地依旧流传着“鲁班来得迟，正是上梁时”“鲁班来得巧，今日上梁好”的俗语，尽管现在乡亲们盖房都采用框架结构、水泥浇灌，不用上梁了，他们还是照样要选时辰，等“鲁班”，还是要先给鲁班爷焚香上贡，祈求平安。

鲁班的传说多流传于民间口头文学，均以口授相传的形式加以沿袭保留。因此，最早的传承人没有确凿的资料来加以印证。至于滕州市关于鲁班的民间传说，根据滕州市非物质文化遗产保护中心的调查和整理，其传承脉络大体如下：

	姓名	性别	出生年	传承方式	传承来源	居住地址
早代	仇锡思	男	1840	口授	据鲁氏家谱	滕州姜屯
	生克中	男	1873	口授	据人讲述	滕州李店
	鲁虎廷	男	1879	口授	鲁寨本村传述	滕州鲁寨
	鲁景席	男	1881	口授	前辈讲述	滕州鲁寨

（续表）

	姓名	性别	出生年	传承方式	传承来源	居住地址
第一代	辛介忠	男	1913	口授	听老人讲述	滕州市界河镇前枣村
	鲁在领	男	1915	口授	听老辈人讲述	滕州市荆河街道鲁寨村
第二代	辛世勇	男	1935	口授	听老辈人讲述	滕州市界河镇前枣村
	鲁成义	男	1932	口授	听老辈人讲述	滕州市荆河街道鲁寨村
第三代	辛令成	男	1956	口授	听老辈人讲述	滕州市界河镇前枣村
	王玉平	女	1954	口授	听老辈人讲述	滕州市界河镇于元村
	赵月嵩	男	1950	口授	听老辈人讲述	滕州市荆河街道鲁寨村
	鲁作俊	男	1952	口授	听老辈人讲述	滕州市荆河街道鲁寨村
	杨家帅	男	1951	口授	听老辈人讲述	滕州市界河镇兴隆村

四、较常见的故事文本

鲁班传说由各自成篇的多个传说故事组成，数量多，内容丰富，而且在流传过程中根据各个地区的风土人情不断产生，使得鲁班传说的各篇呈现出各具特色、形态多样的特点。

“巧”与“智”是鲁班的基本特征，所以表现鲁班的“巧”和“智”的巧智系列传说是鲁班传说中最常见的类型。这类巧智系列的传说在我国各地、各民族中广泛流传，在不少地区还有异文。广泛流传于江苏等地区的《金刚腿》，讲的正是鲁班的“巧”与“智”：“鲁班奉命负责修建新皇宫，却惹毛了唯利是图的当朝宰相。在殿宇、楼阁已经全部造好，单等第二天皇帝亲临新金銮殿主持安装金门槛仪式的时候，坏心肠的宰相却狗急跳墙，在晚上偷偷地弄断了金门槛。鲁班发现后，一番量量算算，马上就想出了一个巧办法。他在金门槛上刻上两条跃跃欲飞的紫金龙，又在两截短木头上刻上五彩祥云，用来加长同时也是固定金门槛。虽然宰相告他私断金门槛，以假冒真，鲁班却不慌不忙地解释并演示这两截金刚腿的妙处。”

谦虚好学是中华民族的优良传统，这一传统在鲁班传说中得到了很好的体现。传说中的鲁班技艺高超，修建了无数的楼台亭阁，有不少的发明创造。传说中并没有把鲁班神化，而是把他作为一个学艺的普通人来，传说中鲁班的才智也是和普通人一样，但他谦虚好学，一切是“学”来的。因此鲁班传说中有大量的鲁班历尽千辛万苦，最终学有所成的故事。

鲁班学艺

鲁班三兄弟，老大、老二学艺怕吃苦，无收获而返，只有鲁班一不怕苦，二不怕累，爬高山，过大河，历尽艰难到了终南山，跟木匠祖师学了三年，最终成为土、木、石等多个行业所崇拜的祖师爷。此外像《练斧》讲鲁班为了学艺，把爸爸用的破斧子"磨平了几块磨石，磨干了几缸水"，反复实践，不断摸索，最后他竟然独出心裁地用这斧子造出不凿卯眼，用刻出的凹凸卡接合而成的桌子。

鲁班传说有一部分重在表现鲁班乐于助人的品质，最常见的形式是当工匠们在工程中遇到了困难时，鲁班就会化身为老工匠亲自动手，或用物点化人们，从而使困难问题得到解决，如北京的《故宫角楼的传说》、湖南的《岳阳楼的传说》都属于这种排忧解难类的传说。在河北等地广为流传的《"盐（檐）短了"》讲的是工匠们在修北京城里的马格拉庙时发生的一个故事。在做檐椽时，总管交代每根檐椽要长三尺五寸四，工头一时疏忽记成了三尺四寸五。就在当天，工地上来了一个大约七十来岁的老头子，工头再三哀求让他留下做两天活。可干活时他却东遛遛，西瞅瞅，半天也没干出什么活来。吃晚饭的时候，老头没去拿窝窝头，光盛了一碗汤，没喝两口，就喊着"盐短为啥不加盐"，工匠们很讨厌他的多事。到了第二天，老头不见了。工匠们正要干活时，就有人跑来说，昨天做的檐椽整整差了九分，都不能用，工匠们这才明白是祖师爷鲁班来指点他们。

鲁班传说中，以鲁班同其他工匠协作和互相帮助的形式最常见。这类传说比较典型的是《鲁班和老君》中记载的，两人互相帮助，在劳动过程中发明、创造了不少的劳动工具。另外，在镇江流传的鲁班和张班补天的传说也有代表性。"孙悟空把天打坏了个角，玉皇大帝就要张班和鲁班去补天……张班是瓦匠，鲁班是木匠，要补天，当然张班在上面补，鲁班在下面修，补补修修，好了，天也合起来了。"鲁班是劳动人民中的一员，也和普通人一样，只有融入到集体之中才能发光发热。

表现诚实守信的品质也是鲁班传说中最常见的。最多的形式是鲁班和他人比赛，往往在比赛快要结束的时候，另一方由于怕输或其他的原因，学鸡叫来终止比赛，而鲁班严格遵守比赛规定。如《鲁班一夜修三桥》中鲁班和妹妹比赛的传说，以鸡鸣为限，鲁班要在一夜之内修好三座桥。他修好赵州桥、卢沟桥后，正在修鸡鸣驿石桥时，妹妹怕他过于劳累，便自己学着鸡叫，鲁班以为真的鸡叫，就停了工。另一种比较常见的形式是鲁班在工作或比赛中，勇于承认自己的错误和不足。如云南白族中流传的《张班去了鲁班来》，讲的是张班改名为鲁班的原因。张班由于手艺高超，被皇帝叫去负责修建一座金銮宝殿，眼看快完工了，张班却忽然发现自己做的椽子短了一截，原来在量尺寸时搞错了。而工程是不能误期的，误了期不杀头也得坐一辈子牢。张班急得饭也吃不下，觉也睡不着，左想右想想不出办法来，最后他只好骑着会飞的木马回云南去了。到了家，妻子知道缘故后，把自己做的伞拿给他看，张班看看想想，明白了。他抓起伞，骑上木马，就又飞往京城去了。到京城后，工地上由于不见了张班师傅正乱成了一团。张班也不敢说自己是张班了，就称自己是鲁班，能修殿房。金銮宝殿终于又开工了，张班按照伞骨的原理，叫工匠们做了不少的“飞爪”，用“飞爪”斜伸出来接在短了一截的椽子上，这样不仅长短合适，而且比原来的好看多了。虽然按期修好富丽堂皇的宫殿，受到人们的称赞，但鲁班还是老老实实地承认自己就是那个不负责任逃走的张班，也正因为如此，人们更加佩服他。

旧时代的手工艺人处于社会的底层，要承受来自各个方面的压迫和剥削，他们尝尽了各种辛酸和苦楚。具有斗争性的传说也是鲁班传说不可或缺的一部分，鲁班的斗争对象有皇帝、各级大大小小的封建官吏以及土老财和代表黑暗势力的妖怪，等等。如浙江流传的“三潭印月”的传说中，鲁班和妹妹等人，用自己的聪明才智与黑鱼精斗，不仅使黑鱼精退去了威胁人民生命财产安全的大水，而且把黑鱼精支使得团团转，又是劈山，又是搬香炉，最终把黑鱼精罩在了大大的石香炉下闷死，并且给后人留下了一个奇妙的景致——三潭印月。如《桌子的故事》中，鞑儿国故意刁难，要求我国用一块长三尺、宽三尺、高三尺的松木，在一百天内做一张桌子，做完后连一点点木头都不剩下，否则不但不称臣纳供，还要我国纳供。天下著名的木匠都汇集京都却毫无办法，直到鲁班爷出现把桌子做成，把鞑儿国使臣吓得屁滚尿流，乖乖地运供礼去了。皇帝大喜过望又要封鲁班做官，又要赏鲁班金银财宝，但鲁班概不接受。只要让人民免于战祸灾难，他就心满意足了。这种斗争系列的传说不仅充分表现了鲁班热爱祖国，反抗侵略的思想，而且也体现了鲁班蔑视功名和权贵的高贵品质。

“金无足赤，人无完人”，鲁班也和平常人一样存在某些缺陷和不足，因此把表现鲁班缺陷和不足的传说归为一类进行分析很有必要。这一系列的传说在鲁班传说中的数量不是很多，但也客观存在，而且和时代联系紧密。如鲁班迷信风水、迷信法术、企求神的帮助的传说，以及表现鲁班思想狭隘的一些传说都可以归结到此类中。如《张通学艺》中，张通是鲁班的外甥，鲁班却严守技术秘密，张通的许多技术都是偷着学的，甚至在张通出师归家时，鲁班要敲紧木马尾部的机关，让张通眼睛向前看骑在木马上。这一方面反映了鲁班作为旧时代工匠在思想上的保守性，另一方面也反映了封建社会“教会徒弟，饿死师傅”的社会现实。

发明锯子

且说有一年夏天，鲁班家乡鲁国国王要鲁班监工营造一座宫殿，期限为3年。但是这座宫殿所需的木料，鲁班等工匠们到山上砍上3年也完不成任务。这可急坏了鲁班，因为国王的话就是圣旨，是不允许随便更改的，如果真的是耽误了工程进度，杀头是不可避免的。鲁班愁得连觉也睡不踏实。为了加快砍伐木料的进度，鲁班每天都要提前上山选择好要砍的树木。这天，天色刚蒙蒙亮，鲁班便迎着晨曦，踏着夜露，提前出发了。为了节省时间，鲁班便抄小路走，小路上山近，可是坡陡路滑，而且横七竖八地长满了小树、杂草，行走非常不便。鲁班只好搀着树木、拽着茅草往上爬。忽然，脚底一滑，身体便顺着山坡往下滚去，鲁班急中生智，急忙抓住一把茅草，由于没有抓牢，反而感到手掌心疼痛无比。滑到山脚，鲁班狼狈地爬了起来，伸开手掌一看，掌心已是鲜血淋漓。鲁班非常惊奇，为何一把茅草能够划破人的手掌。鲁班顾不得疼痛，沿着滑下来的山坡，爬上去一看，这丛茅草与别的草没有两样。鲁班不甘心，便揪下一根茅草仔细地观察起来。这茅草的叶子很怪，叶子两边都长着锋利的小细齿，人手握紧它一拽，手掌就会被划破。鲁班又试着用茅草在他的手指上拉了一下，果然又划开一道血口。鲁班正想俯身探究其中的道理，忽然看到近处有一只大蝗虫，两枚大板牙一开一合，快速吃着草叶。鲁班把蝗虫捉住细看，发现蝗虫的大板牙上也排列着许多小细齿。

鲁班从这两件事中得到启发，心想：如果仿照茅草和蝗虫的细齿，来做一件边缘带有细齿的工具，用它来锯树，岂不比斧砍更快、更好吗？鲁班忘记疼痛，转身下山，做起试验来。在金属工匠的帮助下，鲁班做了一把带有许多细齿的铁条。鲁班将这件工具拿去锯树，果然又快又省力，锯子就这样发明了。这个故事虽说是传说，但我们从中却可以得到这样的启发：实践出真知，钻研出智慧。

八仙传说

俗话说，“八仙过海，各显神通”，形容每个人都有自己拿手的一套。其中“八仙”其实指的是民间传说中的八位神仙。关于这八位神仙的相关传说在民间历来传颂不息。其中以“八仙过海”的故事传播尤其广泛，按照民间说法这个故事就是发生在山东蓬莱一带，而蓬莱地区八仙故事也的确更为引人入胜。

八仙过海口　王丕琢摄

一、流行区域和申请情况

中国古代神仙的队伍既开放而又极其庞杂，其中包括日月星辰、江河湖海、山川草木、花石鸟兽，各行各业都有神仙。中国民间广泛流传着“八仙”

的传说，这八个人分别是：铁拐李、钟离权、张果老、何仙姑、蓝采和、吕洞宾、韩湘子和曹国舅，他们是从众多神仙中脱颖而出的一群神仙明星。八位神仙几乎涵盖了民间百姓自身的愿望和需求，他们代表着崇尚正义、向往自由的天性。这也是八仙会在民众中人气如此之高的原因。家喻户晓、脍炙人口的八仙过海的传说发源并流传于山东蓬莱，是蓬莱八仙文化的一大景观。

会仙阁　山东省文化馆非遗保护中心供图

二、历史渊源与基本内容

从形象上来看，八仙的形象多彩多姿、争奇斗艳。铁拐李：莲头破脚，面目丑陋；钟离权：头结双售，袒胸露乳；张呆老：白发苍苍，倒骑毛驴；何仙姑：手持荷花，美丽动人；蓝采和：赤脚破衫，长板高歌；吕洞宾：身背宝剑，儒雅潇洒；韩湘子：临风弄箫，仪表洁秀；曹国舅：红袍加身，雍容高贵。从手中的法器看，八仙的法器又称“暗八仙”。有葫芦、蒲扇、渔鼓、荷花、花篮、宝剑、箫笛、玉板。八仙的法器就是民间生活日用的器具，后来被民间作为吉祥物。从年龄来看，八仙的成员涵盖了老中青三个年龄段，每个年龄段的人都可以从八仙中找到自己的神仙代表。从健康与否来看，八仙的成员既有健康者也有残疾者。健康人能成仙，残疾人又何尝不能？身残志坚的铁拐李，就是通过不懈努力而踏入神仙境界的绝佳榜样。从社会地位来看，八仙的成员既有皇亲国戚和将军这样的白领，也有书生、道士、说书人这样的蓝领，更有沿街乞讨的乞丐这样的黑领。因此，无论是富贵贫贱、荣辱穷通，只要心诚志坚都会位列仙班。八仙虽然位列仙班，但却有这样或者那样的缺点，比如吕洞宾戏白牡丹，张果老动辄装死等等。使得八仙的形象更加血肉丰满，增加了八仙的亲和力，拉近了和老百姓的距离，让百姓觉得八仙亲切可爱。八仙传说故事经过几百年的流传和演变，已经深深地积淀于今国人的思维模式之中。八仙超凡脱俗、救危解难、惩恶扬善、匡扶正义的形象，已经定格为中国人民心目中的古神、美神和护佑之神。说他们是美神，是因为这八位神仙是光烁烁、活泼泼的一群，他们的身上凝聚了独特的东方神韵和气质，体现典型的中国气魄和中国精神。

三、传承价值及传承情况

八仙的成员，如今人们一般认为是汉钟离、李铁拐、吕洞宾、张果老、蓝采和、韩湘子、曹国舅、何仙姑，这样的阵容是明代中期定型的。“八仙”一词，最早见于东汉。汉代之后，葛洪的《神仙传》、杜光庭的《录异记》等书以“淮南八公”为八仙。八公是西汉时淮南王刘安的八个门客，安徽的八公山即由此得名。唐初王勃有《八仙径》诗，题目谓“八仙”，而诗的首句却云“奈园欣八正，松岩访九仙”，但这里亦不知王勃所指神仙究竟是哪些人。杜甫《饮中八仙歌》以贺知章、李邂、李适之、崔宗之、苏晋、李白、张旭、焦遂为八仙，指这八位文士风流多才，又善饮酒，于是杜甫便称他们为“饮中八仙”。

从汉代至唐代，虽然已经有八仙的名称，但八仙的队伍还没有形成明确的阵容。在五代至北宋时，开始出现关于八仙群像的绘画，这使八仙的故事得以更广泛地流传。元代至明代前期，八仙传说故事大量出现在戏曲作品里。马致远的杂剧《吕洞宾三醉岳阳楼》中，八仙是吕洞宾、汉钟离、李铁拐、蓝采和、张果老、徐神翁、韩湘子，曹国舅。明初谷子敬的杂剧《吕洞宾三度城南柳》和明初教坊司编演的《争玉板八仙过沧海》剧中的八仙组成与此同。明初朱有墩的《诚斋杂剧》中，《群仙庚寿蟠桃会》和《瑶池会八仙庆寿》所写八仙皆同马致远。

关于八仙过海的各种书籍　山东省文化馆非遗保护中心供图

元代岳伯川的杂剧《吕洞宾度铁拐李岳》中八仙组成同前相比去掉了徐神翁，而增加了张四郎。明初教坊司编演的《众群仙庆赏蟠桃会》《祝圣寿金母献蟠桃》《众天仙庆贺长生会》和《贺升平群仙祝寿》

等剧中的八仙组成皆与此相同。在元末明初贾仲明的《铁拐李度金童玉女》一剧中，八仙出场未罗列姓名，而金安寿的唱词中道出他们是壶公、韩湘子、汉钟离、吕洞宾、张果老、赤松子、蓝采和、李铁拐。

从这些戏曲作品可以看出，元代至明代前期，八仙的传说故事流行更为广泛，八仙的组成虽然没有完全定型，但和后世的认定已非常接近。明代嘉靖年间，八仙绘画更多地现世。王世贞《题八仙像后》云："八仙者，钟离、李、吕、张、蓝、韩、曹、何也。"王世贞对于这八位神仙"考其七而疑其一"，即对于其中的七位作了简略的考察，而对李铁拐却提出疑问。按照他的说法，以这八位神仙组合成的"八仙"图像，在元代以前还没有，明代从什么时候开始出现也不详，但在嘉靖时期已经相当流行了。王世贞生于嘉靖五年(1526)，卒于万历十八年(1590)，同时代的文士述及八仙，其成员和王世贞所记相同。如汤显祖的传奇《邯郸记》第三十出《合仙》中众仙上场，汉钟离云："汉钟离到老梳丫髻，曹国舅带醉舞朝衣，李孔目拄着拐打瞌睡，何仙姑拈针补笊篱，蓝采和海山充药探，韩湘子风雪弃前妻，兀那张果老五星轮的稳，算定着吕纯阳三醉岳阳回。"正是王世贞所述的八仙。清代中期，赵翼《陔余丛考》卷三十四有"八仙"一节，对于八仙传说的来历和流变考辨更详，但他说此八仙中"女仙二人蓝采和、何仙姑"，把蓝采和也作为女性。大概是见戏文中有以旦角扮蓝采和者，因而致误。清代绘画作品中的八仙图相当多，如任

八仙壁画　山东省文化馆非遗保护中心供图

颐的绘画有《八仙》，其木刻也有八仙人物像，民间年画、剪纸也常见有八仙。许多寺院或道观中的壁画也时见有《八仙过海》图。

纵观八仙传说，它的流传范围主要是在湖北、湖南、山西、山东、河北、河南、北京、天津、上海、浙江、辽宁、陕西、甘肃、宁夏、福建、广东、广西、江西、四川、云南等地。从现存的资料来看，八仙的人物形象、出处保持了旧籍的说法，与道教也基本吻合。但是，许多故事经过漫长的年代发展，从口头到文字，循环反复，使得八仙人物更加的丰满，他们接近市井、乡村，关心人间冷暖，他们凭借自己的仙气帮助人们实现愿望，因此八仙传说跟其他传说一样，具有极强的生命力，千百年来经久不衰，在流传中一直起着积极的作用。

“八仙过海”的传说以它浓郁的地方色彩在蓬莱广为流传，在老百姓中有广泛的群众基础。它口耳相授、著之典籍、被之管弦、演于戏剧，几乎是家喻户晓，妇孺皆知。在民间，有许多老艺人把八仙故事讲述的惟妙惟肖，具有自己的独特艺术风格。目前，在蓬莱地区主要由以下几个家族实行家族内传承：

1. 宋家传承谱系

代别	姓名	性别	出生年月	文化程度	传承方式	学艺时间	居住地址
第一代	宋忠武	男	不详	私塾	家族传承	不详	北沟镇下朱潘村
第二代	宋天胜	男	1857 年	私塾	家族传承	1877 年	北沟镇下朱潘村
第三代	宋长霖	男	1880 年	私塾	家族传承	1898 年	北沟镇下朱潘村
第四代	宋云儒	男	1905 年	私塾	家族传承	1920 年	北沟镇栾家口村
第五代	宋鸿志	男	1924 年	小学	家族传承	1938 年	北沟镇栾家口村
第六代	宋蓬生	男	1954 年	小学	家族传承	1969 年	登州街道东关村
第七代	宋　枫	男	1977 年	高中	家族传承	1988 年	登州街道东关村

2. 李家传承谱系

（1）李仁德，男，1930 年生，蓬莱市马格庄湾子口人，蓬莱市民间艺术家协会会员。从 10 岁开始随父亲李贵发学艺。由于天资聪慧，不到半年时间，演说技艺便超过了不少人。李仁德虚心学习，刻苦钻研，把“八仙过海”传说研究和讲述的精到熟练，在十里八乡都小有名气，受到了当地群众的一致称赞。

（2）传承谱系

代别	姓名	性别	出生年月	文化程度	传承方式	学艺时间	居住地址
第一代	李贵发	男	1906 年	私塾	家族传承	1916 年	马格庄湾子口
第二代	李仁德	男	1930 年	小学	家族传承	1947 年	马格庄湾子口
第三代	李顺义	男	1958 年	小学	家族传承	1970 年	马格庄湾子口
	李顺禄	男	1960 年	小学	不详	1970 年	马格庄湾子口
第四代	李明凯	男	1980 年	高中	家族传承	1987 年	马格庄湾子口

3. 刘家传承谱系

代别	姓名	性别	出生年月	文化程度	传承方式	学艺时间	居住地址
第一代	刘宝祥	男	不详	不详	家族传承	不详	刘沟镇南吴家
第二代	刘乐生	男	不详	不详	家族传承	不详	刘沟镇南吴家
第三代	刘玉寿	男	1932 年	小学	家族传承	1947 年	刘沟镇南吴家
第四代	刘水长	男	1955 年	小学	家族传承	1968 年	刘沟镇南吴家
第五代	刘德利	男	1975 年	高中	家族传承	1984 年	刘沟镇南吴家
	刘德民	男	1978 年	高中	家族传承	1985 年	紫荆山武霖村

4. 曲家传承谱系

代别	姓名	性别	出生年月	文化程度	传承方式	学艺时间	居住地址
第一代	宋天胜	男	1857 年	私塾	家族传承	1877 年	北沟镇下朱潘村
第二代	曲顺祥	男	1881 年	私塾	师承传承	1896 年	蓬莱阁街道水城村
第三代	曲和荣	男	1919 年	私塾	家族传承	1928 年	蓬莱阁街道水城村
第四代	曲大锁	男	1942 年	小学	家族传承	1950 年	蓬莱阁街道水城村
第五代	曲家辉	男	1965 年	中学	家族传承	1977 年	蓬莱阁街道水城村

四、较常见的故事文本

八仙过海是一种流传最广的汉族民间传说，八仙最脍炙人口的故事之一。相传白云仙长有一回于蓬莱仙岛牡丹盛开时，邀请八仙及五圣共襄盛举。回程时铁拐李建议不搭船而各自想办法，就是后来“八仙过海、各显神通”或“八仙过海、各凭本事”的起源。后来，人们把这个典故用来比喻那些依靠自己的特别能力而创造奇迹的事。

八仙分别为汉钟离、张果老、韩湘子、铁拐李、吕洞宾、何仙姑、蓝采和及曹国舅。传说八仙到终南山以后，每日修身论道，终日无趣，吕洞宾提议：“来到蓬莱仙岛，顺便出去散散心。”众人一听都表示赞成，腾云驾雾来到蓬莱仙岛。他们在岛上非常的快活，有一天众人在丹崖顶上看海，吕洞宾说：“前面乌黑黑一片是什么？”汉钟离回答：“那不是一些海岛么？”神仙们都表示想要上去一看究竟。可是海边找不到船。吕洞宾说：“既然咱们都不是凡人，就各显神通，不乘船过去。”说罢，铁拐李顺着山崖扔下喜欢铁拐，镇住了一层恶狼，众人一看，铁拐变成了一条独木舟。汉钟离也拍拍肚皮说道：“看我的。”抽出扇子，吹了一口仙气，霎时间扇子一下子变成一丈长，他坐在扇子上，追逐着铁拐李。然后，张果老投下纸驴，何仙姑放下竹笊篱，吕洞宾拿出了箫管，韩湘子下放了花篮，蓝采和拿出了拍板，曹国舅拿起了玉板，八仙嬉闹一阵，向着海岛奔去。途中，蓝采和突然说道：“你们先走，我试试这块板神通到底有多大。”此时，东海龙王正在龙宫议事，只见一道白光把龙宫照的透明。三太子带着虾兵蟹将到海面上一探究竟，只见蓝采和踩着一块玉板，就起了歹心，想要把它抢过来。于是，把蓝采和连同玉板一同抢进龙宫。龙王见了玉板打心眼里喜欢。

八仙上岸后不见蓝采和，就在岸边等，但始终不见他的踪影。铁拐李一拍脑瓜：“一定是龙王作怪，咱们大家一起去龙宫找找他吧。”吕洞宾站在岸上向龙宫大喊：“龙王听着，快把人还给我们万事俱休，要是不还，我就放火把海烧干。”三太子不把吕洞宾放在眼里，指着他的鼻子骂道：“老儿休得狂言，不然把你也抓进龙宫。”吕洞宾大怒，拔剑向三太子刺去，三太子败下阵来，逃回海里。吕洞宾随后把火葫芦放入海中，吹了一口仙气，烧的海水像开锅了一样。龙王在海中像热锅上的蚂蚁，赶忙吩咐三太子把蓝采和送回到岸上。众人看到蓝采和回来，十分高兴，吕洞宾也收了葫芦。蓝采和这时嚎啕大哭起来：“我回来有什么用，玉板还在他们手里，我自投仙境，逍遥自在，还从来没有受到这种屈辱。”众仙听罢都很气愤，何仙姑跟吕洞宾来到海上，大声呼喊。三太子带领着群兵出战迎敌，却不是吕洞宾的对手。只打了几个回合，三太子就想逃跑，何仙姑放下竹笊篱，一下子扣住了三太子，吕洞宾手起剑落，杀死了三太子。

听闻三太子被杀，龙王忙令二太子出兵，在打斗中，吕洞宾斩下二太子的右臂，二太子跌落海中。龙王听闻大怒，调集海内水族，出征讨伐二仙。龙王亲自挂帅，要为三太子报仇。汉钟离看到龙王来者不善，率先出征。二人大战五十多个回合，只杀得天昏地暗。虾兵蟹将见龙王打不过就围上来助战，张果老一看情形不对，要起来令旗。八仙问讯赶来，杀了无数水族兵将。龙王看大势已去，带着妻女逃往南海。南海龙王把东海龙王接到殿上，又写了书信召集西海、北海龙王，决定五更一起决水助战。

八仙夺了龙宫后，找到玉板，决定在龙宫睡一宿，明日再过海，四更天时，张果老醒来，听到了外面一阵喧哗，原来是四方潮水涌来，大水淹没了龙宫，八仙大惊，只见曹国舅抽出身上的避水腰带，带众仙上岸。四海龙王水淹龙宫后，以为八仙全部都淹死了，下令收兵。八仙逃回岸上，憋了一肚子气，吕洞宾灵机一动："我们推倒泰山，将大海夷为平地。"众仙都认为高明，于是上了泰山，将泰山抬起，倒入东海。见海中没有动静，逍遥自在地过海去了。此时四海龙王只觉天崩地裂，一座大山倒入海中，兵将都被淹死，只好向南海逃去。[1]

① 王永宽：《八仙传说故事的文化底蕴探析》，《中州学刊》2007 年第 5 期。

秃尾巴老李的传说

秃尾巴老李的汉族民间传统故事在山东广为流传，与现在流传故事相似的文字记载，见于清朝袁枚的《子不语》：“山东文登县毕氏妇，三月间浣衣池上，见树上有李，大如鸡卵。心异之，以为暮春时不应有李，采而食焉，甘美异常。自此腹中拳然，遂有孕。十四月产一小龙，长二尺许，坠地即飞去。到清晨必来饮其母之乳。父恶而持刀逐之，断其尾，小龙从此不来。”在民间传说中，他虽为龙，却是普通村民所生。因其出身姓李，而尾巴又被其父砍断一截而得名“秃尾巴老李”。在山东，传说“二月二，龙抬头”即与秃尾巴老李有关；在黑龙江，传说船过江时必须有山东人才能开船，也是因秃尾巴老李爱护其老乡。

即墨　天井山龙王庙　王丕琢供图

一、流行区域及申请情况

秃尾巴老李的传说，早在清康熙年间就已有文字记载了。从《文登县志》引自金、元、明时期的地理书籍记载可知，文登县境内的昌山上有“巨神龙祠”，“自汉已著灵异”。县志中虽然没有详细记载秃尾巴老李的传说，但足可以证明有关神龙的传说在当地已流传一千多年了。到了清代康熙年间，《文登县志》便又开始记载有关龙母传说的主要情节了，这一记载在后步的志书中又进一步得到了延续和发展。据雍正三年文登县令王一夔主持编修的县志与乾隆年间袁枚写于《子不语》中的《秃尾龙》以及清道光年间欧文主持修编的《文登县志》中均有对龙母情节的叙述，由此可得出：秃尾巴老李的传说，最早还是产生于文登，但是根据对山东地区其他地方版本的整理，枣庄滕州小坞村，聊城东昌府，阳谷张秋镇，莱阳，临沂苍山、莒南，日照，济南地区也是此传说的版本发源地。这就说明这是一个多源版本的民间故事。据《清圣祖实录》记载，康熙四十六年北巡所见：“今巡边外，见各处皆山东人，或行商，或力田，至数十万之多。”

莒县　龙母坟　山东省文化馆非遗保护中心供图

在明清时期由于黄河泛滥的影响，大量山东地区的人口向东北三省迁移，把传说带入东北三省，山东中西部地区的人口在东北接受了秃尾巴老李的传说后返回山东各地，从而流传于山东各地。莱芜市八里沟村的李氏族谱上对于“秃尾巴老李”的出生与功绩就有明确记载。诸城南三里庄村，

青岛龙王祭祀仪式　王丕琢供图

当地的李氏家族也自称为“秃尾巴老李”的后代，足以证明秃尾巴老李的传说在当地广为流传。同样秃尾巴老李的传说在牟平、栖霞、青岛、莱阳、海阳、胶州、菏泽、济宁梁山、汶上、河南民权等地都广为盛传。

2006年，秃尾巴老李传说被山东省列入首批省级非物质文化遗产名录；2008年，秃尾巴老李传说被文化部列入第二批国家级非物质文化遗产名录。

二、历史渊源及基本内容

秃尾巴老李传说在山东各地流传甚广，数量繁多并且与地方风物历史相联系，有关秃尾龙的文字记载最早见于唐代欧阳询的《艺文类聚》中，卷九《水部下·浦》中引顾微《广州记》曰：“溪浦口，有浦母，养龙，裂断其尾，因呼龙掘。人时见之，则土境大丰而利涉也。”顾微大约生活在晋宋之间，由此看来，在南北朝初期秃尾巴老李的故事就已经相当兴盛了。其中龙母、断尾、利涉等故事的主干情节均已经具备。

山东民间传说中对于秃尾巴老李出现的时间有多种说法，如唐朝说（费县）、宋朝说（诸城）、明朝说（菏泽），但就目前所见的文献资料来看，最早明确记录秃尾巴老李事迹的是雍正三年刊刻的《文登县志》。光绪本《文登县志·山川》中记录了文登邑人赛珠在康熙五十五年所作的一首《龙母宫吟·呈邑明府王公》，其诗中明确指出了秃尾龙在当地的称呼——“老李”，细致描绘了民间对于“老李”的传说和祭祀活动，诗注中还记载了康熙甲午移祀神龙于昌山，重起祠庙，改名“回龙山”的史实。由此看来到康熙年间，秃尾巴老李的传说已经具备完整的故事情节并且在民间广为流传了。

秃尾巴老李传说的情节主干基本相同，枝节各有不同。秃尾巴老李的传说在流传过程中不断发生变异，与当地文化相结合，形成新的传说模式并广为人知。秃尾巴老李的传说主要包括奇孕（吞食异物怀孕或感应异事怀孕）、异生（生为龙、蛇、蛋或人身龙尾）、断尾（被父或舅视为异类而砍断尾巴）、离家（断尾后一痛而乘龙飞走）、孝母（为母亲旋坟，母亲的生日、忌日或清明节赶回家为母亲上坟）、佑乡（每次回家时伴有暴雨解除干旱）这几个情节单元。

另外，秃尾巴老李的传说，在清代的文字记载里，只有降生、喂乳、断尾、筑坟、掀父尸和在张真人处学艺等情节，没有到黑龙江和白龙相斗及占据黑龙江的情节，这显然是山东人闯关东之后，在东北流传过程中发展的。出于表达异乡团结、祈求平安的思想感情，在讲述秃尾巴老李的传说时，就把这一思想带进了传说，说秃尾巴老李也到了东北，为战胜黑龙江的白龙，和大家一起在财主家扛活，托梦给乡亲们求助；战胜白龙以后为感谢乡亲们的援助，开船之前必须先问有无山东人，成了山东老乡的保护神。这一情节的发展，很可能产生于康熙以前，因为康熙五十五年赛珠《龙母宫吟呈明府王公》的诗中有“朝泛清江暮黑水”之句。

秃尾巴老李的传说属民间传说故事中忠、德、孝、义系列之一，其传说涉及人生许多难以躲避的话题，比如生存与死亡、幸福与灾祸、顺利或艰难。秃尾巴老李作为山东地区的保护神成为特定地域文化中的一个意义符号，承载着诸多功能。它既是心理的安慰剂，在无法预测的天灾面前赐予人们实际的帮助，也是词语解释，可以解释众多超自然现象的渊源，同样还是信仰的对象，承载着相关的民俗知识和节日礼仪，直接影响着传统社会中人们的生产和生活。

文登市龙王文化节　山东省文化馆非遗保护中心供图

三、传承价值及传承情况

悠悠华夏，有许多说不完的传奇故事；放眼中原，又有数不尽的离奇传说。在山东、河北和东北等地的很多地方都流传着秃尾巴老李的故事，在山东各地流传的秃尾巴老李的传说中，其母亲都是凡人，但孕育的方式往往各有不同，非常奇特。有吞食异物怀孕说："文登毕氏妇……见树上有李，采而时焉，甘美异常，自此腹中拳然，遂有孕。"

在菏泽传说中也有吞食白桃而孕的一说，也有感应异事怀孕一说，比如在清道光年本的《文登县志·杂闻》中有"李氏妻郭姓，汲水而涯，感而有娠"的记载。还有龙戏说，以及凡间女子与龙的化身结合说，这种神奇怀孕的情节，还很显然与远古感生神话如出一辙，比较隐晦地显示了原始的图腾信仰。

同样秃尾龙的诞生亦与众不同。龙母分娩时常常伴有异常的天象，清修《文登县志·杂闻》中载龙母分娩时，"雷电大作，电光绕室，孕虽免，无儿胞之形"。青岛地方则传说，"临产的日子那天，外边电闪雷鸣，雷雨交加，李妻就在炕上腹痛的上下翻滚……"最为怪异的是秃尾巴老李生下来就不是凡人，或生而为卵、卵化为龙或生为龙（蛇），极似皇帝四面、伏羲人首蛇身等古代图腾神话。

在菏泽、牟平、烟台等地的传说中，龙母产下的是个肉蛋。不过更多的故事中其一降生就是条蛇或龙，如赛珠诗中云："当年龙母产龙子，峥嵘头角突厥尾。"潍坊地区传说："三里庄，有个木匠，姓李。……他家里怀孕要生孩子。到这天分娩时，竟剩下一条'长虫'来。"

滕县传说中，龙是从母亲肋下钻出来或者破肚而出的。奇特的生产方式和怪异的形状使其一开始不被家人接受，龙母更是常常被吓晕或吓死。这些异象，既铺垫了继而来之的断尾情节，又解说了其暴烈性格的形成原因。

断尾情节作为秃尾巴老李传说的主干情节单元，其中以龙父断尾居多，如在枣庄传说中："有一天，媳妇要生孩子，肚疼得难受，忙叫人去地里喊自己的丈夫，丈夫回来一看，妻子死在血泊中，肋下有伤口，再看旁边有一条小长虫，丈夫很气愤，拿起镰刀去砍，小黑龙就在屋里乱蹦，最后蹦到梁头上，丈夫一镰将小黑龙的尾巴砍掉，长虫腾云驾雾跑掉了。"

另外还有在费县传说中的受惩罚断尾、济宁传说中的做好事断尾、梁上传说中与害百姓的龙或其他动物相斗断尾、菏泽传说中被主人不小心断尾等说法，断尾之后的秃尾龙大多是出走黑龙江，也有的寄居在家乡附近的龙潭或河流中。

在秃尾巴老李的传说中，恋母是一个普遍的主题，龙吃奶的情节最能够表现其对母亲的依恋。"小龙知道它的生身母亲，天天夜里回家吃奶，这时候，他还不能变人形，吃奶的时候，头钻在娘怀里，尾巴缠在梁上，他一咂奶，娘就昏了。打这以后，白天小龙就不露面了，只是夜里找他娘来吃奶，吃奶的时候她娘就像做梦似的，总觉得怀里缕缕痒痒的有个东西喝奶，醒来却不见，只是饱饱的奶子瘪了。"

孝母情节也是该传说的重要情节单元，其具体体现有旋坟、送殡、守孝、迁葬以及回乡祭母等。秃尾巴老李他娘就埋在庄前的荒地上，下葬的那天晚上下了一夜的粗风暴雨。第二天早晨风雨停啦，人家一看坟前撅起啦几亩地那么大的一个汪，泥土全都旋到新坟子上啦，筑起一座小土山，人都说那一夜是秃尾巴老李哭着在他娘坟前打滚，雨是眼泪，他用龙尾巴卷起泥土给他娘筑坟子又带动了暴风雨。那个汪里清清的一汪水整年不见干，秃尾巴老李就住在那里边。他托梦给他爹说他要住在这里给他娘守三年孝呢。由于龙掌水性，每年秃尾龙回乡祭母，都免不了携风带雨。尤其在干旱季节，这场及时雨正好解了农人的燃眉之急，由此延伸，孝母情节中也多含有佑护家乡的感情。在沂蒙山传说中就有这样的描述："秃尾巴李，秃尾巴李，家乡大旱求求你。"

这样又呼又叫又烧纸烧香，折腾半天也没见动静，可是收起摊子来后，只见西北悬天呼呼地刮来一块黑云，乌烟瘴气的怪吓人，接着就听见"呼隆哗啦"的雷声，不一会就见大雨噼里啪啦地下起来，直下得沟满河平，庄稼都还了阳，花树草木都旺相。雨后一打听，只有李庄这地方下了雨，别的地方毛也没见。人们都觉得蹊跷，就来打听，一打听打听到秃尾巴老李的事儿。就都求它，求它它推脱不过去，就来帮老乡下雨。

秃尾龙的传说之所以在山东地区凸显出来，与战胜孽龙取得黑龙江的管理权这个重要的情节不可分离，这也是山东各地流传的秃尾巴老李传说的压轴戏，也是使秃尾巴老李升格为山东人保护神的一个必不可少的环节。在战胜黑龙江情节的故事中，秃尾巴老李常常需要借助山东老乡的帮忙才能战胜孽龙取得最终胜利。如沂蒙山传说中的描述：它托梦给山东老乡说，"我在黑龙江找到了仇家小白龙，准备和他斗，看往老乡的面上，你们帮我一把，看见江里翻黑浪就扔馒头，看见江里翻白浪就扔石灰。"山东老乡闯关东的多，一听说这事儿，就把东西推到江边，见翻黑浪就扔馒头，见翻白浪就扔石灰，这样过了三天三夜，满江里只翻黑浪不翻白浪了，人们知道，秃尾巴老李胜了。

各地秃尾龙一般以亦人亦神的形象出现，不过总体来说还是龙形居多，神性为主，而山东的秃尾巴老李身上的神性与人性往往密切结合的情节多体现在神力扛活的情节单元：第二年，秃尾巴老李干脆不种庄稼了，掌柜的知道他不是凡人，都不管他。一天，他说要去种荞麦，掌柜的就给他些荞麦种，他就满上扬，没歇儿的功夫，天就下雨了，掌柜的一看，漫山遍野长满了荞麦，干了二年，掌柜的就发了财。总体来说，秃尾巴老李传说在流传过程中不同情节单元相互依存，又各有侧重。

秃尾巴老李传说在山东发展出独特的情节单元，其中分明蕴藏着地方历史与集体记忆，是民间群体通过自己的方式建构起来的地方历史，虽然这种以传说形式构建的历史被正统的占主导地位的史学家拒之门外，但是它对山东人的价值却是巨大的，其在山东的广泛流传也是必然的。平邑县至今还有"五黄六月下雹子，可不领秃尾巴老李这份情。"的俗语。秃尾巴老李传说中最独特的分支当属菏泽焦龙王系列传说。至今，在龙王冯村很多冯氏后人家中，还保留着有菏泽焦龙王事迹的《龙影二十四宫》图谱，当地居民俗称为“龙谱”或“龙王传”。

四、较常见的故事文本

没尾巴老李的传说，在山东各地流传甚广，后有山东人移民东北各地，故东北三省也有了没尾巴老李的故事，且传承的故事情节大同小异。不过其他地区叫秃尾巴老李，唯有诸城叫没尾巴老李。这个传说是这样讲的：

有个庄稼汉子姓李名憨，人称李憨。别看人叫李憨，其实是个能人，聪明着哪！李憨力大如牛，庄户地里的活那可是行家里手，什么时候耕种，哪种物品赚钱，八九不离十。同时，他还有一手精湛的木匠活。由于算计周到，小日子过得红红火火。媳妇叫桃红，聪明伶俐，俊俏贤慧，人见人夸。两口子本应幸福美满，欢天喜地，但怎么也看不出心满意足的样子，整天眉头紧皱，少言寡语，吃饭不香，睡觉不甜，打不起半点精神。啥事牵心？原来两口子有块心病，都四十挂零了，一个炕上睡了二十多年，身边仍没个一男半女，日子再殷实有个啥用？两口子整天是睁眼盼儿，闭眼想女，求医问药，拜佛叩天，都无济于事。左邻右舍都说两口子邪门了。

这年春天，桃红直想呕吐，身子越来越笨重，肚子一天天鼓起来，真的怀孕了。李憨一听媳妇怀上了，那个高兴劲就甭提了，就像做了个飞天梦。

俗话说，十月怀胎，一朝分娩。可桃红已过月多日仍不见动静，两口子焦急万分。说也怪，第十一个月上，这年正是龙年，婴儿出世了。听说桃红生了，李憨急忙进屋，近前一看，这哪是个婴儿，分明是个肉球，肉球圆溜溜，满地乱滚。李憨想这肯定是个怪物、灾星，留着是个祸害，便顺手拿起准备剪脐带的剪子，照准肉球，一狠心剪了下去。突然，一条小青长虫蹦出肉球，嗖的飞到屋脊。李憨一心想壮年得子，没想到生了条小青长虫，气不打一处来，顺手拿起把铁锨，一蹦尺把高，朝着屋脊上的小长虫铲了下去，把小长虫的尾巴铲了下来。小长虫从屋脊上掉了下来，正好掉到他娘怀里，眼泪还吧嗒吧嗒往下滴。

桃红先是一惊，接着又后怕，同时又气丈夫不问自己死活去打小长虫，惊、怕、气袭身，又是月子里，接着就得了重病，下身大流血。她回头一看，半截小长虫血淋淋地趴在自己身边，一曲一伸疼痛难忍。桃红想：不管是妖是怪，毕竟是自己身上掉下来的肉。如是，她顺手揽过伤残的小长虫摸了又摸，亲了又亲，在他的伤处擦干了血。小长虫在他娘怀里一动不动，一直让娘抱着过了三个时辰。小长虫不吃不喝，见风就长，只三个时辰已经长到四尺有余。这时候，他对娘桃红说："娘啊！您儿我已经能自立了，谢娘的生育之恩，今天就要离开娘，到自己能生存的地方去。"说完，朝着他娘点了三下头，一道电光，眨眼间飞的无踪无影。桃红一看小长虫飞走了，丈夫李憨又气呼呼地下了地，头一歪没气了，这天正好是古历的五月十三。

小长虫因姓李，又没了尾巴，后来人们便叫他"没尾巴老李"。没尾巴老李一道电光飞起，首先入了黄河，从黄河入了渤海，又从渤海飞到黑龙江。当时，黑龙江里有一条白龙占据，这条白龙自从来到黑龙江后无恶不作，整天翻江倒海，刮阴风，下邪雨，淹没庄稼，冲倒房屋，欺男霸女，民不安宁，当地百姓恨透了白龙，就是没有办法把它赶走。没尾巴老李是条神龙，他早就知道黑龙江里有一条恶白龙，他要为当地百姓除害。没尾巴老李听说当地很多山东人，尤其居住着二十多户诸城人。他来到黑龙江后，托梦给诸城人，并告知山东人，他和白龙打斗时，如看到江面上翻出白浪就是白龙在上面，请往江里投入石灰，翻出黑浪那就是我，请往江里投放饽饽。因没尾巴老李是条青龙，在水里边青和黑难已辨清，所以后人就说没尾巴老李是条黑龙。第二天一早，两岸上的人们早早地把石灰和饽饽运到了岸上。一会儿，没尾巴老李和白龙打斗开始，岸上的人一看见白浪就往江里投入大量石灰，呛的白龙睁不开眼，喘不动气。一看见黑浪，就往江里投放大个白面饽饽，没尾巴老李吃了山东人特别是诸城人蒸得饽饽后，劲头越来越大，精神越斗越旺。打斗整整持续了三天三夜，白龙因没吃上一顿饭，饥饿力乏，被没尾巴老李打败，划一道亮光，飞走了，到什么地方谁也说不清。从那时起，没尾巴老李成了黑龙江的主人，当地再没有泛滥过洪水，黑龙江也由此得名。从那之后直至今日，只要谁过黑龙江，首先问问有没有山东人，诸城人更好。只要有山东人，风刮的再大，船也平稳过江。这就是山东人和东北各地都流传没尾巴老李的故事缘由。[①]

---

① 中国民间故事集成全国编辑委员会：《中国民间故事集成·山东卷》编辑委员会：《中国民间故事集成·山东卷》，中国 ISBN 中心 2007 年版。摘录时略有改动。

崂山传说故事

崂山，位于青岛市东部，古代又曾称牢山、劳山、鳌山等。它是山东半岛的主要山脉，崂山的主峰名为“巨峰”，又称“崂顶”。当地有一句古语说：“泰山虽云高，不如东海崂。”传说秦始皇、汉武帝都曾来此求仙问道，又因为其特殊的地理位置，这里曾流传出许许多多的传说故事，为崂山蒙上了一层神秘的面纱。

一、流行区域和申请情况

崂山是我国道教名山，以海上仙山第一的知名度誉满神州，其钟灵毓秀的道教风骨，自古以来就藏于中国万里海滨之一隅，声名远播。崂山之文化名人

崂山民间故事的发源地——鳌山　山东省文化馆非遗保护中心供图

有栖隐、名贤、仕宦、仙道、高僧等，这不仅为崂山旅游美誉的建立和传播埋下伏笔，而且亦成为今日崂山文化旅游资源的一部分。崂山民间传说故事俗称“拉呱”，是山东崂山民众千百年来共同创作的口头文学，在新中国成立前几乎没有文字记载，凭借着口口相传，延续至今。

2006年，青岛崂山民间故事被山东省政府列入首批省级非物质文化遗产名录；2008年，崂山民间故事经国务院批准被文化部列入第二批国家级非物资文化遗产名录。

二、历史渊源及基本内容

崂山民间故事的内容大致包括“地方风物”“名胜古迹”“风土人情”“崂山特产”“生活故事”“历史人物”等几方面，具有刚健清新、叙事洗练、幽默风趣、词采华富及语句畅丽的艺术特点。

崂山民间故事内容大都比较清新、健康，反映着时代的烙印。有的歌颂了坚贞、纯洁的爱情，如《牡丹仙子与书生》《浮山戴帽的传说》；有的表彰了山里人见义勇为的英雄品质，如《崂山的传说》《劈石口的传说》；有的鞭挞、揭露了贪官、财主们的丑恶嘴脸，如《晒钱石的传说》《相公石的传说》；有的赞美了山里人无穷的智慧和力量，如《源泉的传说》《食人河的传说》；有的褒奖了山里人勤劳、善良的美德，如《映山红》《莲花庵的传说》；有的反映了崂山道士的聪明才智，如《李神腿的故事》《奇道破案》。崂山民间故事，长期以来净化着山民、渔民、农民、妇女、儿童、道士等的心灵，丰富了人们的精神生活，其中一些有关崂山道士的故事，即开阔了山里人的视野，也反映了人们美好的宗教愿望，加强了道内、道外人的沟通和交流。

崂山民间故事作品集　王丕琢供图

自1980年3月至1992年5月，原崂山县（区）的文化部门，组织了一个较大规模的民间文学采风活动，先后24次组织了418人次深入偏远的山村、渔村实地采风，走访了全县（区）2000余

各种版本的崂山民间故事集 王丕琢供图

位能讲会说的老农民、渔民和林场工人，共搜集到17个门类（神话、仙话、鬼话、笑话、风物、人物、道僧、精怪、动物、植物、海洋、生活、民俗、幽默和当地谚语、成语、歇后语、典故等）、不同类型、不同内容、不同情节的民间传说故事5600余个，先后编印出版了《崂山民间故事全集》等21个崂山民间故事专集，国内三十余家报刊刊载过崂山民间故事。崂山民间故事门类之广、数量之多、内容之丰富，在全国各名山中少有，在一个县级区中实属罕见。

三、传承价值及传承情况

（一）传承价值

首先是其历史价值。崂山民间故事是在一定历史条件下人民生活和思想感情的真实反映，包含着人民的希望和理想，透过它可以了解到历史的本来面目和发展轨迹。它是古时崂山人聪明智慧的结晶，是一定时间和空间的民间文化代表，通过这个窗口可以透视民间文化丰富的内涵和广阔的背景，具有历史的延展性。

其次是其文学价值。崂山民间故事以它古朴里透着清新之风的故事内容；曲折里洋溢着动人之情的故事情节；朴实、地道、稚拙的故事语言等展示着崂山民间故事独特的自然性和原始生态性。具有刚健清新、叙事洗炼、幽默风趣、词采华富及语句畅丽等方面的艺术价值，是浑然天成的艺术品。《崂山民间故事全集》《青岛（崂山）的传说》，1989年和1991年由上海文艺出版社和台湾省台北淑馨出版社用简化字和繁体字分别出版，向国内和十几家外国“唐人街”书店发行，产生了较大影响；崂山故事《枣孩儿》在20世纪80年代末，曾被选入大学中文系教材；《崂山民间故事全集》中有五篇故事被选入《中国新文艺大系》。

第三是其研究价值（文化人类学和民俗学的价值）。崂山民间故事是流传于当地并深深扎根于民间的非物质文化遗产，是崂山传统文化的具体展现，蕴含着崂山人民的精神追求和价值取向，它具有应该弘扬的民族精魂。比如强烈的爱国热忱；惩恶扬善、追求爱情的韧性；劝人为善、助人为乐的精神；孝敬父母、兄弟和睦、邻里友好的品行；勤劳生产、俭朴节约的美德等，是文化人类学和民俗文学中不可缺少的一部分。

（二）传承情况

崂山民间故事内容极为丰富，门类多、数量大。现已搜集到的 17 个门类、约 5600 个民间故事，是崂山人民集体智慧的结晶，因大部分故事靠口授传承，几乎没有文字记载，所以只能简略说明大致的传承脉络，他们中的许多人，既是崂山民间故事的搜集、整理者，也是讲述者和传承人。

1.《崂山的传说》《八仙墩》《流清河》《九水和汉河》等几十篇故事口头传承人：

第一代传承人：张玉训（1859—1941），男，青岛市崂山区张家夏庄人，农民，不识字。

第二代传承人：张迁臻（1885—1969），男，青岛市崂山区张家夏庄人，农民，不识字。

第三代传承人：张崇纲（1935—　），男，张迁臻之孙。青岛市崂山区张家夏庄人，高小毕业，当过农民、工人、现为退休干部，爱好民间文学。

2.《浮山戴帽》《荒草庵》《鬼戏洞》《浮山的来历》《燕儿岛》等几十篇故事口头传承人：

第一代传承人：徐增泰（1891—1983），男，青岛市崂山区徐家麦岛村，农民，不识字。

第二代传承人：辛成、武石（1936—　），男，徐增泰的外甥，青岛市崂山区徐家麦岛村人，高小毕业，从小爱听、爱讲故事，农民，当过村干部。

第三代传承人：张朝洪（1974—　），男，原青岛汽车贸易公司职工，现失业。

3.《石老人》《车姑岛》《华柢调》《东海龙王》《龙王三闺女》《龙子》等三十多篇故事，口头传承人：

第一代传承人：曲瑞祥（1907—1989）、曲瑞圈（1911—1991）、曲瑞初（1914—1992），为兄弟三人，青岛市崂山区石老人村。三人自小以打鱼为生，熟悉海上生活，爱讲海洋故事。

第二代传承人：曲先明（1921—1994），男，青岛市崂山区石老人村人，当过村大、小队干部。从小爱听、爱讲海洋故事。

第三代传承人：曲新强（1952— ），青岛市崂山区石老人村人，小学毕业，当过渔民、生产队队长、大队党支部书记，后转为崂山区政府干部，已退养。从小爱听、爱讲故事、特别爱好利用业余时间搜集、整理“东海龙王”故事和海洋故事。

4.《郭琇传说》《周如砥传说》《黄嘉善传说》《蓝田传说》等原即墨县、崂山籍的明、清代的清官及文人故事百余篇的口头传承人：

第一代传承人：臧平占（1867—1937），男，青岛市崂山区沟崖村人，家中较富，小时上过六年私塾，善谈古说今，更爱听、能讲文人故事。

第二代传承人：侯承臻（1915—1998），男，青岛市崂山区沟崖村人，小时上过七年私塾，后来经商，见多识广。1986 年 10 月曾与同村年龄相仿的 3 个老人，坐在炕头上对采风队员连讲 15 天各类故事 150 余篇，唱民间歌谣 80 余首，特别对文人故事讲得有根有据、详细动听。1998 年，83 岁时故去。

第二代传承人：藏君士（1905—1990）男，青岛市崂山区沟崖村人，善谈古说今，更爱听、能讲文人故事，同村的藏瑞松、藏丕红也因会讲故事在当地很受欢迎，前几年相继去世。

第三代传承人：臧兆钦（1927— ），男，少时家庭较富，先后上过六年私塾、六年新学，见多识广，爱好甚多，特别爱讲崂山历代名人故事，是第一代传承人的孙子。

5.《崂山道士》《历代名道、名僧故事》《历代名人故事》等 400 余篇民间故事的口头传承人：

第一代传承人：宋宗科（1901—1989），男，原籍山东临沂地区费县南山阳村，小时父亲早亡，16 岁进沂蒙山道庙出家为道，后入北京白云观，先后任白云观主持、全国道教总务理事长；1979 年为崂山县（区）民间文学采风队先后口述了 400 余篇有关道士、和尚、名人、名媛的故事。中国民间文艺出版社为他出版了《宋宗科故事专集》，并于 1991 年被山东省民俗学会评为民俗作品一等奖。山东省文联民间文艺家协会和青岛市文联，在青岛联合召开了“宋宗科故事研讨会”，编印了《宋宗科故事评论集》。

第二代传承人：李宗连（1914— ），男，青岛市即墨市人，崂山太清宫道士，是健在的为数不多的崂山民间故事讲述家，擅长讲崂山民间故事中有关道教方面的故事。

第三代传承人：王性省（1928— ），男，青岛市城阳区夏庄镇华阴村人，农民，喜欢讲鬼怪、道仙的故事。

第四代传承人：隋中诰（1934— ），男，青岛市崂山区晓望村人，1958年离开青岛在东北地区从事电力工作，从小受爱讲故事的祖父影响，非常热爱民间文学，会讲很多民间故事。

6.《枣核儿》《黑二斩妖》《崂山茶》《龙女与书生》等崂山民间故事整理口述人：

第一代传承人：王恭先（1914—1987），男，青岛市崂山区晓望村人，性格开朗，善讲故事，使当地有名的“故事篓子”。

第二代传承人：刘思志（1934—1997），男，山东省即墨市吴家沟岔村人，1951年毕业于青岛市商业财会中专，业余时间从事民间文学的搜集整理。

《枣核儿》被选入《高等学校文科教材·民间文学作品选》，《崂山茶》为代表的七篇故事获得1979—1982年全国民间文学二等奖，《崂山志异》获1983—1988年全国二等奖，《黑二斩妖》获山东省泰山文艺奖。

四、较常见的故事文本

崂山的由来[①]

在茫茫东海上，没有山，没有岭，是一望无际的草地，在上面坐落着大大小小的村庄，在这里的人们靠着打鱼种粮为生，俗话说：靠山吃山，靠海吃海。家家户户不愁温饱，过着无忧无虑的生活。谁知，天有不测风云，在东海中冒出一个大鳌鱼，它尾巴一翘，海中就出现了一个高高的岛屿，身子一翻，就出现一大片陆地，四个爪子在海中掀起滔天的巨浪，它一张口，瞬间潮涨潮落，大鳌鱼依仗自己的威力，使得海中水族不得安生，掀翻渔船，淹没庄稼，危害生灵。在东海的海滩上再也听不到歌声，看不到欢笑，百姓个个战战兢兢，如

① 张崇刚搜集，青岛市崂山风景区管委会：《崂山故事选（上）名景篇》，山东文艺出版社1991年版。摘录时略有改动。

履薄冰，生怕灾难降临到自己的头上。

海边有一个王家疃，有一对技艺高超的兄妹，哥哥叫大智，今年二十岁出头，妹妹叫大勇，年满十八岁。他们看到大鳌鱼推着巨浪，非常气愤，一个拿起鱼叉，一个手持弓箭，迎了上去，二话没说，对准大鳌鱼掷去鱼叉，大鳌鱼稍稍张嘴，忽的一下，把兄妹俩冲出去五里远，摔倒在地。好一阵哥哥慢慢爬起走向妹妹说："妹妹，这一跤没有摔死，倒是想清楚了一件事，制服这大鳌鱼，不仅要硬拼，更要智取。"妹妹揉搓着双腿："哥哥，俺也是这么想的，只是想不出有什么好的办法。"哥哥答道："妹妹，不如我们去拜访名人高士，普天之下自有能人能想出制服这大鱼的办法来。"妹妹听了哥哥的话，把手一拍："好，那我们现在就动身吧。"兄妹俩告别乡亲，朝西走去，跨过三十三道河，三十三道岭，翻过三十三道山，走进一片森林，看到一位白头发的老妈妈，正盘腿坐在一棵大树下，他们俩急忙走上前去问道："老妈妈，您知道有什么方法能够制服东海中十万年道行的大鳌鱼。"

老妈妈告诉他们："孩子，我只听说，万人纺的万斤线可以拉动十万年道行的大鳌鱼。"

兄妹俩听了老妈妈的话，谢了老人继续赶路。走呀走，跨过六十六道河，六十六道岭，翻过六十六座山，兄妹俩来到一个红土岭上只有十几户人家的小山村，看见几个光着膀子正在打铁的师傅，兄妹俩赶忙走上前去，作揖问道："铁匠师傅，请您告诉我们用什么办法才能治死那东海的大鳌鱼。"铁匠停下来回答道："孩子呀，干什么营生说什么话，我只知道用万人凑的铁，打把四个尖尖万斤重的钓鱼钩，就能钓住那十万年道行的大鳌鱼。"

兄妹俩把铁匠师傅的话牢牢记在心里，谢了铁匠师傅又赶路去了。接着跨过九十九条河，越过九十九道岭，翻过九十九座山。兄妹俩走进一个小镇子，只见一个老皮匠坐在街头穿针引线掌靴子，兄妹俩急忙来到老皮匠跟前打躬作揖道："皮匠师傅，请您告诉俺，用什么办法，才能治死那东海里十万年道行的大鳌鱼？"老皮匠停下针线道："孩子啊，我一辈子和针线牛皮混得熟，只听说：用万人凑的牛皮，缝件大牛衣，里头充上万斤草，做头大假牛当做鱼食，就能引得那十万年道行的大鱼来上钩。"

两人辞别了老皮匠又继续赶路程。这天，兄妹俩正大步流星把路赶，忽见一个白须、白发、白眉毛，穿着白衣衫的老人，迎面朝他俩走来。他俩急走几步，来到老人跟前打躬作揖道：“老爷爷，请您告诉俺，怎样才能治死东海里十万年道行的大鱼，为民除了害？”老人说：“治死大鳌鱼并不难：一要有万人纺的万斤线拧成的白纱绳，二要有万人凑的万斤铁打的四尖大鱼钩，三要有万人献的万块牛皮缝的牛衣做成大草牛，四要有顶天立地、力能拔山的人，才能把钓着的大鳌鱼拉上岸治死它。”兄妹俩听了老人的话，又是欢喜又是愁：喜的是，终于学到了治死大鳌鱼的好办法；愁的是，上哪去找那顶天立地、力能拔山的人。想到这，便一齐跪下向老人求告道：“老爷爷啊，救人救到底，教人教到头。请您明白告诉俺，怎样才能找到那顶天立地、力能拔山的人？”老人道：“世上无难事，只怕心不诚。您俩真有诚心为民除害，就背上我老汉走上千里路。到那时，我包你俩都能长成顶天立地、力能拔山的巨人！”

兄妹俩听了老人的话，高兴得从地上爬起来说：“只要能治死大鳌鱼，为民除害，莫道背您老走千里，就是走万里，又算得什么？”说完，哥哥大智便抢先背起老人转身往家乡的方向走去。

别看老人瘦瘦小小的样子，可大智刚背起来那阵子，觉得沉甸甸的，足有千斤重。但是，他每走一步，觉得身子就长高一尺，每走十步，觉得力增千钧。越走步越大，越背劲越足，尽管大智走得并不快，可大勇在身后小跑都跟不上他。就这样，大智背着老人走了五百里，身子已经长得顶天立地，劲头已经是力能拔山了。大勇急忙赶上来，拉着哥哥的胳臂央求道：“哥哥啊，看你已经长成了顶天立地、力能拔山的汉子了，下五百里就让我背吧。”说着，便把老人从哥哥身上接过来背在自己身上。大勇背着老人走，也和大智一样，走一步，身长一尺；走十步，力增千钧。越走个子越高，越走劲头越大，当走完了五百里，来到离家只有五十里的西海滩时，她的个子也长得顶天立地了，她的劲头也力能拔山了。

这时，只听背上的老人道：“孩子啊，你俩为民除害的心是诚的，心诚则灵。如今你俩已是顶天立地、力能拔山的人了，就把我放在这里，赶快回家去治那大鳌鱼吧。”大勇听了老人的话，身子一蹲，想让老人下来，谁知双手一松，只听背后天崩地裂般的巨响，打得海水蹿起了几丈高。兄妹俩回头一看，哪里还有白头老人，只见一座又高又宽的白石头大山，横倒在西海里，半边身子浸在水中，半边身子露出水面，成了海中一溜长长的石头岛（只因这岛是白衣老人化成的，人们便叫它是“人岛”。后来石头被水浸成了灰黑色，人们才又改叫“阴岛”），兄妹俩一见此景，知道老人不是凡人，连忙双膝跪地，朝着石头岛拜了三拜，便转身急匆匆地回到了家乡。

消息传开，四十八疃的人一齐拆开被、袄，扒出棉花，捏成花瓜，纺成白纱，送给他们拧纱绳。有的砸了饭锅，送来铁，让他俩打造鱼钩；有的掀了草屋，抽下草，送给他们扎草牛；还有的拆开牛皮褥子，撕开牛皮“绑”，送给他俩缝制大牛衣。在四十八疃乡亲的帮助下，材料很快准备齐全。兄妹俩便白天连着黑夜地干了起来。先用了五天五宿的工夫，拧了条万斤重二十里长的粗纱绳。紧接着又用了五天五宿的工夫，打造了一把万斤重四个尖、一个长鼻子的大鱼钩。再用五天五宿的工夫，把鱼钩包进草里，扎成了一条万斤大草牛，外边缝上牛皮，连夜把假牛扛到东海沿上。最后把那粗长的白纱绳，一头拴在从草牛嘴里伸出的钩鼻子上，一头扯向二十里外的草地去，俩人紧紧用手拽着，单等那大鳌鱼咬钩后，好往上拉。

这天正是八月十五。日出时分，那大鳌鱼从深水中钻出来，又要兴风作浪窜上岸来害人。当它借着阳光，朝着海边张望时，只见一头小山般大的黄牛，站在海边上，正迎着海风摇头摆尾。一时间，馋得那大鳌鱼直淌涎水。只见它一个饿虎扑食之势，带着浪头窜上海滩，张开黑洞洞的大嘴，一口便把那大草牛囫囵个吞进肚子里。

这时，躲在远处的大智、大勇试着手中绳子一紧，知道那大鳌鱼已经上钩，马上双手一拉，转身将绳子搭上肩，没命地往上拖。那被大鳌鱼吞进去的大草牛肚子里的四尖大鱼钩，随着他俩一使劲，立时划破了牛皮，伸出长长的钩尖，钩住了鳌鱼的五脏六腑，痛得那大鳌鱼在水中又蹦又跌，直打得浪花飞腾，天摇地动。

大智、大勇使上劲往上拉，大鳌鱼豁上死命往深水里坠。兄妹俩每往前拉一步，脚下就踩塌一方地，踏出一截深沟。他俩拉一步，歇一歇，歇一歇，踩下一个深坑，汗水流进深坑里，积下一湾水。就这样，接二连三地拉着大鳌鱼向前走了十八步，走出了十八里，踏出了十八里长的一道深沟；歇了十八歇，踏下了十八个大坑，积下了十八湾汗水。这时，四十八疃的人听说大智、大勇兄妹俩钓住了大鳌鱼，都不约而同地赶来相助。真是“人心齐，泰山移”。他俩得到了四十八疃乡亲们的帮助，劲头更大更足了。大家同心协力，从早上拉到天黑，终于把那大鳌鱼从深水拉到了浅水，从浅水拉上了海滩。当人们拉着白纱绳走到西海边那白衣老人化成的石头岛时，那大鱼也头朝南，尾朝北，脊梁朝天，肚皮朝地，被拖上了东海岸。兄妹俩让人们停下来，把那粗粗的白纱绳，牢牢地拴在那石头岛的石橛子上，然后，踏着月光领着乡亲们回家欢庆胜利，过团圆节去了。

晚上，四十八疃的家家户户欢聚一堂吃着果品，饮着美酒，人人脸上挂满了笑容，疃里又飘出了欢乐的歌声。这时候，大智、大勇兄妹俩却怕那大鳌鱼挣断绳子，吐出钓钩逃同东海，再祸害人，不顾几天来的劳累，一个手握鱼叉，一个手拿弓箭，走出家门，来到海边，站在那大鳌鱼的脊梁上，日日夜夜在上面看守着它。他俩那高大的身躯，顶天立地，风吹不动，雨打不摇。

后来，不知过了多少年，多少代，大鳌鱼的遗骨，便化成了南北长四十里，东西宽三十里的一座山。因为这山是大鳌鱼化成的，人们便叫它是“鳌山”。山南头叫“鳌山头”。直到如今，那山头靠海的悬崖下，还能找到八颗鳌鱼牙化成的大石头。传说八仙过海前，曾坐在上头歇息过，后来人们便叫它是“八仙墩”。山北头叫“鳌山尾”只因明末年间海盗常到沿海一带骚扰，皇帝便在这里屯兵设卫，守备海防，自此“鳌山尾”就改成了“鳌山卫”。大智、大勇兄妹俩，为了乡亲们的安生，不怕风吹雨打日头晒，成年累月并肩站在鳌鱼脊梁上看守它，他俩那高大的身躯慢慢化成了鳌山顶上的两座高峰。人们为了纪念他们的功绩，便把哥哥大智化身的高峰叫做“巨峰顶”，妹妹大勇化身的高峰，叫做“美人峰”。因为这鳌山山势陡险，攀登特别费力，后人们把它叫成了“劳山”。文人在攀登之后，写诗作文留念时，又在“劳”字边上加了“山”字旁，才成了今天的“崂山”。

舜的传说

在传统的“二十四孝”中，大舜耕田孝感动天的故事传承了千余年，其在侍奉双亲时表现出的孝道观念影响了许多人。大舜是传说中的上古帝王之一，一般与尧和禹并称。现在济南还有舜耕路，名字即是取自于舜耕历山，而相传历山就是现在的千佛山。

一、流行区域及申请情况

舜帝碑刻　王丕琢摄

舜是传说中五帝之一，是父系氏族社会后期著名的部落联盟领袖。对于他的出生地，说法不一。孟子曰：“舜生于诸冯，迁于负夏，卒于鸣条，东夷之人也。”《史记》则曰：“舜，冀州之人也。”范文澜《中国通史简编》、郭沫若《中国史稿》等皆称舜的出生地为诸冯。在诸城市诸冯社区东南方的潍河岸边，曾建有舜王庙。虽然无法得知建庙的确切时间，但是苏轼知密州时所作的《登常山绝顶广丽亭》中云：“西望穆陵关，东望琅邪台。南望九仙山，北望空飞埃。相将叫虞舜，遂欲归蓬莱……”由此可以看出在北宋以前，有关舜的传说已在这一带广为流传。在明代的《职方地图》上，诸城境内还特别注明了舜的出生地。宋代大文豪苏东坡在知密州期间，曾登常山广丽亭作诗一首，其中有“相将呼虞舜，遂欲归蓬莱”的诗句，可见，这位想邀请虞舜一同赶赴蓬莱的大文豪也认可舜为诸城人。

2009年，舜的传说被山东省政府列入第二批省级非物质文化遗产名录；2011年，舜的传说经国务院批准被文化部列入第三批国家级非物质文化遗产名录。

二、历史渊源及基本内容

帝舜被誉为“道德始祖”“百孝之首”。舜文化是中华文化传统道德的始源和根源，可以说舜文化开创了中国伦理道德，建立了公共秩序，增强了民族团结，发展了人类的精神文明，振奋了生存信心。舜的传说可以分为两大类：治国惠民的传说和至孝感天的传说，在这些传说中，主要是以孝道为主体，尽管父亲昏庸，后母刻薄，小弟刁钻无德，但是大舜依然坚持孝敬父母，友爱兄弟。在传说中随处可见孝道和仁德。当舜被推举为部落首领后不计前嫌，宽厚的对待了他的家人，用他的仁德感化了众人。帝舜传说具有文化生产意义，成为地方标志性的文化，这种传统文化的生成既符合传说内在的逻辑发展，又充分体现了各种力量的交织作用。同时文化的生产和传统的发明，已经成为现代社会发展的一种策略，因此寻求传统与现代的契合，不管是对传统的复兴，还是地域空间的再造均有意义。帝舜传说还有地方性意义。从舜与地方社会的关系展开论述，结合民间信仰、修建庙宇、风俗祭祀等活动，了解地方文化传统的形成过程，展现民众、地方学者、政府三者的主体功能，探寻亮文化与地方社会发展的互动，一方面可以提炼地方文化精神、建构一种圣地中心的地域认同，另一方面，可以吸引更多民众参与地方的文化建设，挖掘更多的传说资源，开发现代民俗旅游。最后，帝舜传说还有现代社会意义，舜的传说是一个全民性的资源，对其认识不应随着历史的远去而褪色。在特定的地域中挖掘舜文化的精神，展现帝舜的人格魅力和道德风范，对于触摸上古灿烂的文明、深入理解中国传统文化、进而弘扬民族精神、构建和谐社会都有深远的意义。

三、传承价值及传承情况

尧对舜的评价特别高。舜到底有什么样的德才，让尧对他如此满意呢？首先要从舜的身世说起，舜的父亲叫做瞽叟，这个名字有三种说法：一是盲人。司马迁就持这样的观点，说舜为“盲者子”，又说舜父瞽叟盲。这种说法因为

《史记》而流传广泛，民间普遍相信这种说法。二是不分善恶之人。《尚书》中记载舜父有眼睛不识善恶，就像是没有眼睛一样。三是乐官名，家族世代担任这样的官职。不过这种说法不是很好理解，民间传说少见这类说法。同尧一样，关于舜的出生也带有许多灵异色彩。根据《七纬拾遗·河图著命》中讲述，舜的母亲叫做握登，一天看到了彩虹，感受到了彩虹的精华，生下了舜，是一个典型的感性神话。同样在刘向《孝子传》中，凤凰成了舜的出生征兆，据说舜的父亲夜晚做梦，梦见了一只自称是鸡的大鸟在地上吃米，仔细一看这只鸡竟是一只凤凰。于是舜的父亲拿着《黄帝梦书》占卜，得知这种征兆预示着子孙当中必有富贵之人，舜的出生预示着这一征兆。

相传舜生的仪表不凡，有记载说舜的眼睛有两个瞳孔，所以起名叫做重华。他龙颜大口，浑身黑色，身高六尺一寸，最明显的特征就是重瞳，各种版本对于舜的面貌身高有不同的说法但是对重瞳这个特征是异口同声的。说明舜生来不凡，天赋异禀，有做帝王的资质。舜很早就以仁德著名天下，早年他家境贫苦，生活艰难，为了家庭从事了各种生计行当。无礼不成中国，无祭便无华夏。数千年风云，捍卫中国的不仅是勇士的刀剑，慎终追远的信仰坚守更奠定了华夏历尽风雨日益深厚的文明。 舜帝出身贫寒，历经磨难，饱经沧桑，无论何时何地，他都坚持忠诚仁孝，和睦友邻，美德闻名四方。他一生以德感人、以诚待人、心怀天下、大公无私。前无古人，后无来者，被誉为中华民族的道德始祖。四千多年来，一直为世世代代所敬仰和尊崇。以舜帝言行业绩为代表的大舜文化，对后世文明产生了深远而巨大的影响，被誉为中华道德文明的源头。诸城是舜帝故里，数千年来，诸城人民一直没有忘记这位先贤圣祖，通过各种各样的方式，传承和纪念他的伟大功绩。2004 年秋，潍河岸边恢复重修舜庙，每年举行一次公祭舜帝大典，以表达诸城人民对始祖的敬仰与推崇。

大舜雕塑　别培海摄

祭舜大典　别培海摄

四、较常见的故事文本

孝感动天[①]

传说大舜在历山耕过田，在雷泽打过鱼，在黄河边做过陶器，在寿丘做过家用器物，在负夏做过生意。当他在历山耕田的时候，很多人都被他的德行感染。他不但不争抢反而相互推让土地，把肥沃的土地让给别人，舜以德服人，声名远播，大家都喜爱与舜为邻，与他一起耕种。还有许多贤人特意来历山结识他，舜也因此交了许多朋友。雷泽产鱼丰饶，有许多捕鱼的人，大家都抢着占据渔场，当舜来到之后跑到水流湍急的地方去捕鱼，而把有利的位置让给别人，人们又被舜的德行感化了。后来，舜去河滨烧制陶器，他烧制的陶器既美观又耐用。去寿丘制作器具，用他的诚信让当地的生意都兴

① 张婷：《尧舜传说》，中国社会学文献出版社 2008 年版。摘录时略有改动。

隆起来，使得当地的民风愈加淳朴。这样一传十，十传百，舜的名声就这样传出去，以至于尧都听说了他。

舜的家庭成员是父、母和弟。《史记》记载说舜的母亲早亡，瞽叟另娶妻子生下了象，但是父母和弟弟对他非常的不好，父亲喜欢小儿子，常常想把舜杀掉，但是舜都一一躲过去了。有一点小错就会受到重罚，即便如此，舜还是会恭敬的孝顺父母，照顾弟弟。尧发现了舜后，将两个女儿嫁给他，还赐给他一套细葛布衣服和一张琴，并且为舜建造了仓库，赐予他牛羊，但是却激起了父母兄弟的嫉妒之心，想要杀死舜。瞽叟先让舜去爬梯子修补谷仓，却故意撤掉梯子，从下面放火，企图烧死舜。舜用两个斗笠像一对翅膀一样跳了下了，大难不死。后来瞽叟不甘心，让舜去挖井，舜在挖井的时候在侧壁凿出一条暗道通往外面，瞽叟和象又倒土填埋水井，舜从暗道逃了出去。瞽叟和象不知道舜已经逃脱，都认为舜已经死了，很高兴。于是，象和父母一起瓜分了舜的财产，象住进了舜的房间，洋洋得意弹起舜的琴。舜死里逃生，回到家中，象看到舜居然还活着大惊失色，进而装出一副忧愁的样子，说："我非常的想念哥哥呢，非常的难过。"舜非但没有揭穿他仍然宽宏大量，经过了这样的事件，舜并没有跟家人计较，而是像以前一样侍奉父母，团结兄弟，并且更加的谨慎小心。到了后世典籍中提到"鸟工"和"龙工"，这是娥皇和女英为了保护舜特意为他制作的衣服，"鸟工"能帮助舜像鸟儿一样从屋顶落到地面，"龙工"能帮助舜在暗道被填之后像龙一样潜出地面。舜依靠娥皇女英的帮助总是能化险为夷，克服种种困难。

在有关舜孝的故事中，《敦煌变文集》中的《舜子变》是所见情节最丰富的故事，它吸收了很多民间传说的成分，结构完整，情节丰富。舜的亲生母亲染病三年，临终向瞽叟托孤。舜为母亲守孝三年，瞽叟给舜娶了一个后母，之后瞽叟出门做生意，一去就是三年，当后母知道瞽叟要回来时，便涉及陷害舜，她让舜爬到桃树上摘桃子，她却在树下用金钗刺破了自己的脚。等到瞽叟回来，诬陷舜刺伤了她的脚。舜不想违逆母亲就没有申辩，父亲听信谗言，让象拿荆杖来，把舜吊起来打的浑身是血。上天感念舜的孝心，化成一个老人治好了舜的伤。几番的磨难，舜在亲娘的坟前，得到了亲娘的指引，逃往历山。上天了解到他的真心，用一群猪为他开垦荒地，用许多鸟为他衔种，一年下来收获了几百石粮食。舜向商人打听自己家人的情况才知道在他逃走之后，父亲眼睛瞎了，继母变得痴痴呆呆，弟弟也不能言语。舜在历山过了十年，因为思念家乡，回到本州卖米，在集市上，继母在他这里换米，他把她的钱假装忘在她的米袋中，几次三番，瞽叟起了疑心，怀疑这个人就是自己的儿子，在后母的指引下来到集市，瞽叟认出了自己的儿子舜，父子相认，抱头痛哭。舜使自己的父亲双目复明，后母神志恢复清醒，弟弟象也能够重新说话了。瞽叟后悔曾将想要杀掉舜，想要当着邻居的面杀掉后母为舜报仇，舜阻止了父亲，用他的孝行感动了上天，也因此得到了尧的赏识，并将两个女儿下嫁，让舜继承了帝位。

尧舜禅让①

帝尧经过对舜的种种考察，对舜的德行方面非常满意，接下来想要考察他的执政能力，于是把舜调到自己的身边，让他担任官职，交给他许多任务。尧在位期间，担任司徒官职，专门掌管教化。尧要求舜推行五典，五典就是“父义、母慈、兄友、弟恭、子孝”，舜成功地把这五典作为社会最基本的伦理道德规范，使这种制度得以普遍推广。舜处理政务井井有条，在舜掌管四门的时候，也做得非常成功。四门就是四方之门，负责接待八方宾客。从前帝鸿氏有个不成材的后代，不仁不义，行凶作恶，少皞也有个不成材的后代背信弃义，天下人都称他怪异无比。颛顼氏有个不成器的后代，不可调教，称他为梼杌，这三族世人都害怕，尧在统治期间没有把他们铲除掉。缙云氏有个贪恋钱财的后代，天下人称之为饕餮，都憎恨他，将他与上面说的三凶并排在一起，称为四凶。舜在四门接待宾客时，流放了这四个家族，把他们赶到边远的地区，去抵御妖魔。从此四门大开，大家都说天下没有恶人了。经过种种考验，尧认为舜是德才兼备的人，是继承帝位的最好人选，所以召他前来对他说：“这三年来，你做事谨慎，为人谦虚，现在你就继承天子之位吧。”但是舜推脱自己的德行还不够，不接受帝位。舜反复推辞，尧还是决定将帝位传给舜，在那一年的正月初一，舜在文祖庙接受了尧的禅让。舜在登基这一天，出现了许多祥瑞之兆，宫室的台阶上长出了蓂荚，凤凰也出现在庭院内，人们敲打着乐器，百兽和着乐律一起跳舞，地上还出现了形状像狐狸、背上长角的神马乘黄。种种吉兆都表明，舜继承帝位顺应天意，万民为之庆祝。

---

① 张婷：《尧舜传说》，中国社会学文献出版社 2008 年版。摘录时略有改动。

庄子传说

庄子是战国时期著名思想家、哲学家、文学家，是道家学派的代表人物，老子思想的继承和发展者，后世将他与老子并称为“老庄”。在山东民间传说中，庄子是一个亦仙亦人的形象，由于他被认为是非常幽默诙谐的人，所以关于他的流传故事至今，也大都充满了诙谐意味。

庄子观　址在东明县庄寨村　东明县文化馆供图

一、申请情况及流行区域

在古代，西晋杜预和北魏郦道元都认为庄周为宋国蒙人，古代的治庄学者，大都皆从其说。现当代，我国许多学者也就认同庄周为宋国蒙人（即今河南商丘西北民权县人），如著名学者郭沫若、杨宽等都持此说。宋代元丰元年，安徽蒙城县知府王竟在县内建筑的庄子祠，苏轼为其作的《庄子祠堂记》，因此有庄子故里在安徽蒙城县一说。《汉书·地理志》谓蒙县属梁国，司马贞《史记索隐》、裴骃《史记集解》等，皆从其说。因冠县境内古代有蒙县，故部分学者便认为庄子故里在山东冠县。唐代李吉甫所编《元和郡县图志》说："宋州小蒙故城，县北二十二里，即庄周之故里。"据考，小蒙城在今山东曹县西北，县境内尚有漆园、庄子垂钓之濮水、钓台、庄子观等。唐代张守节《史记正义》引《括地志》说："漆园故城，在曹州冠县北十七里。"北宋初所编《太平寰宇记》说："冠县本汉旧县也……漆园城在县北五十里，庄周为吏之所，旧置监，今漆园城北有庄周钓台。"在宋哲宗天佑元年冠县改为宛亭，金宣宗兴定二年，东明县迁至宛亭故居，因此，东明县说庄周故里在本县。庄子传说是第三批国家级非物质文化遗产名录推荐项目名单，其中山东省东明县庄子传说等项目名列其中。因此可以看出庄子传说在东明县广为流传。

庄子墓　址在东明县庄寨村　李红岳摄

2009 年，东明庄子传说被山东省政府列入第二批省级非物质文化遗产；2011 年，其被国务院批准由文化部列入第三批国家级非物质文化遗产名录。

二、历史渊源及基本内容

在战国时期，庄子的故事就开始流传。他曾经做过漆园吏，不久辞官归隐，过着清贫的生活，有时靠打草鞋、钓鱼维持生计，但他鄙视名利。楚威王重金聘请他为相，他坚辞不受。有关庄子对社会、自然、人生、道德、政治等方面的体验和感受而衍化出来的民间传说故事，据统计有 120 多个，经常被老百姓讲说到的有三四十个，内容涉及庄子的出身来历，庄子对政治、自然、人生的原则态度，及庄子有关的特殊物品的来历等。如传说中的《烧香出碗盘》《庄子观前狮子半拉（个）头》等。在东明至今仍留有杨日升重修庄子观碑、漆园

漆园遗址　址在东明县裕州屯村　李红岳摄

遗址、南华山遗址、登云桥碑、庄子观、庄子墓等遗迹。庄子对生死十分达观，其妻亡后的“鼓盆而歌”和他本人“以天地为棺椁”的故事，在《庄子》一书中都有记载。受此思想影响，在东明县庄寨村至今还仍有“亡后不厚葬、亲人莫悲伤”的风俗和传说。东明县有关庄子的传说很多，诸如关于姓氏名号的来历、关于蒙的来历、关于漆园的传说、关于游历列国的传说、关于隐住南华的传说、关于著书授徒的传说、关于庄子升仙的传说、关于庄子墓的传说、关于祭祀庄子、关于庄子观的传说、关于与庄子相关物品的传说、关于庄子与当地相关的传说等十二类传说，许多传说广为流传，像庄仙撒米、庄子劝雨、濮水煮白鱼、梦中仙逝、登云桥的传说、一根鱼竿和一条鱼、庄周梦蝶、庄子拒聘、庄周借粮、庄子投案会友、望洋兴叹、庄子辞官、庄子点化杨日升、南华真人的来历等等传说，脍炙人口。庄子传说，不仅蕴涵了庄子对宇宙、自然、社会、人生、道德等各方面独到而深刻的见解。更多的是代表了庄子面对大小、多少、美丑和生活中点点滴滴的态度，从而使庄子的宇宙观、自然观、人生观以民间传说的形式，将其思想遗留给后世。庄子的传说深深扎根于民间，特别是传说中的语言特点尤为突出，所涉及的地理位置、民风民俗、引典佐证、历史证转都有地方特色。

庄子传说在民间流传很广，主要包括当地民众口耳相传，在与其有关的众多典故，风俗中也多有记载和反映，有些传说故事是历代秀才文人从庄子三十三篇中脱讲而出，经民众口传，这些传说故事赋予了民众的愿望和期盼。关于庄子姓氏名号的来历的传说故事，史书记载简略，主要以传说中讲得最多，传说中各有出处，各有说辞，出入有异，一说是庄子是春秋时代楚庄王的后代，楚庄王的后人就以先祖谥号“庄”为姓；二说是庄子是宋戴公的后人，宋戴公是春秋时期宋国的国君，宋戴公叫武庄，所以他的后人就以“庄”为姓了；三说是庄子的老师长桑公子见他非常聪明，以“道”的理解，为其取名为“周”，后因庄子学问大，品德高尚，人们就尊称他为庄子并把的原名“休”联在后面叫做“子休”，于是庄子就成了名“周”字“子休”了；四说是庄子后来影响越来越大，后被人尊称为南华仙人，南华真人。关于庄子为吏游历列国的传说故事大多是由历代秀才文人从《庄子》一书三十三篇中脱讲而出，经民众传讲后，赋予了新的民众意识和思想，这些传说故事从不同侧面反映了庄子对人生的体验和感受，如《庄子辞官》《庄子戏假儒士》《庄子投案会友》等反映了庄子不屑富贵，向往自然的思想，《庄子点化杨日升》《漆园为吏》《庄子说赵惠文王罢剑》等则反映了庄子对社会、道德、政治等独到而深刻的见解。而《望洋兴叹》《爱戴他》等有关传说则直接道出了庄子对社会，对人生的态度。关于庄子隐居南华、著书授徒的传说故事讲述了庄子辞官隐居南华后著书授徒、传授道家思想的阶段。一方面关于庄子政治理想中的“至德之世”的传说，如《有用无用》《心怀道德》《庄子拒聘》等，反映了他站在无为的政治立场，给予有为的政治以强烈的抨击和批判；另一方面是庄子自然哲学和人生哲学的反映，如《庄子借粮》《庄周梦蝶》《一根鱼竿和一条鱼》等是他“无己”“顺人”之说的体现。关于庄子升仙、庄子墓及庄子观的传说故事多是庄氏族人说讲，如《登云桥的传说》传说了庄子一生不愿为官，不愿为吏，退隐南华著书立说，最后在登云桥上羽化升仙的故事。《浮墓的传说》传说了庄子升仙后，庄氏族人在洪水中站在庄子墓上避灾，传说是水涨墓涨，水落墓落，从而保护了庄氏族人；《庄子观石狮半拉头》的传说，讲述了善恶相报，与人为善的古训。另如《烧香出碗盘》《压山不压墓》等传说是较为有特色的地方传说故事。庄子在民间

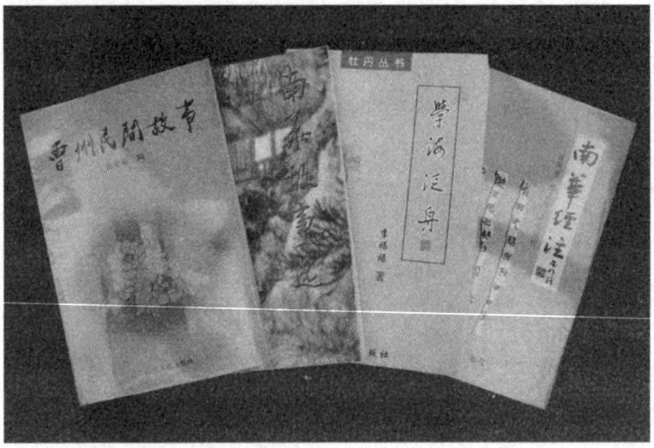

部分相关著述 李红岳摄

久远的影响，庄子相关物品及与当地风俗相关的传说故事与当地部分民俗息息相关，如“草呱嗒”据传说是庄子在生活窘迫中创制的，且在鲁西南一代沿用至今；“丑妻、薄地、破棉袄”在当地百姓中有家中三宝之说；“濮水煮白鱼”据传说是招待贵客之大菜，在当地且有无鱼不成席的习俗；另，传说故事中的“倒刺钩”最有特色，传说的是庄子在濮水、漆园为吏时，钓鱼所创，当今鱼友一直沿用此钩；《二月祭生，八月祭死》《庄仙撒米》《庄子劝雨》《庄子试妻》《南华山，宛句的由来》记载的内容则与当地民间民俗相关。

庄子传说故事已成为庄子文化研究的重要来源。庄子的思想学说，无论是对达官显贵、知识阶层、还是平民百姓，都可以从他那里找到适合自己心态的思想成分，为己所用。他顺应自然、保持真性、珍惜人生、处事达观的传说故事，在国内外华人中具有极大的认同感和亲和力，是灿烂的中华民族文化瑰宝。

三、传承价值及传承情况

（一）传承价值

在民间广为流传的庄子的故事，千百年来已深深地扎根于广大人民群众心中，对了解我国古代历史、文化、哲学将起到无可替代的作用。加强对庄子传说的研究、保护、利用具有十分重要的意义。

首先，庄子传说故事中很多的人物，大多真有其人，真有其事。如惠施、盗跖、曹商等。因此，这些传说不仅记录、传续了一些重要历史史实，还具有重要的历史文化价值。

其次，庄子传说深深扎根于民间，故事传说中的语言提炼表现得尤为突出，所列地理位置、农家民俗、引典佐证、历史记载都具有鲜明的地方特色，这些故事已成为研究庄子文化的重要资料，具有重要的民族学、民俗学价值。

第三，庄子的思想学说，无论是对达官显贵、知识阶层，还是平民百姓，都可以从他那里找到适合自己心态的思想成分，为己所用。他顺应自然、保持真性、珍惜人生、处事达观的传说故事，在国内外华人中具有极大的认同感和亲和力，是灿烂的中华民族文化瑰宝。

第四，庄子传说有较高的文学艺术价值。庄子传说已在民间流传两千多年，在长期的流传过程中，经过人们的不断加工、提炼，许多传说故事语言优美、想象丰富、结构精巧、意蕴新奇，人物塑造生动传神，故事情节跌宕起伏，既具有文学性，又具有思想性，已经成为优秀的文学作品，体现了突出的文学艺术价值。

（二）庄子传说的传承情况

灵泉井碑　现存庄寨村庄子观　李红岳摄

庄周一生著书十余万言，书名《庄子》。这部文献的出现，标志着在战国时代，我国的哲学思想和文学语言，已经发展到非常玄远、高深的水平，是我国古代典籍中的瑰宝。庄子在哲学上继承发扬了老子和道家的思想，他认为“道”是客观真实的存在，把“道”视为宇宙万物的本源，讲天道自然无为。庄子对后世的影响，不仅表现在他独特的哲学思想上，而且在文学方面同样对后世影响深远。鲁迅曾对庄子散文做出高度评价说：“汪洋辟阖，仪态万方，晚周诸子之作，莫能先也。”现东明县现存的庄子观址在庄崮堆（现为菜元集乡庄寨村），始建于唐贞观二年，在古南华沙沟之阳，并且被评为县文物重点保护单位。清康熙十四年，知县杨日升曾重建庄子墓，但后损毁，现立有庄子墓碑一块。在庄子墓北五十米处，立有南华山遗址碑。今东明县城东十二里裕州屯南，即庄子为吏之故地也。原有观，祭祀用公地 36 亩，并建有逍遥园，明清间已颓废无存。清康熙年间，东明知县杨日升曾修葺之。现存有清咸丰元年免徭碑一通。

东明县庄寨村庄氏后裔
李红岳摄

庄子传说历来在民间广为流传，其传承以社会团体为主，主要说讲者是庄氏后裔和当地庄子研究者，庄子传说故事传承久远，一直流传至今，虽无断节，但由于年代太久，庄氏和其他前世说讲人难以确考。流传于东明县境内的庄子传说，主要有史志记载、民间口头传说和其他说唱艺术形式。东明县是庄子故里，其前世传说说讲人难以确考，现世说讲人主要有：

1. 庄著世（1948— ），男，汉族，山东省东明县庄寨村人，庄子后裔，退休小学教师，高中文化，善书法，常把庄子名言书写与大家，重视收集庄子民间故事，代表故事有《身穿破衣见魏王》《庄子观石狮半拉头》等。

2. 庄付仪（1946— ），男，汉族，山东省东明县庄寨村人，庄子后裔，退休小学教师，高中文化，善讲庄子故事，性格开朗，语言幽默，代表故事有《濮水煮白鱼》《庄子劝雨》等。

3. 庄著民，男，汉族，68 岁，小学文化，山东省东明县庄寨村人，小学文化，农民，常讲说的故事有《庄仙撒米》《丑妻、薄地、破棉袄》等。

4. 李福禄，男，汉族，63 岁，退休干部，大专文化，山东省东明县人，退休前系东明县政协文史委主任、县政协秘书长，著有《南华故事选》《东明民间故事选》《咏庄子诗抄》等书。善讲庄子传说故事，有《倒刺钩》《庄子戏假儒士》《庄子投案会友》《庄周借粮》等。

四、较常见的故事文本

庄仙撒米传说

传说，庄子在登云桥升仙后，经常伴在玉皇大帝左右，很受重用。有一年冬天，庄仙到人间巡查以后向玉皇大帝报告说："人间因为吃不饱，饿死了不少人，处境十分悲惨。自己虽然是神仙，却无能为力，人们没有饭吃，拿不出东西供神仙，自己也是空着肚子回到天宫。"玉帝听了十分同情，于是就对庄子说："你带上稻种到人间去，走一步撒一把。"庄仙领旨出了天宫，带上稻种，走一步，撒一把，到了春天，地上长满了绿油油的稻子，从此，人间就有了大米。在庄子观的供品中，除了有馒头、水果以外，又多了一碗白生生的大米饭。

庄周试妻传说

传说庄周隐居南华山苦心修炼十八年，终于修成正果，得道成仙。但他凡心未净，每当静尘修炼的时候，不免萌发思乡之情，他的师父老子看他思乡心切，就准他回乡。初春的一天，风和日丽，庄周归心似箭，阵阵清风伴他，不觉返回故乡庄寨村。庄子心想："我的妻子玉娘，一个人在家粗茶淡饭，孤灯空房十八年，变心没有哇？"庄周走着走着，忽见有个少妇跪在路旁一眼泉水边，用扇子扇什么东西，庄周不免好奇心起问道："少妇人，你用扇子扇什么呀？"这是一眼回归泉，我的夫君离乡多年。听人说用扇子把泉水扇干，我的夫君就会回来了，庄周听后，更觉奇怪，一个平常妇女，怎能把泉水扇干呢，我还是帮她一把吧！庄周深施一礼，说道："少妇人，我帮你扇好吗？"这少妇见眼前来了一位仙风道骨的长者，顺手就把扇子递过去，庄周接过扇子，对着回归泉扇了三下，泉水真的干涸了。这少妇惊喜万分，说道："啊，有仙人相助，俺的夫君要回来了"。

此时，庄周才看清眼前这位少妇人竟是自己的妻子周玉娘，庄周惊呆了，玉娘更惊呆了，两人便张开双臂，紧紧地拥抱在一起。夫妻双双回到家中，庄周不免产生怀疑，我离家时是三间草房，现怎么会变的楼堂瓦舍，不是有人暗中相助，一个柔弱女子，咋会改变家境？他想了想，决定试试妻子玉娘的心。

晚饭之后，庄周托故上床休息，玉娘便支起纺花车在床前纺起线来。不一会，屋外刮起一阵凉风，把庄周身上的被子掀在地上，玉娘急忙把被子盖在庄周身上，却见庄周手脚冰凉，口鼻无息，竟然归天去了。玉娘呼天唤地，悲痛不已，哀叹自己的命运不济，十八年孤居刚结束，好不容易盼到自己的丈夫回来了，想不到一天没过就死了。天哪！我的命太苦啦！我还不如一死了之。说着就想往墙上撞，也是玉娘命不该绝，这时一个白面书生来到屋里，没等玉娘开口，这书生便自我介绍："我是先生的弟子，名叫孙怀周，请师母受晚生一拜。"此时，玉娘仍在痛哭，对这书生的话全然没有入耳。这书生继续说："师母，人既已死，哭也无用，眼下操办后事要紧。"这时玉娘方止住哭声，遂邀请村人把庄周入殓。丧事完毕，已过去三天，孙怀周殷勤料理师父的善后事。一天晚上，孙怀周在房里同师母闲聊，言谈之中，极尽关怀。突然，孙怀周惨叫一声，倒在地上，不省人事。这时，玉娘惊呆了！多好的弟子啊！为了师父，竟心力交瘁，累病而死。顿时玉娘泪珠纵横，双手用力把弟子抱起，她哭啊哭啊，泪水终于哭干啦，也许是玉娘太累了，她怀抱着孙怀周竟呼呼地睡着了。一觉醒来，不见了弟子孙怀周，却见夫君躺在自己怀里，此时，她羞愧难言，顺手把夫君庄周推起，走进室内，扯起三尺白绫，了却了自己的一生。庄周见妻子死后，不但不哭，反而敲着瓦盆唱了起来："你死我必埋，我死你必嫁。我若真个死，一场大笑话。"庄周唱罢，大笑一声，将瓦盆打碎，笑声中突然雷声大作，从天上飘下一块黄绢，上面写着四句箴言：庄周戏妻，触犯天理。罚为半仙，不得上天。

柳毅传说

柳毅传书的传说是中国历史上流传最久的汉族民间传说之一。与梁祝、天仙配、白蛇传并称为中国民间四大神话传奇故事。

一、流行区域及申请情况

关于“柳毅传书”的故事起源，学术界倾向于将柳毅传说内容涉及的地方为发源地。在湖南省岳阳市西南洞庭湖中的洞庭山（君山）龙口、龙舌山尾部，有所谓的“柳毅井”，原井边有一棵大橘树，故又叫橘井，据湖南《巴陵县志》记载，此井就是柳毅传书时入洞庭龙宫下水的地方。除了柳毅井，君山还有供奉柳毅的“洞庭王庙”。庙有题联，张伯驹《素月楼联语》卷二《祠宇、名胜》：洞庭湖柳毅祠，左宗棠题联云：“迢迢长路三千，我原过客；管领重湖八百，君亦书生。”在江苏吴县东山镇东北翁巷村，也有所谓的“柳毅井”，附近还有龙女庙和白马土地庙，相传柳毅传书，曾系白马于此。太湖边有一石壁，传为柳毅叩壁问讯之处。井边有明正德五年（1510）大学士王鏊题刻的石碑。可见柳毅传说在湖南省岳阳市江苏吴县东山镇东北翁巷村等地流传甚广。

泰安新泰的峙山也相传为柳毅传说的发源地之一，清乾隆《新泰县志》卷三《山川》：“峙山，县西南二十五里。山石上有羊蹄迹。相传龙女牧羊于此，士人柳毅为之传书洞庭，遂成姻媾。土人立祠于上，前有池，祷雨辄应。”柳毅传书的故事使峙山平添了几分魅力。在山东潍坊市城东三十八里之宋家双庙庄西部，原有明天顺二年建的“双庙”，奉祀龙女、湖女二神。庙建于高埠上，二殿并建，因名“双庙”，俗称“鸳鸯庙”。庙西二十余米处有柳郎祠，奉祀柳毅。庙内有咸水泉，俗称海眼。龙女、柳毅系讹传在此而建（今俱废）。曾任官潍县知县的清代书画家、文学家郑板桥（1693—1766）对这一古迹印象甚深，乾隆二十八年（1763）他离开潍县已有十年，潍县人郭伦升来扬州看望他，他写了《怀潍县二首》七绝表达对潍县的怀念。其一写道：“相思不尽又相思，潍水春

柳郎祠
王丕琢供图

光处处迟。隔岸桃花三十里，鸳鸯庙接柳郎祠。”可见柳毅传说与潍坊寒亭地区在历史上就有渊源。有的学者广泛摄取地方志、族谱和民间口头故事等各种材料对《柳毅传》进行分析探源，张宝辉在《柳毅山文化初探》一文中通过很多地方文献的记录对当地柳毅山的历史文化和民俗文化进行了描述，他根据当地柳毅山脚下亓家庄《柳氏族谱序》中的记载，认为柳毅是唐朝年间亓家庄柳氏祖先。张礼敏通过对唐传奇《柳毅传》、柳毅传说和潍坊地区柳氏家谱及内部传说、志书等资料对比分析也指出潍坊地区柳毅故事有可能是《柳毅传》的起源。

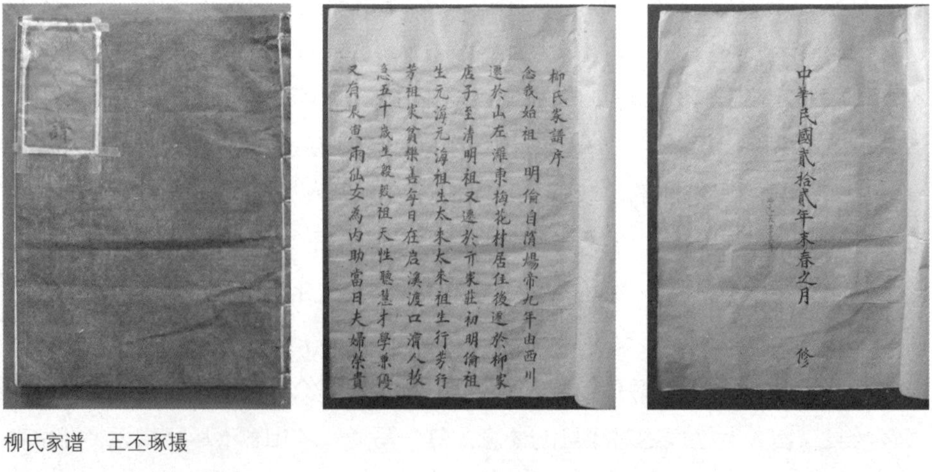

柳氏家谱　王丕琢摄

2009年，寒亭区的柳毅传说成功入选省级非物质文化遗产名录；柳毅传说经国务院批准为第三批非物质文化遗产。

二、故事的历史渊源及基本内容

关于柳毅的故事，最早见于唐朝李朝威所著的传奇小说《柳毅传》。在寒亭地区，柳毅其人其事均有文字记载。民国《潍县志稿·杂稽》载："柳毅，相传潍州太平村人，业儒，弱冠应试京师，途中遇一女子，牧羊泽中，见毅与语。恳挽寄书一封与渤海龙王，因授以牧羊杖。言至海滨，有橘树，三击可入。毅至此地，如言果入水，见城郭宫室，巍然一大都府。龙王貌甚伟，延入，见书叹曰：老夫过也！此女已许配泾河龙王，子弟怪怒，因谪在彼。遂欲以女妻毅。毅力辞，宴罢送出。逾年，毅娶卢氏女；又逾年，生一子。一日妇曰：吾即牧羊龙女也，君德报矣，奈斯亲何，君肯偕往乎？吾掘地为池，须臾可至。毅许之，即掘池，携子入海。后池水横溢，居民苦之，设祭立祠，水乃不溢。唐太宗征朝鲜，历其地，父老备述其事，太宗曰：'此真龙女也！'封毅为河平王，龙女为膳国夫人。后遇天旱，祷雨辄应。"

亓家庄中保存有《柳氏族谱》，该族谱序言中说："念我始祖，明伦自隋炀帝九年，由西川迁于山左潍东梅花村居住，后迁于柳家店子，至清明祖，又迁于亓家庄，初明伦祖生元海，元海祖生太来，太来祖生行芳，行芳祖家贫乐善，每日在岩溪渡口济人救急，五十岁生毅。毅祖天性聪慧，才学兼优，又有辰、寅两仙女为内助，当日夫妇荣贵，固不待言。辰祖妣生莺，莺祖系本支宗派。寅祖妣生华，华祖系都昌柳家庄柳氏宗派。毅祖夫妇修真养性，得道成真，升仙后于梅花村西十里许，龙池附近屡显灵迹，以救兆民，遇有旱灾，祷雨辄应。蒙大唐代宗皇帝敕封毅祖为唐河平王，于龙池后建庙塑像，以承祀典，香烟绵远，永垂不朽……"

《潍县志》跟《柳氏族谱》中都说，唐太宗分封柳毅为河平王，后人尊称为柳平王，龙女为膳国夫人。由此，当地人逢旱就向柳毅夫妇祈雨的习俗，千百年来一直在延续着。地域内的诸多遗迹，也都跟柳毅有关。乾隆《潍县志·域地志·山川》载："柳毅山在县东六十里，山巅有柳毅读书处。"《潍县乡土志》载："亓家庄有唐柳毅墓"，亓家庄柳氏族人中存清中期的柳毅挂像（亦称家堂轴子），另有一挂像中，柳毅居中，寅、辰二仙女居左右两侧。

柳毅传说中“龙女托书”的原地发生在哪里，就要从《柳毅传》说起，《柳毅传》最早见于《太平广记》419 卷，出自唐人陈翰所编《异闻集》中，由李朝威撰写。鲁迅《中国小说史略》第九篇《唐之传奇文（下）》中概述《柳毅传》的内容，说是“记毅以下第将归湘滨，道经泾阳，遇牧羊女子言是龙女，为舅姑及婿所贬，托毅寄书于父洞庭君，洞庭君有弟性刚暴，杀婿取女归，欲以配毅，因毅严拒而止。后毅丧妻，徙家金陵，娶范阳卢氏，则龙女也，又徙南海，复归洞庭，其表弟薛嘏尝遇之湖中，得仙药五十丸，此后遂绝影响”。明黄仲则有《龙绡记》传奇剧本（今未见传本），清李渔（1611—约 1679）取上述诸本之情节而撰《蜃中楼》，剧情为洞庭、东海二龙女在蜃楼游玩时遇见柳毅、张羽遂各自相爱成婚。清蒲松龄曾作过一篇题为《织成》的短小说，其文末附叙柳毅事：“相传唐柳毅遇龙女，洞庭君以为婿。后逊位于毅。又以毅貌文，不能慑服水怪，付以鬼面，昼戴夜除；久之渐习忘除，遂与面合而为一。毅览镜自惭。故行人泛湖，或以手指物，则疑为指己也；以手覆额，则疑其窥己也；岗波辄起，舟多覆。”后来因此触怒了过湖的许真君，柳毅被真君执入郡狱。柳毅求释，此后湖稍平。《织成》的故事是这样的；落第书生柳生回家途中醉卧洞庭湖舟上，遇洞庭府君柳毅。柳毅感其与己同姓而又同有落第之遭遇，又见其文章超众，遂于柳生归后，以侍儿织成赐之。这一故事亦是一段关于神人成婚的佳话，这个侍儿其实也是龙女，或曰龙婢。

概括来说柳毅传说的故事大意为龙女是其父洞庭龙君按照玉皇大帝的旨意要嫁给泾河龙王，柳毅是个进京赶考的书生，在他赶考的途中，他骑的那匹白马像是发疯似的直奔那一位牧羊女而去，就这样，柳毅奇遇龙女，龙女向他诉说了泾河龙王如何性情残暴、喜新厌旧，将她流放在荒无人烟的河滩上，年复一年，终日放羊，受尽磨难的悲惨经历。柳毅深感震惊和同情，毅然答应为解救龙女托书洞庭。之后，才相继发生了“传书洞庭”“骨肉团聚”“义重情深”的曲折故事。

在中国文学史上，“柳毅与小龙女”的故事与“梁山伯与祝英台”“董永与七仙女”“许仙与白娘子”并称为中国四大民间传奇。在这四个故事中，唯有《柳毅传》没有让主人公生不能相聚，也没有让有情人相隔迢迢银河。它让爱情有了一个稳妥的去处，有了比较完美的结局，并由此烁古嗅今，名满天下。柳毅同时被赋予了见义勇为、刚直不屈的侠义性格，成为经久流传的重义轻利、诚实守信的代表，在民间享有很高的地位。

三、传承价值及传承情况

柳毅为洞庭龙女传书，《柳毅传》说是唐高宗“仪凤（676—678）中”事，而明徐道《历代神仙通鉴》记述，唐中宗景龙三年（709）“己酉春，帝幸梨园，观拔河戏，命侍臣采访异事以闻。岳阳柳毅者，家君山，下第归”。其后柳毅为之传书洞庭，“遂为水仙。帝降敕为金龙大王”。并注曰：“凡涉江湖者，必诣庙祭焉。”又记曰：“长江金龙大王柳毅。”如其说可信，则在柳毅传书事发生三十年后，这一异闻便广为流传了。自唐代以来，历代都曾以柳毅传书为题材，出现了多种形式文学版本。金人写过本故事的宫调，宋代有官本杂剧《柳毅大至乐》，元代杂剧有尚仲贤的《洞庭湖柳毅传书》，明代有计自昌的《橘浦记》，清代李渔把《柳毅传书》与《张生煮海》糅合成《蜃中楼》传奇，新中国成立后又拍成电影《柳毅传书》。柳毅传书的故事能流传千余年，脍炙人口，是因为既有曲折动人的故事情节，又有正义战胜邪恶的鲜明主题，体现的正是中华民族的传统精神。

四、较常见的故事文本

柳毅传书

传说唐高宗时，书生柳毅到京师长安去参加科举考试，没有考中，打算回湘水边的家乡去。想起有个同乡人旅居在陕西泾阳，就前去看望。柳毅沿泾水西上，风尘仆仆奔赴泾阳，离县城还有六七里地，忽然有一群鸟腾空飞过，他的马受惊狂奔离开大道，一口气又跑了六七里才停了下来。柳毅只见一个非常美丽的少妇在路旁牧羊，不过蛾眉微蹙、愁容不展，衣服也暗旧无光，只见她凝思静听，满脸憔悴，神情凄苦，呆呆地站着若有所思。柳毅觉得好生蹊跷，忍不住上前询问：“你有什么痛苦？把自己折磨到这种地步？”

原来这位少妇是洞庭湖龙王的爱女，她遵从父母的安排，远嫁于此，做了泾河龙王的儿媳。哪知丈夫终日寻欢作乐，对妻子薄情寡义。他被婢仆所迷惑，对龙女日渐厌烦。龙女无法忍受这般虐待，不断诉求抗争。但公公婆婆袒护儿子，非但对龙女不理不睬，反而百般刁难，并役使她在荒郊放牧。面对洞庭的万里迢迢，茫茫长天，龙女欲诉无门，欲哭无泪。她询问柳毅，可不可以代为送信。

柳毅听后心中很是不平：“听了你的话，我只恨身上没有长出翅膀，不能飞到洞庭去。不过洞庭是深广的湖泊，我只是个凡人，怎么能到龙宫里去送信？只怕道路不通，信送不到辜负了你的嘱托。”

龙女边哭边说：“多谢您答应了我，如果有了回音，我就是死了也感谢您的。我怕您不答应我的请求，去龙宫的方法我也不敢说，既然答应了我，我就告诉您。洞庭的龙宫和人世的京城并没有什么不同。”柳毅请她说明去龙宫的方法。

龙女说：“洞庭湖的南岸，有一棵大橘树，当地人称它为‘社橘’。您到那里就把这条腰带解下来，系上一件东西，然后在树干上敲打三下，就有人出来跟您打招呼，您跟着他，就会走进龙宫，没有什么阻碍。请您除了书信上所说的以外，把我刚才告诉您的话全都说给我家里的人听，千万不要忘了！”

柳毅见龙女说的真诚，就说：“我敬当如命而行。”

龙女从衣襟下拿出一封信来，递给了柳毅。柳毅把书信收入书囊，又问龙女：“我不明白你牧羊有什么用处，难道神灵也宰杀牲口吗？”

龙女说：“它们并不是羊，而是雨工。”柳毅问道：“什么叫雨工？”

龙女说：“就像雷公电母一样，是掌管下雨的使者。”柳毅回头仔细观看那些羊，只见个个昂首阔步，喝水吃草的样子非常特别，但身体的大小和皮毛、犄角则与平常的羊并无不同。

柳毅又说：“我给你当送信的使者，以后要是再到洞庭，你可不要说不认识我而躲开啊。”龙女说：“岂但不避面，还要像亲戚一样款待呢。”

柳毅告别了龙女，向着东方走去，刚走出几十步，回头望时，龙女和羊都不见了。当天傍晚，柳毅就到泾阳城里，辞别了他的同乡。

柳毅怀揣书信日夜兼程，来到洞庭湖畔。他按照龙女的指点，找到一棵大橘树并叩树三下，果然从碧波间冒出虾兵蟹将。经他们拨水指路，柳毅进入龙宫，将龙女的书信亲手转交给了洞庭龙王，并诉说了龙女的悲惨境况。龙王得知女儿受了虐待，非常心痛。龙王的弟弟钱塘君为人正直、性情暴躁。他一听说侄女在夫家遭受欺辱，顿时大怒，立刻凌空而去，诛杀并吞咽下了泾河逆龙，救出了龙女，使骨肉重新团聚。

龙女爱上了见义勇为的柳毅，钱塘君也希望促成美事，从中撮合。但柳毅当初送信救龙女完全是出于义愤，面对龙宫的财报也不为所动，没有任何贪财恋色的个人企图。柳毅告诉钱塘君："你为人直爽，办事刚决明快，我很佩服。但婚姻之事，不好勉强。我要是这会儿娶了你侄女，人们也许会认为我是为娶龙女而害其夫，名声也不好听。因此不敢从命。"

柳毅对龙女虽有好感，但克制了私情，晓以人间正义，毅然拒绝。柳毅告别龙宫后，性情温顺善良的龙女对此并没有气馁。她饱尝过包办婚姻带来的痛苦和折磨，所以不再依从父母又一次为她安排的婚配，依然执着坚定地追求自己的幸福。在柳毅的前两任妻子亡故后，龙女化做民妇来到鳏居孤独的柳毅身边，与他结为夫妇。

婚后一个多月，有一天晚上柳毅进房，细看他的妻子，觉得她的面貌很像龙女，可是论娇媚丰满，却又比龙女胜过几分。于是便和她谈起从前传书的事。妻子却说："人世间哪会有这种事情呀？"

过了一年多，龙女怀了孕，柳毅更加爱重她。孩子满月时，妻子换了衣服，浓妆艳饰，将柳毅唤进内室，含笑道："郎君难道想不起你我未结婚之前的我了吗？"这话问得柳毅有点疑惑："我们两家过去并非姻亲和朋友，根本不认识，凭什么让我回忆一个并不存在的过去呢？"

龙女笑着说："我确实是洞庭君的女儿，多蒙你从泾河那里搭救了我，我深深衔感您的恩德，心里立誓要报答你。后来钱塘叔父向你提亲，你却不答应，以致我们天各一方，音讯不通。父母想把我嫁给濯锦龙君的小儿子，只是我对你的心志难改，于是闭户不出剪掉头发，以明我无意再嫁别人的心志。我虽然被你拒绝，自料没有再见之期，而当初对你产生的爱慕之心，至死也不会改变。恰巧你屡屡婚娶，先娶了姓张的，后来又娶了姓韩的。等到张、韩两氏相继去世，你住到这里来，我的父母才为我能够有机会实现报恩的愿望而喜出望外。今天，我能够侍奉君子，在一起相亲相爱地过一辈子，就是死了也没有遗恨了！"柳毅被龙女的一片深情所感动，二人感情更深了。

夫妇二人择吉日来到龙宫，洞庭龙王十分高兴，柳毅请求龙王对这一带人民予以照顾。洞庭君一一答应。从此，洞庭一带风调雨顺，粮食丰收。柳毅与龙女浪漫动人的爱情故事，是唐代爱情小说中的上乘之作。虽然故事还没有脱离六朝小说鬼神志怪的传统，神怪离奇，但它充满了人间社会的清新气息，所以流传至今，妇孺皆知。

牡丹的传说

牡丹，别名木芍药、谷雨花，大而艳丽，被誉为“国色天香”一直以来被人们视为富贵昌盛的象征，千百年来深受广大人民的喜爱。由此也创作了许多有关牡丹的传说故事，因其自身的特点在我国被视为是物质和精神相结合的产物，牡丹恰逢盛世，沐浴春晖，很多地方盛产牡丹，每年会定期举办牡丹花会，期间万人空巷，摩肩接踵，热闹非凡。

牡丹花会　乔方辉摄

一、流行区域及申请状况

自古以来，牡丹传说没有太多的文字记载，多是通过世代人民大众口述相传的。作为人类优秀的口头文学创作，它包含着当地群众几代甚至数十代人的

国家非遗专家考察花神殿　乔方辉摄

不断创作、加工融合的过程。牡丹传说故事总离不开帝王将相、才子佳人、花神或仙女，皇家富贵气与“牡丹仙子”的美艳浪漫，共同构筑了人们对花王牡丹的遐想。牡丹文化的起源距今约有3000年的历史。秦汉时代以药用植物将牡丹记入《神农本草经》，牡丹进入药物学。南北朝时，北齐的杨子华画牡丹，牡丹进入艺术领域。宋代开始，除牡丹诗词大量问世外，又出现了关于牡丹的专著，如陆游的《天彭牡丹谱》、丘浚的《牡丹荣辱志》、张邦基的《陈州牡丹记》、苏毓眉的《曹南牡丹谱》、余鹏的《曹州牡丹谱》等。近年来，随着社会经济的发展、影视媒体的普及，民间口述文学传播途径、接受群体越来越少。

2009年，牡丹传说被山东省政府列入第二批省级非物质文化遗产名录；2011年，牡丹传说被国务院批准列入第三批国家级非物质文化遗产名录。

二、故事渊源及基本内容

牡丹是我国的传统名花，有着数千年的自然生长和悠久的栽培历史，在源远流长的种牡丹、赏牡丹、品牡丹、咏牡丹、画牡丹传统中，国人不断地将思想感情融入“国色天香”的牡丹中，形成了与牡丹相关的文化现象和以牡丹为中心的文化体系，即牡丹文化。中国丰富的花卉资源和悠久的历史造就了中国特有的花文化。作为中国花文化的重要组成部分，牡丹文化在中国传统文化尤其是植物文化中占有重要地位。因此，全面系统地研究中国的牡丹文化具有积极的意义和价值。视花为美，与花媲美，视花为美的化身和象征，已成为世界性的语言。中国人对花有更为浓厚的情感和深刻的认识，除了欣赏花卉静态的外形美之外，还善于赏识其动态的生命变化之趣。花是有情之物，既可娱人感官，撩人情思，又能寄以心曲。花卉饱含文化意蕴，又凝聚着中华民族的品德、精神和气节。花文化与民族性、历史性有密切的关系。如梅标清骨，兰挺幽芳，

仙气绕牡丹 乔方辉摄

茶呈雅韵，李谢浓妆，杏娇疏雨，菊傲严霜，紫薇和睦，红豆相思，水仙冰肌玉骨，牡丹国色天香，玉树亭亭阶砌，金莲冉冉池塘，丹桂飘香月窟，芙蓉冷艳寒江等。在中国古代典籍中，出现了许多花神花仙，甚至花木命名也富有人间烟火：含羞草、君子兰、湘妃竹、仙人掌、美人蕉、罗汉松……仅从这些人格化的名称，就可见中国人对花木之感情。

菏泽牡丹传说故事有200余个，在民间流传广泛，主要体现在当地人民的口耳相传中，在与其有关的众多典故、风俗中也多有记载和反映。这些传说既集中体现了人们极恶扬善，追求真善美的良好愿望，同时，表现出各自的民族特色和地域文化特征。牡丹传说的基本内容，大致可分为七大类：

1. 关于牡丹起源的传说故事

菏泽牡丹的起源，无文字记载，主要是民间传说，最早传说在隋代曹州著名花师齐鲁桓为隋炀帝嫁接牡丹的故事《楼台牡丹》，还有《武则天贬牡丹》《武则天怒烧牡丹》《李勣与牡丹》《秦岭深处遇牡丹》等。百花园老农艺师孙景玉讲："隋朝的时候，咱这里的花师齐鲁桓被皇帝诏去种牡丹，谁知去了后说是叫他培养比楼台高的牡丹。这谁能做得到，它是草本植物，千（jian）辈子也长不这么高啊。因为完不成这任务死的人没数，栽不成就砍了！栽不成就砍了！齐鲁桓也害怕啊，这可咋办呀？以前在家的时候，他嫁接过牡丹，不访试试吧，这也比等死强啊。他选了十好几棵碗口粗的椿树，把头抹了，把牡丹枝嫁接在那上头，不知经过了多少次的试验，最后终于成功了，有两三棵嫁接活了。到谷雨时牡丹真的开花了，把个皇帝妃子喜得不得了，皇上一高兴，赏！就这，不但没丢了性命，还得了赏。”这个故事传来传去，就传成现在的《楼台牡丹》了。

但是，牡丹办事处李集村 74 岁的李丰收讲，菏泽种牡丹始于唐朝。他说：“听老年人讲，从我们这里往西四五十里地的黄河边上有个李庄集，和我们这里的李集是一李家，李庄集从前叫徐庄集，那里是牛鼻子老道徐懋功（李勣）的老家，徐懋功是唐朝的大功臣，为李渊坐天下出过大力，皇帝很感激他，就把他的李姓赐给徐懋功。那时候李姓是国姓，这可不得了，所以就改名叫李勣。告老还乡时，娘娘问他要啥，他啥都不要，就要几棵御花园里的牡丹，带回曹州老家种。从此，牡丹在曹州就生了根了。徐庄集改名李庄集。可能是土质不适合，那牡丹在徐庄集的田地里不肯长，屑赖屑赖哩。后来，李勣的弟弟李弼分家后，搬迁到了这里，起名李集，也就是我们李家的老老爷爷。他也爱牡丹，就把牡丹也移栽过来了。哎！牡丹在这里就长得很好、很旺，开的花也很好看，这说明这里的土质好，适合种牡丹，就这样，牡丹慢慢地越栽越多。”这些传说，体现了牡丹的来之不易，也佐证了菏泽种植牡丹的悠久历史，不愧为“牡丹之乡”的美誉。

2. 关于牡丹品种的传说故事

这类传说数量最多，也是牡丹传说的主体。菏泽牡丹大约有一千三百多种，几乎每一种名贵品种的背后，都包涵着一个动听和感人的故事。如《荷包牡丹》《豆绿》《丹炉焰》《帮拧紫》《酒醉杨妃》《兰田玉》《藏珠》《烟龙紫》《姚黄》《魏紫》《花二乔》《景玉》《梨花雪》《赵芬》《大胡红》《状元红》《墨撒金》《古斑同春》《菱花晓翠》《紫二乔》《昆山夜光》《首案红》《火炼金丹》《天香夺锦》《贵妃插翠》《蓝花魁》《青龙戏桃花》《葛巾玉版》（一是民间版的《葛巾玉版》、一是《聊斋》版的《葛巾玉版》）。

俗话说：“牡丹花下死，做鬼也风流。”据曹州牡丹园农艺师黄存强讲：“玉板白，白如玉，古来就有‘玉板一开天下白’的说法。葛巾玉和葛巾紫本是同根姊妹花，洛阳书生常大用来曹州看花，一住就是一个多月，天天在牡丹园游玩，恒恒（夜里）也不离开。那痴情感动了牡丹仙子，白牡丹和紫牡丹就变成美女嫁给了常大用、常大器兄弟二人。后来两人都生了儿子，可是，那常大用老怀疑这俩媳妇的身世，惹烦了姐妹俩，举起孩子就往地上摔，俩孩子落地就没影了，姐妹俩两道白光一闪就不见了。兄弟俩后悔得了不得，再后来，在俩孩子落地的地方长出了两棵牡丹，一个开白花，一个开紫花，非常好看。人们都说这是姐妹俩的化身，就给她们起名《玉版白》《葛巾紫》。”故事在民间越传越美，后来，被清代小说家蒲松龄写进了小说《聊斋志异·葛巾》，使故事的流传区域更为广泛。至今，曹州牡丹园的石碑上还雕刻着葛巾、玉版远嫁洛阳的传说故事画。黄存强说：“《状元红》也很有意思，那花色红的象天夕的晚霞。这是咋回事呢？说的是从前，有个曹州人在朝里考取了状元后被皇上招为驸马，在那状元郎回家寻亲的时候，见到了大自己十几岁的老媳妇，这老媳妇在家侍候公公婆婆十七年。老父亲逼他俩圆房，来报答十几年的恩情。就在这时，皇上来了一道圣旨，宣他进京成亲。一边是父命难违，一边是君不可欺，怎么办啊？不一会，把个状元难的口吐鲜血，死了！第二年，状元坟上长出了一支牡丹，花大如盘，红的就象状元锦袍，人们就叫它状元红。”现在，“状元红”仍是人们喜爱的珍贵品种。

“青龙卧墨池”品种的背后，有着四个不同版本的传说故事，即乾隆版的青龙卧墨池、扈三娘版的青龙卧墨池、青龙战黑龙版的青龙卧墨池（又叫龙爪槐的故事）、青龙盗仙水版的青龙卧墨池。据牡丹园技术员赵锋讲：“梁山一百单八将中有个女将叫扈三娘，外号‘一丈青’。梁山将领被官军打败后，扈三娘流落到了咱曹州，在一个员外家里给小姐当丫环，员外家有个大牡丹园，园子里的花开的很好，看花的人当然就也多了。有一天，曹州府里来了一帮官员来看牡丹，那当官的相中了员外家的小姐，就要娶小姐，吓得小姐直哭。扈三娘看不过，撸起袖子就和人家干起来了。后来，官府知道了她是反贼，就把她抓走杀害了。乡亲们把她的尸体埋在了牡丹园里，人称‘三娘坟’。后来，三娘坟上长出来了一棵牡丹，开的花外黑内青，人们都说扈三娘死的屈，这花是为她叫屈哩，因为三娘外号叫一丈青，人们就给牡丹起名叫‘青龙卧墨池’。现在的曹州牡丹园东大门南仍有《三娘坟》在。”这些传说表现了牡丹品种的渊源和花名的起因，生动具体，既有传奇色彩，又合乎人之常情，听起来亲切温馨，读起来情趣盎然，迎合了老百姓的心理，具有较高的审美价值，所以历久弥新。

3. 关于牡丹花型花姿的传说故事

菏泽牡丹分为三类十型。关于牡丹花型花姿的传说故事在当地广为流传，如《红绣球》《藏珠》《豆绿》《梨花雪》《花二乔》《荷包牡丹》《青龙卧墨池》等。《花二乔》一株两色，双娇可爱，人们习惯称她为“大乔小乔”，把她比做三国美女“大乔”“小乔”的化身，属玫瑰型重瓣类，人们传说这是一对双胞胎姐妹变成的。李集村李丰收讲：“很久以前，曹州城北有一户姓乔的大户，乔老膝下无子，却有一对漂亮的双胞胎闺女，人们称姐姐叫大乔，妹妹叫小乔，她们俩都非常喜欢牡丹，整天跟着父亲在牡丹园里松土、施肥、浇水。突然有一天，从北边飞来一条凶猛的大黑龙，一声“阿嚏”，天空中像木炭一样的黑水就落到牡丹上，那牡丹叶子眼看着耷拉下去了，鲜艳的大花朵也慢慢地败落了。牡丹是乡亲们的命根子呀，没有了花子，就等于没有了粮食，大伙个个愁眉苦脸，吃不下饭睡不好觉。这时大乔和小乔受到仙人指点，就和黑龙打斗起来，天上地下的来来回回打了几十个回合也不见输赢。最后姐妹俩用智谋斗败了大黑龙，保住了曹州好几百亩牡丹，最后累死在牡丹地里。人们把两姐妹合埋在了牡丹园里，把黑龙的血抽出来，挨个洒在即将枯死的牡丹棵子上，不大一会，牡丹都枝棱棱地复活了，花也大了，叶也绿了。第二年春天，在姐妹俩的坟头上长出了一棵牡丹，到谷雨时分，那棵牡丹却开了两种颜色的花，人们都说这是姐妹俩的化身，就叫它《花二乔》吧”。

李丰收又讲到，《荷包牡丹》更有意思，开的花一个个都跟荷苞似的。明朝的时候，曹州有一个花农叫秋生，小伙子长得聪明壮实，和邻村一个叫春蕊的姑娘定了亲，两人相亲相爱。可有一天，秋生被官府抓了壮丁，好久没有回来。春蕊姑娘非常想念心上人，就边干活边绣荷苞，心想等秋生回来好送给他，那花荷苞绣得非常漂亮。第二年谷雨时节，牡丹花开了，曹州知府带了一帮人到牡丹园赏花，看上了漂亮的春蕊姑娘，非得要娶她为妾。春蕊和家人都不同意，知府恼羞成怒，就命令随从趁夜深人静的时候来抢亲。春蕊无路可逃，就扑腾一声跳到院子的井里。三年后，秋生回来了，听说春蕊跳井死了，就跑到井边大哭，就在他流泪的地方，长出了牡丹，开的花和一般牡丹很不一样，一个个都像荷苞。人们见了，就说春蕊死的冤，就为这牡丹起名叫“荷苞牡丹”了。这些故事体现了牡丹不畏黑恶势力的反抗精神。

4. 牡丹与名人的传说故事

牡丹传说总离不开帝王将相、才子佳人、花神、仙女等，皇家富贵气与“牡丹仙子”的美艳浪漫，共同构筑了人们对花王牡丹的遐想。如《楼台牡丹》，说的是隋炀帝与牡丹的故事；《慈禧冬日赏牡丹》说的是慈禧与牡丹的故事；《帮宁紫》说的是慈禧与牡丹的故事；《韩复榘曹州赏牡丹》说的是韩复榘与牡丹的故事；《乾隆孔府观牡丹（青龙卧墨池）》说的是乾隆皇帝与牡丹的故事；《袁世凯盗牡丹》说的是袁世凯与牡丹的故事，《赵孝武中南海栽牡丹》说的是邓颖超与牡丹的故事等等。

5. 关于牡丹仙子治病救人扶困济贫的传说故事

牡丹经过一代代花农的精心培育，在饱经风霜后，成为大自然的精灵，为了报答花农的培育之恩，变为仙子或仙人来到人间，为花农去除病痛，帮助或救济贫困的花农走出困境，赋予了诸多人性化的特征。如：《蓝田玉的传说》，说的是万花村的青年花农春宝，自幼生长在牡丹园里，后来成了孤儿，家贫如洗，娶不上媳妇。后来因帮助牡丹仙子而感动了牡丹仙子“蓝田玉——蓝姑娘”，两人结为夫妻，过上幸福的日子。再如《牡丹仙子的传说》，说的是以靠打长工为生的农民宝柱，受财主的刁难，克扣工钱。在他走投无路的时候，是一棵经常得到他照顾的“牡丹”变成美丽女子帮助了他，使他和他的长工朋友们都过上了幸福生活。再如《花王与花后的传说》《白牡丹的传说》等，此类故事不胜枚举。这类故事主要反映民间善有善报恶有恶报的因果报应思想，歌颂纯朴善良品德。

6. 关于与牡丹相关的物品、风俗等传说故事

有关古老牡丹名园的传说。《桑梨园》《巢云园》《铁篱寨花园》《军门花园》等传说故事，反映了曹州花农在种花、育花、看花以及为了保卫花园主权与意欲强占花园的贪官污吏、地主恶霸等黑恶势力的顽强斗争精神。如《秋翁遇仙记》《蓝田玉》等。

有关花园与主人之间的深情厚谊的故事。《凝香园的传说》记载：何鲁丽的老祖爷爷何尔健，是明万历间的西台御史，在家乡购置私家花园——“何家花园”，到第二代主人、明代工部尚书何应瑞归乡游园时，诗兴大发，写了一首咏牡丹诗：“廿年梦想故园花，今到开时始在家。摇风百态妖无定，坠露丛芳影乱斜。”何氏十六代孙，纵横山东，声闻京华的北平市市长何思源及其小

女中华人民共和国人大常委会副委员长何鲁丽回家乡游园、赏花、修园等传奇故事，反映了主人对花园的喜爱、眷恋及魂牵梦萦之情。

关于牡丹园中花草树木与牡丹互为睦邻互相爱护互相帮助的传说。如桑梨园中的“桑树精”与牡丹仙女的故事，古今园中“大槐树的故事”，曹州牡丹园中“三娘坟”的故事等。体现了人们追求富贵吉祥，和谐美满的幸福生活的美好愿望。

7. 关于“牡丹下广”的传说

自隋唐时期牡丹传入菏泽，以牡丹品种、栽培技术和牡丹文化为主要内容的交流活动即经营从未间断。尤其是自清朝开始，随着菏泽牡丹催花技术的日益成熟，花农们纷纷将冬季催花牡丹运往广州销售，人称“下广”。上百年来，关于牡丹下广的传说故事，源源不断。如《赵俭父子客殇广州》说的是他们父子二人，到广州卖牡丹花，遭到当地花霸的欺负，受尽辛苦，最终客殇异乡。《高员外晒元宝》说的是曹州花农赵凤琪到广州卖牡丹发了大财，回来后为了夸富，在院子里晒元宝的故事。《卖花交朋友》说的是李集花农李丰收在广州卖花，以花为媒，与当地花商结为好朋友的故事；还有《花农广州耍大款的故事》等等。这些传说有凄婉的，有美丽的，充分反映了普通百姓祈求平安、聚福纳财的美好愿望。同时，也体现了花农们以牡丹为媒，广交四海朋友，促进牡丹交流的胸怀。

三、传承价值及传承情况

（一）传承价值

在民间广为流传的牡丹仙子、葛巾、玉板、姚黄、魏紫等有关牡丹传说故事，千百年来已深深地扎根于广大人民群众心中，是灿烂的中华民族传统文化之瑰宝。它对于牡丹文化的研究、保护、发展与利用有着非常重要的价值。

首先，牡丹传说故事这一文化现象，属大众的民俗文化，是活生生的生活方式、习俗行为及文化心理，是最基本的文化本体和载体。一方面，它对人生对文化的感受，较之主流文化和历史文化，更有凝聚力、亲和力、感染力和渗透力；二是它表现在大众文化的各个层面，具有无限的丰富性，最能表现出一个民族一个地区的文化性和社会性格以体现本地区的文化特色和优势。

老花农讲述牡丹传说故事
乔方辉摄

其次，能取得良好的社会效益，有利于教育和培养人们忠厚善良、富而好德的品质，有利于团结台海两岸中国人，团结世界华裔、国际友人；有利于加强国际间的经济交流和构建和谐世界。

另外，牡丹传说已成为牡丹文化与研究的重要来源，加强对牡丹传说的研究，有利于对牡丹传说的正本清源，有利于加强牡丹文化研究。

（二）故事传承情况

1. 社会群体传承

牡丹传说历来在我国民间广为传颂，在牡丹乡，主要以社会群体传承为主。群体传承又分为三种主要形式：家庭传承，即祖父传给儿子，儿子传给孙子，孙子传给重孙子，这样一代一代传下去。孩子自幼在父母怀里就听大人讲牡丹的故事，整天耳濡目染，口耳相传。街头巷尾群体传承，即人们在村头巷尾、田间地头说话拉呱，话题总离不开牡丹传说故事。民间艺人传承，在牡丹区的乡村之间，总是少不了说书唱戏的民间艺人或盲艺人，他们都是靠说唱牡丹传说故事挣钱糊口。

牡丹传说故事传承久远，从无断节，一直流传至今。特别是地处中原腹地的菏泽广大区域，人们不仅有种植牡丹的传统，也有讲述牡丹故事的传统。

2. 流派传承

牡丹传说故事除社会群体传承外，还有流派传承。在牡丹区较有影响的、能说讲牡丹传说故事有三大流派，即牡丹区李氏、赵氏和杨氏家族。

民间艺人在
唱牡丹故事
乔方辉摄

（1）牡丹区李氏

牡丹区李氏，祖籍牡丹办事处李集村。据李氏族谱记载：其祖上为唐朝大将李勣（徐懋功），懋功告老还乡将牡丹带回菏泽老家。后世子孙感念懋功恩德，其家族重视民间牡丹的传说，并将其视为“祖传文化”传承至今。

（2）牡丹区赵氏

牡丹区赵氏，祖籍牡丹办事处赵楼村。据赵氏后人传，其祖上历代务农，以种植牡丹为生，培植了“赵粉”等许多牡丹新品种，其族人多次下广经营牡丹，留下了花神殿、高员外晒元宝、豆绿等许多牡丹传说，在花神殿有祭祀花神的传统。

（3）牡丹区杨氏

牡丹区杨氏，祖籍古曹州城内。杨氏祖师为郓城著名民间琴书艺人李永振，先是以挑担唱小戏为生，后改唱曲艺，以山东琴书、坠子为生计，以传唱牡丹传说故事而闻名乡里。明清以后主要在陇海线，冀、晋、鲁、豫一带演唱牡丹传说故事，深受当地百姓喜爱。

3. 代表性传承人

李丰收（1939—　），菏泽市牡丹办事处天香社区居委会居民，为当地牡丹花神祭祀会首之一，善讲牡丹故事，重视收集有关牡丹的民间传说，为牡丹文化发展做出了较大贡献。常讲的牡丹故事有《徐懋功与牡丹》《邦宁紫》《青龙卧墨池》《牡丹花神》《白牡丹的传说》等。

四、较常见的故事文本

炎帝与牡丹

炎帝是中华民族的祖先之一，生活在5000年前后，出生于河南新郑，长于陕西凤翔县、岐山县的姜水畔因而姓姜，去世后葬于湖南炎陵县。他是华夏农业和医药的奠基人，是华夏文明的创造者之一。他发明五谷农耕，倡导商品交换，创制中药医学，传说因品尝百草而中毒去世，被后人尊称为“神农氏”“药王”。托名神农氏所著的《神农本草经》成书于公元1世纪或之前，书中将牡丹列为中品，实际上是我国人民对祖祖辈辈的先民们使用中草药的经验总结。该书包含神农氏“尝百草而识药性”的功劳不言而喻。

夏帝相与牡丹

帝相是夏代的第五个君主。宋虞汝明《古琴疏》载：“帝相元年，条谷贡桐、芍药。帝命羿植桐于云和，命武罗伯植芍药于后苑。”古代牡丹与芍药不分，统称芍药。帝相元年即公元前1936年，那时帝相已在后花园种植牡丹。由此推来，人们爱牡丹或将其植入园圃的历史已有四千年。

刘秀与汉牡丹

传说，西汉末，“王莽撵刘秀”至河北省柏乡县北郝村时，刘秀人困马乏，见村头寺院内有一断墙，便翻身跳了进去，一头昏倒在花株下。谁知花株“涮”地舒展枝叶，把刘秀严严盖住，避过了这场灾难。刘秀苏醒后认出牡丹花，起身在断墙后题诗一首：“萧王避难过荒庄，井庙俱无甚凄凉。惟有牡丹花数株，忠心不改向君王。”诗后落款为“刘秀题”。这奇花就是那花中之王——牡丹。在牡丹仙子的庇护下，刘秀成为东汉光武帝。从此，汉牡丹声名远扬。柏乡县“汉牡丹”号称天下第一牡丹，至今开花繁盛。

隋炀帝与牡丹

《隋炀帝海山记》中载：“隋帝辟二百里为西苑，召天下境内所有鸟兽草木驿至京师，易州进二十箱牡丹，有赭红、赭木、鞓红、坯红、浅红、飞来红、袁家红、起州红、醉妃红、起台红、云红、天外黄、一拂黄、软条黄、冠子黄、延安黄、先春红、颤凤娇。”传说隋炀帝最钟爱从易州进贡的牡丹，并诏令改名叫隋朝花。虽然说《隋炀帝海山记》是宋人小说，但西苑中栽植牡丹的可能性极大，在此之前，牡丹已在民间栽植，隋炀帝是一个好花、好色、好大的皇帝。若当真，从隋朝西苑开始，牡丹开进入皇家园林之先河。

武则天与牡丹

女皇帝诗云：“明朝游上苑，火急报春知。花须连夜发，莫待晓风吹。”该诗气势磅礴。据《全唐诗》注，武则天利用《腊日宣诏幸上苑》挫败了一起政变。该诗后来演绎成“武则天贬牡丹”的故事，牡丹被赋予铮铮铁骨的品格。事实上，武则天尤好牡丹，曾将家乡的优良品种牡丹移植到长安，又带到“神都”洛阳，并非“贬”牡丹。“自武则天以后，洛阳牡丹始盛。”（宋·欧阳修《洛阳牡丹记》）可见，武则天对牡丹发展有特殊贡献。

唐玄宗与牡丹

唐玄宗李隆基喜爱牡丹，其贵妃杨玉环宠爱牡丹，都城长安的沉香亭畔和行宫骊山等处均种植有名贵牡丹，这对牡丹的发展起到了积极的推动作用。唐玄宗召洛阳花师宋单父在骊山种植牡丹万余株，色样各不同。唐玄宗和贵妃杨玉环在沉香亭前赏牡丹，命李白进《清平调三首》，处处把牡丹和杨贵妃相喻，花即人，人即花，名花、美人相得益彰，“名花倾国两相欢，常得君王带笑看”。唐玄宗大喜。有人据《姚黄传》考证，沉香亭畔种植有“姚黄”牡丹。唐玄宗还把牡丹赐给宠臣，以示皇恩浩荡。《开元花本记》中载：杨国忠以贵妃专宠，上赐以木芍药（即牡丹）数本，植於家。古代有一牡丹品种，花浅红色，花瓣上有深红的一点。相传是杨贵妃在它的花瓣上用指头捻了一下，次年移于仙春馆栽植，开花后像是留下红指印迹，唐玄宗取名“一捻红”。《开元天宝遗事》记载：唐玄宗与贵妃幸华清宫，唐玄宗亲自折牡丹一枝递给杨贵妃说，“不惟萱草忘忧，此花香艳，尤能醒酒”，从此，牡丹雅称“醒酒花”。据《开元天宝遗事》记载：帝（唐明皇）与妃子（杨贵妃）共赏太液池千叶莲时，比喻杨贵妃是“能听懂人语的花朵”。后人多用牡丹形容“解语倾国”的美人。唐·罗隐《牡丹花》诗曰：“若教解语应倾国，任是无情也动人。”意思是：牡丹若会说话，应像倾国倾城的美人；牡丹纵然不会说话，好像沉稳娴雅、含情脉脉的美人。

楼台牡丹传说

据牡丹办事处洪庙村老花师孙景玉讲："隋朝的时候，咱们这里就出了个种花能手叫齐鲁桓，他培养了很多好品种，十里八乡的人都知道他的名气。隋炀帝是个昏君，他为了建御花园，命令天下所有的好花好树都得给他移栽过去，牡丹当然也被移栽过去了。有一天，隋炀帝带领他的娘娘妃子们在花园里观花，其中他最宠爱的一个妃子看到牡丹花非常漂亮，就很喜欢。但却皱着眉头说：'哎！这花子虽好，可惜不能在楼上观看。'说者无心，听者有意。隋炀帝为了讨这位妃子的欢心，就下令天下所有的花匠、种花能手为他栽植高过楼台的牡丹花。这下子可难毁了这些种花人啊，因为牡丹是草本植物，不是木本植物，老死也长不了那么高啊。因为这，你知道光花匠就死了成千上万人，栽不成就杀头，栽不成就杀头。哎！咱们曹州的一个花匠，叫齐鲁桓，他在家的时候就嫁接过牡丹，这下子可用上派场了。他选了十多棵碗口粗的椿树，把树头一去，再把牡丹枝嫁接上去，经过多次试验，十多棵里成活了两三棵牡丹，到了来年的谷雨时节，真的开花了，那牡丹花高高地撅在椿树干上，开的非常鲜艳漂亮，坐在楼台上看花正合适。这下子可把皇上喜坏了，皇上连忙说：'有赏！有赏！'就这样，齐鲁桓既保住的性命，又得到了皇帝的赏赐，喜滋滋地带着皇上的赏赐回家来了。一传十，十传百的，人们传的可神了。就这样，《楼台牡丹》的故事就传下来了"。

帮宁紫的传说

讲的是女皇武则天到后花园里看花，看到紫牡丹花开得非常好看，就问花叫什么名字。正好，花匠有个十多岁的小孩正端着一碗水喝水，一看皇上来了，吓得连忙低下了头，咋问也不敢说话。女皇烦了，上去拧着小孩的腮帮子，不一会，就听太监高叫："腮帮子拧紫了！"武则天一听，哈哈大笑说"帮拧紫"！从那，就叫"帮宁紫"了。《青龙卧墨池》的另一版本，讲的是清朝乾隆皇帝南巡时，住在了曲阜孔府，在孔府后花园里，看到青蕊的黑牡丹，感到非常新奇，问花叫什么名。在园子里种花的是从曹州来的花匠，花匠告诉说还没名字呢，乾隆看看天，看看地，指指孔府，又指指自己，然后哈哈大笑，随口说出“青龙卧墨池”。随从官员你看看我，我看看你，随之也哈哈大笑。原来，孔子是儒家的先师，孔府则是儒家的摇篮，儒即墨；乾隆是皇帝，皇帝即龙，皇帝住孔府，乃“青龙卧墨池”也。《赵孝武中南海栽牡丹》，讲的是邓颖超与菏泽牡丹的故事。这是原赵楼大队书记赵孝武亲自经历的事。据他讲，1973年左右，具体时间记不清了，那时他是大队书记，也是种花能手。有一天，接到上级的通知，让他去北京栽牡丹，他不敢多问，带上介绍信、花子（牡丹棵）和几个技术员，坐上公社派的一辆大卡车，就进了北京。开始，是在公园里栽，后来听说要去中南海，他知道那是毛主席他老人家和中央领导人住的地方，他是又高兴又紧张。在工作人员的带领下，他在一个青砖绿瓦的小院里认真仔细地栽起了牡丹，到中午吃饭的时候，一个同志带他去吃饭，并介绍说是邓大姐，他心里一惊，抬头一看，呀！真的是邓颖超同志。邓大姐说话很和蔼，很随和，边吃边和赵孝武拉着家常。此消息传开后，全牡丹乡的人们欢呼雀跃，都感到非常的光荣和自豪，至今，在牡丹区说起赵孝武给邓颖超家栽牡丹的故事，人们仍津津乐道。

袁世凯盗牡丹

据赵锋讲：“在八十多年前，赵楼村前有棵二百多年的牡丹王，树高丈二，花开数百朵，远看红霞一片，香气袭人。曹州府官员陆建章为讨好袁世凯，把这棵牡丹移到袁的公馆里，树不久就死了。消息传来，花乡人非常难过。有人写了一首打油诗骂袁世凯：‘窃国大盗用小人，国遭大难花不存。花农心血二百载，毁于一旦痛煞人’。现在，这里有好多人都会背这首诗。”

明太祖朱元璋与曹州牡丹

据曹州牡丹传说：谷雨时节，明太祖朱元璋带着军师刘伯温来曹州观花，见雍容华贵的牡丹赛过皇宫诸花，心生嫉妒，出口成法：“把曹州牡丹统统移到御花园。”圣旨一下，忙坏官兵，铁锨乱挖，气煞农家。乡亲们哭天嚎地，请求皇帝开恩，留下牡丹，给老百姓留条生路，朱元璋置之不理。刘伯温担心农民利益受到损害，引起民愤，连忙进谏只挖走花后“魏花”。朱元璋急忙下令：只挖看园人赵义门前的那株紫牡丹。赵义的妻子魏花痛哭不止，她挺着六个月的身孕，对赵义说："我本是这园的牡丹花仙，今被刘伯温看出。我叫他挖走我的身，留下我的根。我把腹中婴儿留在根下了……"说罢，一阵风起，魏花不见了。此时，朱元璋已乘上车辇，带走了叶垂花残的那棵紫色牡丹。来年春天，在赵义门前的牡丹花坑里，又长出一棵紫葳葳的牡丹，花开千层，大如盘，一朵花 700 多瓣，馥香浓郁。村民们知道这是花仙魏花的孩子，便取名"魏紫"。

清康熙帝与牡丹

清康熙帝喜好汉文化，喜好牡丹，圆明园、畅春园、清漪园（颐和园）、承德避暑山庄等皇家园林广植牡丹，清康熙帝还与群臣一起赏寺院牡丹，每年在乾清宫元夕赐宴赏牡丹，三月赏瓶插牡丹等。给后人留下《忆畅春园牡丹》《咏各种牡丹》《绿牡丹》《咏花瓶》《莲花岩松牡丹》等诗。内蒙古宁城县小城子镇长皋村乌向南家，有一株清康熙皇帝御赐的牡丹。清康熙十五年（1676），康熙皇帝的叔伯妹妹爱新觉罗氏固伦郡主下嫁乌家时，康熙赐牡丹一株，品种"富贵红"。"陪嫁牡丹"至今已有 330 余年，长势旺盛，每年着花 200 余朵。

泰山传说

泰山传说，俗称“拉呱”，是泰山周边人民千百年来集体创作的口头文学，历史悠久、题材多样、内涵丰富、流传广泛。泰山传说讲述者有山民、农民、轿夫、道士、和尚、读书人和手工业者等，听众广泛，已成为旧时山人的精神寄托和良师益友，是泰山景区最重要的非物质文化遗产之一。

泰山登山人　王功山摄影

一、流行区域及申遗情况

泰山传说目前主要流行区域以泰山、徂徕山为中心，辐射全国，许多故事甚至已经影响到周边国家和地区，在海外华人群体中产生一定影响。

泰山传说故事集

泰山传说故事起源于中国原始宗教的自然崇拜，影响最大、流传最广的是山川形胜传说。它主要靠口耳相传，在新中国成立前几乎没有文字记载，受帝王封禅祭祀文化、儒释道三教文化、民间俗信文化等因素相互融合渗透的影响，泰山传说门类广、数量多、内容丰富。从现已搜集到的泰山传说内容推断，泰山民间故事最早发生于远古年代。成书于先秦时期的《山海经》中泰山“其上多玉，其下多金，有兽焉，其状如豚而有珠，名曰狪狪，其鸣自詨”的传说是泰山传说的最早文字记载。东汉时期《风俗通义》、晋代《搜神记》、唐代《集异记》、宋代《稽神录》《述异记》《太平御览》、明代《剪灯余话》《泰山纪事》《茶香室从钞》等都记录了大量泰山传说，其中《泰山纪事》是第一部泰山传说故事集。

泰山传说的内容大致包括“神话”“传说”“故事”“歌谣”“谚语”等五方面，涵盖自然变化神话、英雄神话、历史人物传说、宗教人物传说、仙道传说、山川形胜传说、特产传说、风俗传说、动物传说、植物传说、鬼狐精怪故事、动物故事、生活故事、生活谚语、风土谚语、机智人物故事、民间笑话、成语、典故等 9600 余个。

2009 年，泰安市申报的泰山传说被山东省政府列入第二批省级非物质文化遗产名录；2011 年，泰山传说作为民间文学类被列入第三批国家级非物质文化遗产名录。

二、历史渊源与基本内容

泰山独具一格的山乡风貌、冬暖夏凉的宜人气候，不光为泰山人和泰山的动、植物生存及繁衍提供了优越的条件，同时也为泰山民间风物故事的创作、流传和变异提供了取之不尽、用之不竭的源泉。如《泰山形成的传说》《仙人桥的传说》《十八盘的传说》《斩云剑的传说》《泰山神的传说》《碧霞元君的传说》等一百多篇风物神话故事，山川景物与人类思想虚拟想象巧妙结合，反映了不同历史时期人类的思想。此类传说故事，结构简单，情节单调，神化色彩比较浓厚，推断是远古年代泰山人的口头创作。

泰山传说大都比较清新、健康，反映着一定时空的烙印，具有纯朴、活泼、幽默风趣以及浓郁的乡土气息和地方语言特色。泰山传说的内容十分丰富，按照内容及数量主要分为“神话”“传说”“故事”等五大类，涵盖自然变化神话、英雄神话、历史人物传说、宗教人物传说、仙道传说、山川传说、特产传说、风俗传说、动物传说、植物传说、鬼狐精怪故事、动物故事、生活故事、机智人物故事、典故等 9600 余个。这些作品，有的歌颂了除暴安民的英雄，有的记叙了人民同邪恶斗争的经历和业绩，有的展现了山河的自然风貌及地方的风土人情，有的表达了对忠臣义士悼念，有的说善行终得好报，有的表现对人民苦难的同情。受自然、地理环境和佛教、道教文化的影响，在泰山传说故事中，数量最多而且也最有泰山特色的当推风物传说、神仙传说、帝王封禅传说和鬼狐精怪故事等。

1. 泰山风物传说

泰山风物传说到目前为止共搜集到约 3700 多个，是泰山传说重要组成部分。陡峭险峻的奇峰、吞云吐雾的怪洞、串珠滚玉的山泉、奇形怪状的山石，几乎都有一段美丽的传说。从泰山东路的岱宗坊，经王母池、白鹤泉、万仙楼、经石峪、斗母宫、回马岭，西路的“三笑处”、普照寺、香油湾、白龙池、黑龙潭、悬云寺、扇子崖，到中天门两路归一之后直至南天门、天街、碧霞祠、玉皇顶及后石坞、天烛峰的每一处名胜、每一块山石、每一条山溪，可谓一步一奇景，景景有传说。泰山风物传说内涵丰富，有的表达了人民对苛捐杂税的憎恶，如《孔子过泰山侧论证“苛政猛于虎”的故事》等；有的表彰了山里人见义勇为的英雄品质，如《冯玉祥在泰山的故事》《泰山白猿的传说》《扇子崖的传说》等；有的歌颂了坚贞、纯洁的爱情，如《夫妻松的传说》《赤鳞鱼的传说》；有的鞭挞、揭露了贪官、财主们的丑恶嘴脸，如《姊妹松的的传说》《飞来石的传说》《黄精的传说》；有的赞美了山里人无穷的智慧和力量，如《仙泉的传说》《仙人桥传说》；有的褒奖了山里人勤劳、善良的美德，如《泰山高道尚士廉的故事》《白龙池的传说》《黑龙潭的传说》。这些故事是千姿

百态、呈奇献秀的泰山景物与虚拟想象巧妙结合的产物，记载着不同时期社会和人类发展的轨迹，显示着泰山民间传说故事浓厚的地方特色。

2. 泰山神仙传说

关于泰山神东岳大帝的身世，传说众多，古人有金虹氏说、太昊说、盘古头说、黄飞虎说、上清真人说和天孙说等等，其中生活在泰山地区的少昊氏部族首领最有可能成为后人心目中的泰山神。传说中泰山神东岳大帝的主要司职是“主生亦主死”。泰山主生说在汉武帝时就流行，泰山主生也就是泰山神东岳大帝主生了。虽然人们追求长生不死，但有生必有死是不可抗拒的自然规律，所以泰山神主生也管死了。泰山神主死亦曰“泰山治鬼”“泰山稽鬼”。泰山治鬼之说起源甚早，据司马迁《史记·封禅书》记载，齐地所祀神有八，其中之一者泰山为“地主”之神，即管理死人之神。后世之泰山治鬼记载不绝于史，或曰“亢父知生，泰山主死”（《遁甲开山图》），或曰泰山为“主召人魂魄，知生命之短也”（《博物志》），或曰“中国人死者魂神归岱山也”（《后汉书·乌桓传》）。作为“百鬼之主帅”的东岳大帝，领“群神五千九百人”，执法是非常严厉的，“凡一应生死转化人神仙鬼，具从东岳勘对”。鬼府领袖的东岳大帝，其封号由君而王，由王而帝，由帝而圣帝，与人间帝王封号相似。

泰山女神碧霞元君的神话传说肇始于原始社会中的女神崇拜，这位女神是最早的泰山山神。进入父系社会，特别是到了封建社会中，泰山神虽然被男性山神东岳大帝取代，但直到汉代泰山女神神话仍然流传。如晋代张华《博物志》即记有东海泰山女神故事。《太平御览》卷一五引《黄帝玄女战法》云，黄帝在统一华夏民族的过程中，曾得到一位女神（即“玄女”，有的文献中是“旱魃”“素女”）的积极支持协助，这位女神就是泰山女神。可见碧霞元君的原型是流传于泰山地区的极古老的神话传说人物。泰山地区有关元君的传说很多，群众一般把她称作“泰山娘娘”“泰山老奶奶”“泰山老母”等。关于她的出身，有玉皇大帝之女（或妹）说，石敢当之女说、东岳大帝之女说等等，是当地普遍信奉的女神。她被神化，时代较早，宋真宗给她加上了碧霞元君的封号。在泰山地区群众口头传说中，俗称“泰山老奶奶”“泰山圣母”“泰山老母”等。泰山一带有许多“泰山奶奶”大慈大悲、除暴安良的传说故事，她作为一位具有正义感的民众保护神，为了民众的利益，不畏强暴，抗玉皇、斗龙王、救民女，影响越来越大，成为中国北方地区的“女皇”，官府民间为其建庙或行宫不知其数。泰山奶奶在南方的影响相对较小，但也辐射到了数千里之遥的广州、福州等地。

泰山石敢当传说源于远古人们对灵石的崇拜。山石被神化为人格，是我国流传较久远、影响地域广大的典型民间传说，是中国的镇物传说文化。史书中最早记载石敢当的是西汉史游的《急就章》：“师猛虎，石敢当，所不侵，龙未央。”镇宅石上出现“石敢当”字样是在唐代中期，据宋代人《舆地纪胜》记载：宋庆历年间，福建的莆田曾发掘出一块唐代大历五年的石刻，内容是：“石敢当，镇百鬼，厌灾殃；官吏福，百姓康，风教盛，礼乐张。”则至迟在唐代既有以“石敢当”立

泰山石敢当像　山东省文化馆非遗保护中心供图

石镇压鬼殃的风俗。宋元至民国年间以来，石敢当与泰山联系在一起意在借泰山神威增加石敢当的分量，是石敢当镇宅厌殃信仰鼎盛时期，在民间有许多传说故事，如流传于江西、广东等地的民间传说。并且本来是灵石的石敢当在长期的演化中被人格化了。有的把他附会为五代时的勇士石敢，因其英勇敢当，故称石敢当。有的把他说成为人治病的医生，到处驱妖拿邪、治病救人。在泰山地区的民间传说中说他家住徂徕山，因驱妖而得名。又有一说泰山女神碧霞元君原是石敢当的女儿。作为泰山的全权大使，石敢当在东亚、东北亚和东南亚诸国有着不小的影响，其中日本国的石敢当不仅出现早，而且至今盛行不衰。

此外，还有玉皇大帝、王母娘娘、八仙、孙悟空、太白金星等神仙在泰山的故事。这些传说充分反映了劳动人民渴望战胜自然和现实困难的惩恶助弱主题。

3. 帝王封禅传说

泰山封禅是中国古代帝王在泰山举行的祭祀天地的政治大典。据《管子·封禅篇》记载，炎帝、黄帝、尧、舜、禹、周成王等古代君王或强大的部落首领们都纷纷前来告祭泰山。最早有正史确切记载而且有实物证据的，是秦始皇。此后，亲自到泰山封禅或告祭的有秦二世、汉武帝、汉光武帝、汉章帝、汉安帝、隋文帝、唐高宗、唐玄宗、宋真宗、清圣祖、清高宗等 12 位帝王。至于历朝历代的遣官致祭更是枚不胜数。这为泰山传说的创作提供了丰富的素材，于是便有了：秦始皇无道，封禅泰山遇雨，狼狈的躲在“五大夫松下”；汉武帝雄才伟略，在泰山极顶立无字碑，向世人宣告他的功劳无言以表；唐玄宗与武则天共同封禅泰山，刻唐摩崖，立双束碑，表示男女平等，共同治理天下，还留下了“丈人峰”的轶闻；宋真宗封禅泰山，上演了天降天书、怪兽的闹剧，劳民伤财，贻笑千古，等等，反映了人民对真善美的追求和对明君圣主的期待。

4. 鬼狐精怪故事

泰山鬼狐精怪故事将动物、植物人格化，大多寄寓了对社会、人生（爱情、婚姻、郊游、仕宦等）的美好理想。尤其是故事中的狐狸，多具人性，通世故，使人觉得可亲而并不觉得可怕，更为可贵的是，他们总是关怀他人、乐于帮人，急人所急、成人之美，也因此成为真、善、美的化身，如《小白龙》《石门洞》《狼妖精》等。道教生命观认为，万物皆有灵性，人与自然可以互化，动植物也都能修炼成人成仙。泰山灵芝、黄精、何首乌、紫草、四叶参等也有相应的成仙传说，这些充满神话色彩的鲜明形象，有的表达了对爱情的追求和向往；有的体现了劝人为善、助人为乐的精神；有的歌颂了孝敬父母、邻里友好、勤劳生产、俭朴节约的品行。

此外，泰山的一山一石、一丘一壑、古树名木、宫观寺庙、山野村镇都蕴藏着美妙的神话，如神话仙话、动植物传说、民俗传说、生活故事、典故等，经过千百年来千百代人的不断创作和积淀产生的非常珍贵的传承文化，并作为人文活化石在民间广为流传，为这片土地赋予了丰富的人文内涵和俗信情趣，成为劳动人民世世传承不息的精神财富，成为中华民族文化宝库中一颗璀璨的珍珠。

三、传承价值及传承情况

泰山传说，是用口语的形式叙述故事、反映社会生活事项以及民众内心诉求的口头文学作品，是广大民众日常生活的组成部分之一，是他们认识社会、寄托理想、表达情感的重要方式和渠道，具有纯朴、活泼、含蓄，幽默风趣以及浓郁的乡土气息和地方语言特色。

（一）故事的价值

泰山传说具有极强的独特性，围绕着泰山这一地理风物形成的故事簇具有十分重要的传承价值。首先，泰山传说具有较强的民间文学研究价值。从泰山传说中汲取素材营养，进行整理加工与创作，成为中国古典艺术宝库中的精品佳作。我国几乎所有的古典文学名著，如《三国演义》《水浒传》《西游记》《红楼梦》《金瓶梅》《聊斋志异》《绿野仙踪》《老残游记》等均吸取了泰山丰富的民间文学宝藏，都有对泰山的描写。这一独特的文化现象在国内外名山大川中绝无仅有。

其次，泰山传说中记载了许多史料内容，具有丰富的史料价值。历代帝王封禅泰山的掌故轶闻对封禅历史文化的民间诠释，对研究帝王封禅史具有参照价值。

第三，许多泰山传说依附于著名景区泰山风物，具有极强的审美价值。风景名胜传说故事多附丽于泰山雄奇优美的自然景观和美轮美奂的人文建筑，有利于人们对泰山“天人合一”景观的审美认识。

另外，泰山风物传说对于促进旅游资源开发具有一定的经济价值。泰山的风物传说、能工巧匠传说和一部分名人传说，天然地和泰山的自然、人文景观联系在一起，使游客加深了对传统文化特别是富有地方色彩的民情风俗的领略和了解，从而大大提高了旅游活动的品位和质量，促进了旅游经济的繁荣。

（二）泰山传说传承情况

如前所述，泰山传说内容极为丰富，门类多、数量大。现已搜集到的五方面 19 个门类、约 9600 多个民间传说故事，已经成为泰山文化的重要组成部分和泰山精神的载体，是泰山人民集体智慧的结晶。祖祖辈辈靠口授传承，无法考察具体创作人。他们中的许多人，既是泰山传说的搜集、整理者，也是讲述者和传承人。泰山传说属典型的群体口头传承：

传承人	年龄	职业	口述故事数量
翟所淦	83 岁	泰安市城镇居民	约 800 个
张　章	75 岁	泰安市城镇居民	约 900 个
范正安	65 岁	泰山民间皮影艺人	约 1000 个
朱正伦	62 岁	泰山管委城镇居民	约 1100 个
霍德忠	61 岁	泰山碧霞祠道长	约 1000 个
洒东岭	63 岁	泰安市泰前村民	约 900 个
万振山	65 岁	泰安市泰前村民	约 1100 个
张广海	84 岁	泰安市城镇居民	约 1000 个
苏文凯	76 岁	泰安市城镇居民	约 1200 个
吴开富	79 岁	泰安市泰前村民	约 600 个

四、较常见的故事文本

泰山传说是一个故事簇，其中包括了不同题材的数千个故事文本。接下来本部分将结合相关文献资料以及民间故事家相关讲述文本，整理几个流行较为广泛的故事呈献给读者。

泰山石敢当的传说[①]

很早以前，泰山上有一个打柴的小伙子，名叫石敢当。他长的个头很大，

① 原故事载于陈庆浩、王秋桂主编：《中国民间故事全集·山东民间故事集》，远流出版事业股份有限公司 1989 年版，第 255—257 页。本文编选时略有改动。

力气也大，还有过人的胆量。他在山上打柴时，和山上一个老道混熟了，老道教给他一身好武艺，并且还教了他点法术。

有一年，泰安城南王庄王员外家，突然出现了妖怪。一天夜里，王员外家的小姐正在睡觉。半夜时分，忽然起了一阵狂风。狂风过后，进来了一个青面獠牙，头上长着两只角的妖怪。妖怪进了屋子以后立马就变成了一个年轻的小伙子，缠着王家大小姐不放。没几天时间，就把王小姐折磨的昏迷不醒了。王员外着了慌，连忙请了几个道士作法，还在门上贴了符咒，但那妖怪仍然每夜必来，来了一把撕下符咒，照样到王小姐屋里胡来。王小姐已经被折磨得奄奄一息了。王员外又急忙写出告示四处张贴。告示上写明："谁能降妖，情愿拨出一半家产作为报酬。若是没有娶亲的青年男子，情愿把女儿许配给他为妻。"

告示贴到了泰安城里，正被在城里卖柴的石敢当看见了。他想了想："不知是什么东西在害人，泰山道爷交给我的除怪的方法也不知灵不灵验，何不去试试？如果能把妖怪除掉，也免得大家再受害。"想完这些，主意拿定，他就揭下了告示，来到王员外家。王员外一见来了一个年轻英俊的捉妖人，自然是十分高兴，连忙殷勤款待。石敢当问了问前几次降妖的情况，就请王员外备下宝剑一口、紧身衣裤一套。他自己呢，也画了符咒。也和前几个道士一样，把符咒贴在王小姐门上。黄昏以后，石敢当换好衣服，手持宝剑，躲进小姐房中。等到三更时分，只听得院子里刮起了一阵狂风。狂风过后，妖怪进到院子里。他正要打开王小姐的闺门，看到上面贴着符咒，就冷笑一声："小小把戏，何足挂齿？"他以为又是那些骗钱老道的把戏，于是撕下符咒，打开了房门。刚一进屋就冷不丁听背后大喝一声："何处妖怪前来胡闹，泰山石敢当在此！"妖怪没提防，猛地听到喝声，一转身，只见一道白光闪来，他也不知是何物，只好一流火光逃走了。

王员外见妖怪逃走，女儿得救，心中十分高兴。连忙按照自己先前的承诺，张罗着给石敢当和王小姐办了婚礼，并且将家产分给了石敢当一半。从此以后，石敢当就在王员外家住了下来，小两口的日子也过得舒舒服服。

再说那只妖怪逃回山洞，足有一个多月不敢下山。但它毕竟禀性难移，又过了些日子，实在按捺不住内心的恶念，终于又走出了山洞到别的村子作恶害人去了。那个庄子里的人听说妖怪前来害人，也吓得人心惶惶，家家昼夜关门闭户，生怕被妖怪祸害了。村子里的人想光这么躲着也不是事儿啊，都耽误了种庄稼了。后来村子里胆大的人就出去打听，看谁有办法降服住这个妖怪。后来他们打听到南王庄王员外家石敢当能捉此妖，就派人到南王庄去请石敢当前来捉妖。石敢当一听，又是此妖害人，立即辞别了妻子前去捉妖。妖怪听说石敢当来了，想到前不久才差点被他伤害，就吓跑了。

石敢当一到，妖怪就不来了，大家就有说不出的高兴。都连忙款待石敢当。有的人担心石敢当走后，妖怪还回来，就留石敢当在村子里多待了些日子。可是刚过几天。妖怪就又在另一个村子出现。石敢当又急忙前去追赶。就这样追追停停，停停追追，花费了一年工夫，跑了差不多有一千里地，仍然没有把妖怪除掉。眼看年关到了，他怕家中惦念，就回了家。

石敢当的妻子问起他捉妖的事情，石敢当把经过说了一遍，妻子听了低头想了一会儿说："那妖怪会腾云驾雾，你靠两只脚怎么能赶得上它？我倒有个主意，不知行不行。"石敢当忙问妻子："是什么好主意，快说出来我听听。"他的妻子说："那妖怪既然怕你，你何不叫人把你的名字写在村口路边的墙上或者大石头上，那妖怪若是认得字，自然就不敢再进村害人了。"石敢当一听是个好主意，就连忙把这个办法告诉了大家。于是，人们就把"泰山石敢当"五个大字刻在石碑上，立在村头，那妖怪果然再也不敢进村了。

就这样，一传十，十传百，每个村子都竖起了"泰山石敢当"的石碑。到后来，人们为了辟邪和讨吉利，甚至在自家新盖的房屋墙上也砌上写有这种字样的石牌。

岳父与泰山

在民间常有称岳父为泰山的。据记载这种说法自唐代就有了。泰山与岳父之间到底有什么关系呢？原来，这里边有一个有趣的故事。说的是唐明皇当皇帝的时候，奸臣当道，把好好的大唐王朝弄得江河日下，老百姓的日子也不好过。朝廷内外怨声载道。

有一年，唐明皇在京城中玩腻了，想出去散散心。但又怕师出无名，会引起大臣们反对，于是就找了个泰山封禅祭天的借口，并派心腹大臣张说为封禅使，到泰山来修建祠庙。再说这个张说领了圣旨，一见发财的机会又到了，心中也是非常欢喜，甚至激动地连觉都没睡好。第二天一大早就催马上路，日夜兼程，没过多久，就到了泰安城。

这个张说呢有个女婿姓郑名镒，在泰安城里是个九品小吏。这个郑镒平时依仗他丈人横行乡里，老百姓都恨透了他。张说到了泰安城也不忙着去泰山，他一到泰安城之后，就去找了郑镒，把修造祠庙和铺设栈道的事情全部交给他一手办理。自己呢跑到山上和一群尼姑玩去了。

再说这郑镒本来就是个无恶不作的家伙，如今又来了张说这个靠山，更加有恃无恐。在修庙整道中任意大骂百姓，偷工减料，光死在他手下的民工就得二三百人。修碧霞祠时花销少了原来预算的一半，计划的铁墙改成了砖墙，金瓦换成了铜瓦。省下的钱全部装进了张说和郑镒的腰包。那些比较政治的官吏见到郑镒这么无法无天，欺君罔上，实在受不了就上书皇上，或去斗母宫向张说告状。结果呢，不光状没告成，反而被张说以各种莫须有的罪名砍了头。就这样，谁还敢说半个“不”字。后来，张说又利用封禅使这个特权假传圣旨，偷偷地把他女婿郑镒从九品小吏提成了五品官，绿袍换成了红袍。

过了些日子，唐明皇到泰山封禅，见碧霞祠修的不像样子，十分生气。就想把郑镒拘起来问罪，也好来个杀鸡儆猴，长长皇上的威风。后来，唐明皇听说郑镒是张说的女婿，此事也就不了了之了。

这不又一天，唐明皇在碧霞祠召见群臣，见郑镒身穿大红袍，知道肯定又是张说瞒着自己搞的鬼，更是气上加气。说吧，就要得罪张说，不说吧，实在咽不下这口气。呆了半晌，也没想出个好办法。最后，唐明皇灵机一动，非常巧妙地问站在两旁的文武大臣：“尔等可知郑镒靠什么升为五品官的吗？”在场的文武大臣听皇上这么一问，也大都心知肚明，知道皇上是什么意思。只是怕权臣张说权势，没有一个敢开口。

唐明皇见群臣一个个装聋作哑，非常气愤。停了一会儿，便指名道姓的问开了。先问了几个，回答都说不知道，结果都被革了职。最后，唐明皇又指着一个叫黄幡绰的大臣问道：“黄爱卿，你可知道郑镒是靠什么升为五品官的吗？”

这黄幡绰在朝内也是个老奸巨猾的佞臣，他平时就是谁也不得罪的人。听皇上这么指名道姓地一问，心里也犯了难，不知道如何回答是好。实说了吧，就要得罪张说，不实说吧，就会激怒皇上。正愁的没办法，低头一见脚下的泰山，不由得计上心来。心想：张说不是利用到泰山为皇帝准备封禅期间偷偷提拔的郑镒吗？我不如说郑镒是靠泰山升为五品官的。这样既不得罪张说，日后皇上真问起罪来，自己也有话说。想到这里，黄幡绰瞅了瞅正在看着自己的皇上，用手指了指脚下的泰山，接着又看了一下张说，然后跪下对唐明皇说："启禀皇上，我看郑镒是靠泰山的力量升为五品官的。"说完了话又看了张说一眼。

唐明皇听黄幡绰在说"泰山"两个字时，用眼睛直看张说，才恍然大悟。于是，就带着讽刺的语气说："是啊，郑镒是靠了这泰山升为五品官的啊。"这么着，打这儿以后，人们就把岳父别称为"泰山"了，一直传到了现在。

碧霞元君的由来[①]

凡是爬泰山的人，不论内客还是外宾，没有不拜见泰山奶奶——碧霞元君的。有的慷慨解囊，施舍钱钞；有的虔诚叩首，五体投地。据说，碧霞元君能为众生赐福，消病去灾，所以泰山的香火至今缭绕不绝，每年春天，都有许多人从外地纷至沓来，进香许愿。可是，他们未必知道碧霞元君的来历。

传说姜子牙辅佐周武王建立了周氏王朝后，天下统一，武王认为大臣们开国有功，应该重重有赏。可是，想来想去，却找不出合适的礼物，最后，武王还真想出了个绝顶的好主意，把全国的领地都分给大臣们。这样一来，既显示了他武王的慷慨，又能说明他对大臣们的信任；同时考验大臣们是否真的忠君报国；再者，武王这样也就轻松愉快，落得清闲做他的"天子"就行了。主意一定，武王便把封神大权交给了军师姜子牙，让他分封诸侯。

却说姜子牙分封诸侯，封来封去把全国其他的名山大川、风水宝地都封尽了，就留下了一座东岳泰山。姜子牙早就知道泰山气势雄伟，风景秀丽，是个供人游玩的好地方。武王的护驾大将黄飞虎找上门来，非要把泰山封给他不可。他原准备把泰山留给自己，可谁知半路里又杀出个程咬金，两人正在商榷，不知谁又走漏了风声，黄飞虎的妹妹黄妃也来找姜子牙要地盘，说是武王答应她，要她来找姜子牙。这下可好了，三个都看准了泰山这块宝地，可总不能都去坐呀！这到底如何是好呢？事到如今，黄氏兄妹就够姜子牙缠的了，自己便不得不打消了坐泰山的念头。不过放弃了也怪可惜，他见黄氏兄妹一个凭护驾有功，

① 山东省出版总社泰安办事处：《泰山传说》，山东人民出版社 1985 年版。摘录时略有改动。

一个仗武王后台，两人争得面红耳赤，就赌气地对他们说："好了二位，谁也别争，谁也别抢，凭自己的本事，谁先登上泰山，泰山就是谁的。"黄飞虎一听，不禁拍手叫绝。他想：凭我一身气力，泰山还能有黄妃的份？可是，身单力孤的黄妃，也没有一点惧色，一口应允了。

黄飞虎是个四肢发达、头脑简单的武夫，比赛日期一到，便骑上他的麒麟，日夜兼程，从京都直奔泰山。黄妃为比赛绞尽了脑汁，终于想出了一条妙计。比赛一开始，她先将自己的鞋子脱下一只，使了个神法，将鞋子扔到玉皇顶上，然后才不慌不忙地向泰山赶来。等到黄妃爬上泰山，兄长早在南天门上等得不耐烦了。

他见黄妃姗姗来迟，便对她说："不行就是不行，别逞能。这回你该服气了吧？""真是岂有此理！是我先已到此，我以为你在路上出了什么事，前去接你，不想你已绕道赶来。"黄妃一本正经地说。

"你别胡搅蛮缠，你说先到，有何证据？"黄飞虎还真有点着急。"证据吗？当然有，你来看吧。"

黄飞虎跟着妹妹来到玉皇顶，只见黄妃的一只绣花鞋端端正正地放在石坪上。尽管有证有据，黄飞虎却从心里不服气，不禁斥责妹妹："你要滑头。"黄妃不紧不慢地说："凭本事嘛，怎么是耍滑头？"黄妃自知纸里包不住火，光是兄长一人好对付，等姜子牙他们来就麻烦了。她作出无可奈何的样子对兄长说："咱们兄妹二人，本该是你敬我让，不分你我才是。这样吧；我住山上，你住山下；咱们共管泰山总可以了吧？"这样一来，先来的黄飞虎倒做了不晓世理的孬种；后到的黄妃倒成守慷慨大度的好人；把个黄飞虎气得直翻白眼。可也没有办法，谁让她是自己一母同胞的妹妹呢，只好答应了。

等姜子牙赶来，一看便知道黄飞虎上了妹妹的当。可是他见黄氏兄妹都协商妥了，也不好再把事情说破，只好将计就计，把黄飞虎封为泰山神，把黄妃封为碧霞元君，一个在山下天贶殿，一个在山顶碧霞祠。

胡峄阳传说

胡峄阳在青岛地区的传说中是一位亦仙亦儒的人。胡三老爷，又称胡三爷、峄阳先生，因其能够预知未来、护佑地方、造福百姓，而被人们尊奉为“仙人”。自清朝初年到现在三百余年里，祭奉“胡三老爷”以求平安顺遂、驱病禳灾的信众络绎不绝，因此，青岛地区胡三老爷庙香火旺盛。在传承过程中，“胡三老爷”的名声日益外传，现在除青岛地区外，烟台、威海等地区也广有信众。与其他神灵信仰不同，青岛地区所信仰的“胡三老爷”是确有其人的，因为其在世之时经常扶危济困，深受老百姓爱戴，所以在其死后被奉为地方保护神。

民间祭奠

胡峄阳故居遗址纪念碑

崂山百福庵——胡峄阳论道处

东海千里岛——胡峄阳静修处

一、流行区域及申遗情况

胡峄阳传说主要来自青岛城阳区流亭镇，大约产生于清康熙年间。传说的主体是清初著名学者胡峄阳，他是《周易》研究家和程朱理学研究家。胡峄阳精研《易经》，并以此理论推演天道人事，预示吉凶，推知前后，料事如神，三百年来盛传不衰，尤其是他的喻世明言“千难万难，不离崂山”，更是为古往今来的人们所推崇。他在世时就已经被人们称为“活神仙”了，死后更是被进一步神化，终称为地方神祇。胡峄阳传说集中流传于城阳区及青岛市区和胶东半岛，山东省境内皆有流传，河南、黑龙江等省市，香港、韩国、日本等地区和国家也有传播。

胡峄阳文化园奠基仪式

各界人士为文化园奠基

建设中的峄阳公祠大殿

胡峄阳传说自清康熙中期传承至今，代代相沿，并时有史籍、文字记载传播。清乾隆五年（1740）版《莱州府志》、乾隆二十八年（1763）版《即墨县志》及之后的《灵山卫志》《即墨县乡土志》《潭略》，民国十七年（1928）版《胶澳志》及后来的《崂山志》等许多史书志乘对胡峄阳传说皆有载录。胡峄阳传说具有极高的乡土文化、乡贤文化和民俗学价值，三百年来，已经成为一种文化理念和民间信仰。

胡峄阳传说，2008 年入选青岛市第二批非物质文化遗产名录；2013 年入选山东省第三批非物质文化遗产名录；2014 年入选第四批国家级非物质文化遗产名录。

二、历史渊源及基本内容

历史上真实的胡峄阳，出生于耕读世家，少年时期就勤奋好学。16 岁时应童子试，因为不能忍受考场守门人强令解衣搜身之辱，拂袖而去，并且发誓终身不再应试。他的父母亡故以后，家境日益困窘。他先后在流亭、即墨等地开设私塾馆为生。这样一直到了五十岁后，不再专于私塾馆教学，经常应邀于即墨黄氏书院玉蕊楼，就《易经》和程朱理学作专题教授授课。此外，他还与清初的胶东名士孙笃先、周毓正等人交好，时人将其列入“崂山七十二君子”之列。七十多岁后，给家人预示其死亡后，无疾而终。其死后，民间尊奉其为“三老爷”“胡三老爷”或“峄阳先生”，他以“千难万难，不离崂山”的名言闻名于青岛地区。

胡峄阳传说在青岛地区流传甚多，从目前搜集的比较全的文本《胡峄阳传说》[①] 来看，大体内容主要分为三个部分，其一是从胡峄阳出生到少年时期；其二是胡峄阳青年到壮年开设私塾馆时期；第三个阶段是五十岁以后关闭私塾馆、四处游历至其去世。

第一个阶段的故事主要包括胡峄阳出生时的异象以及道士预测其将来必定不凡的故事，还有其童年时期预言成真及学道传说等。

第二个阶段是胡峄阳传说故事最多的时期。从故事内容和主题上来看，大体又可以分为四类。第一类是体现胡峄阳预测能力的故事，最著名的传说是胡峄阳预测到洪水到来，并指导老百姓事前迁移、免除了灾害的故事。第二类是讲胡峄阳以智慧帮助世人、惩恶扬善的传说。其中比较著名的有胡峄阳烫鼠精、智断命案、惩治林善人以及教会百姓种庄稼的故事等。第三类是与狐仙关系友好的传说，

---

① 青岛峄阳文化传播有限公司编：《胡峄阳传说》，九州出版社 2011 年版。

其中流传比较广泛的有狐仙听胡峄阳讲授《易经》、胡峄阳救狐仙等故事。第四类是体现胡峄阳本人具有灵异能力的故事，比如胡峄阳使用分身法力、奉玉皇大帝的命令看顾崂山茶的传说以及胡峄阳使用道术帮助老百姓灭蝗虫灾的事迹等。

第三阶段的胡峄阳传说更强调了其本人的神异能力。在各类传说故事中，处于这一时期的胡峄阳可以腾云驾雾、搬山行雨、用筛子端水、将豆芽变成金子等等，已经具备了仙人的神通。到了其晚年时期，在相关传说的引导下，人们开始对胡峄阳本人进行崇拜，并视其为“仙人”。

当然，就像其他许多民间传说一样，胡峄阳传说也有很强的时代性特点，比如到民国时期，胡峄阳传说中就增添了许多其帮助当地百姓打土匪的情节，这类主题的故事主要有“胡峄阳杖打土匪头儿”“胡峄阳救北龙口”“胡峄阳救泉庄”“胡峄阳救人”等。

三、传承价值与传承情况

（一）胡峄阳传说的传承价值

胡峄阳传说作为“非遗”保护项目，其特点是传说主体实有其人，从清乾隆五年（1740）开始，《莱州府志》《即墨县志》《灵山卫志》《崂山续志》等大量史书都对其有记载。《续修四库全书·经部·十九》和《四库易学丛刊》

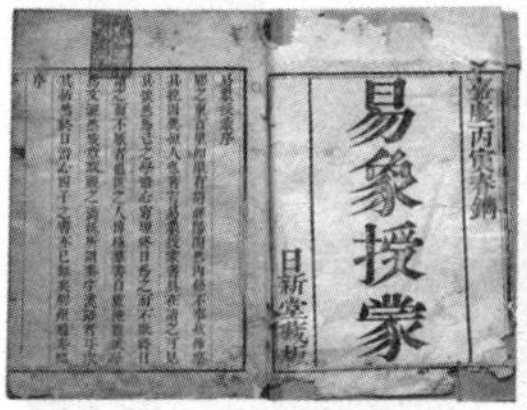

清嘉庆六年（1801）木刻版《易象授蒙》

清末手抄本《柳溪碎语》

清宣统三年（1911）手抄本胡峄阳先生遗书

民国六年（1917）铅印本《胡峄阳先生遗书》

1970 年修德先生抄本《易经征实解》

2006 年后出版的部分胡峄阳传说资料

都收有胡峄阳的《易经征实解》。山东学者撰写的《山东古代易学史概论》一书中，把胡峄阳看作是有著作传世并对易学研究有较大影响的山东汉学家。2011年，包含有《柳溪碎语》《易象授蒙》《易经征实》《胡峄阳诗选》《竹庐家聒》五本书的《胡峄阳文集》，由上海古籍出版社竖排线装出版，对于人们进一步全面了解胡峄阳生平事迹与传说有极大助益。

（二）胡峄阳传说的传承情况

1. 家族和社会传承

胡氏家族从明永乐二年定居流亭，以耕读世家著称，到了第十世，也就是明末清初，出了胡峄阳这样一位历史人物。1850年成书的《胡氏族谱》是较早记载胡峄阳行状事迹的书籍，1915年又作了续修。谱书中对整个胡氏家族500多年来的所有人物都有记载，支派脉络十分清楚。到2007年，已经有92年没有续修，再不续修，随着年老的人的逐渐减少，势必造成断代，这会给胡峄阳的传承谱系造成不可挽回的损失。为此，胡氏家族的代表和胡氏各聚居地进行联系，以东流亭社区、洼里社区和沙子口街道的北龙口社区、北崂社区为先导，跑遍了二十多个省、市，历时两年多，对《胡氏族谱》进行全面续修，完成了十卷本的《流亭胡氏族谱》。这使胡峄阳和整个胡氏家族的传承谱系得以完整保存和延续。为了使胡峄阳传说和胡氏家族的历史资料能够全面完整地保存下来，同时又出版了两份期刊《和光同俗》和《胡氏家乘》。

2. 文献传承

将胡峄阳传说故事编辑出版，形成文字传承。在出版《胡峄阳传说》和《胡峄阳文集》的同时，自2008年开始，每年参加市、区两级“非物质文化遗产日”活动，赠阅发放“胡峄阳传说”宣传资料两千多份。另外，一些研究成果也陆续在报刊上发表，提高了胡峄阳传说

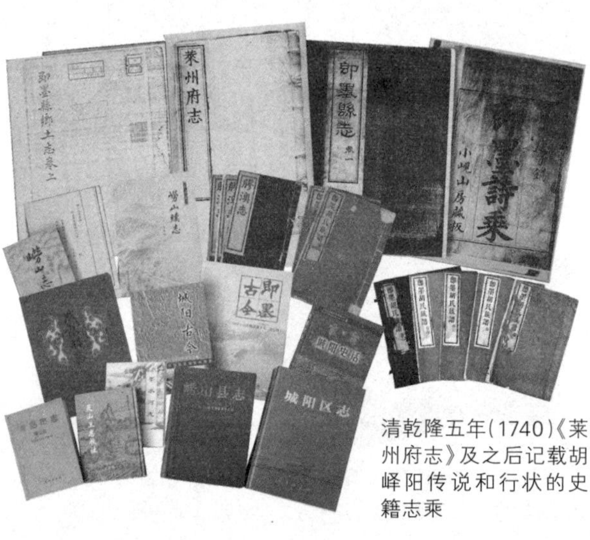

清乾隆五年（1740）《莱州府志》及之后记载胡峄阳传说和行状的史籍志乘

的知名度和传播范围。在青岛市主管“非遗”工作领导的指导下，相关工作人员对年岁大的传承人一一进行视频资料收集，并将这些视频资料制作成光盘，以永久保存。此外，还将《胡峄阳传说》文字资料在文艺刊物上连载或出版专号，并与城阳电视台、即墨电视台、青岛电视台保持密切联系，除了日常报道外，并制作了《先哲胡峄阳》《胡峄阳——千难万难不离崂山》专题片，在各地电视台播出，极大地扩展了传承范围。

3. 胡峄阳传说的曲艺等形式传承

将胡峄阳传说故事改编为柳腔戏剧登台演出，深受老百姓欢迎。2011 年，青岛城阳区流亭街道根据胡峄阳传说编写的柳腔戏剧《胡影寻父》在当地正式上演。柳腔这一地方戏剧形式，在青岛域内拥有庞大的观众群体，《胡影寻父》采用柳腔来表演，深受观众特别是老年观众的喜爱。

在流亭演出的几场，许多即墨、崂山、李沧区的观众慕名前来观看，有李村的退休教师当场赋诗表示赞扬。这部戏还得到了城阳区文化新闻出版局和流亭街道领导的高度评价和支持，并参加了城阳区第十八届民间艺术节的演出。《胡影寻父》现已演出数十场，观众累计达数万人次。

4. 胡峄阳传说传承人情况

（1）胡孝华，山东青岛市城阳区流亭街道东流亭村人。率领族人和社会力量兴建了占地 16000 平方米、建筑面积 2600 平方米的胡峄阳文化园，挖掘、编辑、出版了《胡峄阳传说》两集、《胡峄阳诗选》五册；主持创作戏剧剧本《胡影寻父》《胡峄阳求学》；成立峄阳柳腔剧团，并编修族谱等。胡峄阳传说被列入山东省非物质文化遗产名录。胡孝华在 2012 年被确认为城阳区级非物质文化遗产胡峄阳传说代表性传承人，2013 年被确认为青岛市级非物质文化遗产代表性传承人，他所领导的社区被评为“青岛市非物质文化遗产保护特色社区”。胡孝华自小接受家族文化和胡峄阳文化思想的熏陶。1967 年，胡孝华 7 岁时即听其父亲讲述胡峄阳事迹，背诵胡峄阳的箴言语录。每逢年节随父亲到胡峄阳祠堂叩拜并聆听胡峄阳事迹传说。胡峄阳先生的高尚人格和学识人品，对幼年的胡孝华产生了深刻影响。1999 年，胡孝华责成同乡刘世洁共同搜集整理胡峄阳先生历史资料，分赴域内外寻找资料，并整理成文字档案。胡孝华偕同族众投入大量资金，于 2007 年出版胡峄阳先生遗著《柳溪碎语》《易象授蒙》《竹庐家聒》《友义》《松轩九图》等资料书，编印《胡峄阳传说》第一集、第二集，培养胡峄阳传说宣讲人 12 人。为了使后人更好地了解胡峄阳先生的生平和家世，凝聚族人和社会力量，胡孝华与族侄胡保恩发起续修《胡氏族谱》和《胡氏家乘》的行动，并将收集到的胡峄阳先生历史资料和传说收编入《胡氏族谱》《胡氏家乘》中。借续修《胡氏族谱》之机，又培养胡峄阳传说宣讲人 34 人。

2008 年，胡孝华约请专业人员摄制的《先哲胡峄阳》专题片在即墨电视台播放，2009 年摄制的《胡峄阳——千难万难不离崂山》专题片在青岛电视台播出。2011 年 10 月 7 日，胡孝华主持兴建胡峄阳文化园。文化园设有祭祀场所胡公祠，非物质文化遗产演讲传习场所云屿阁，反映胡峄阳传说的巨型木雕屏风、壁画及资料展示，其中祠堂设有胡峄阳坐像。文化园另设置有胡峄阳传说宣讲堂、享堂、展室、音像厅、藏书楼等建筑。

2010 年，胡孝华委托刘世洁等人校点、注释《胡峄阳文集》；2011 年，《胡峄阳文集》由上海古籍出版社出版发行。该文集包括《柳溪碎语》《竹庐家聒》《易象授蒙》《易经征实》《胡峄阳诗选》五册，宣纸印刷，线装。同年，《胡峄阳传说》故事集由九州出版社出版发行，该版《胡峄阳传说》收有传说故事 104 篇。

2011 年，胡孝华与上级教育部门联系，进行胡峄阳传说进校园工作试点，将胡峄阳事迹和传说纳入流亭小学“校本”课程，编印《峄阳文晖》“校本”课程教材。2012 年，流亭空港小学、城阳第五中学相继在“校本”课堂开设胡峄阳传说课程，使胡峄阳传说在中小学生中得到广泛传承，每个学生除了解胡峄阳的生平事迹外，均能宣讲 2—5 个胡峄阳传说故事。2010 年冬，胡孝华主持创作根据胡峄阳传说和事迹编创的戏剧剧本《胡影寻父》《胡峄阳求学》，成立峄阳柳腔剧团，将国家级“非遗”项目柳腔戏与胡峄阳传说有机结合于戏剧舞台，柳腔乡音俚语、胡峄阳传说本已家喻户晓，每当演出进行到“千难万难、不离崂山”等情节时，观众情不自禁掌声四起，有的观众当场赋诗，发表观感。平度市仁兆镇一位 84 岁老太太过生日，请峄阳柳腔剧团远赴老人居住的村庄演出《胡影寻父》。2013 年正月十六日，老人听说峄阳柳腔剧团新编创《胡峄阳求学》在流亭演出，即安排车辆与同乡 8 人远涉 100 多公里到流亭观看，夜宿流亭，次日继续观看。2013 年 5 月，“非遗”与戏剧结缘，“胡峄阳传说唱响柳腔舞台”被青岛市文化局评为非物质文化遗产保护工作亮点项目。

2012年秋，胡孝华责成刘世洁等人搜集整理“峄阳古曲”。胡峄阳教书和隐居期间，与昌阳（今莱阳）古琴演奏家孙笃先，以及迎风乐专家、百福庵道长蒋清山为挚友，胡峄阳通韵律，三人赋诗鸣琴，徜徉山水间。由胡峄阳编创的曲谱近20支，经蒋清山共研，孙笃先弹奏，流传于民间。1935年，曲子在胡峄阳后裔胡鹏昌创办的胡氏子弟小学音乐课上教唱，用脚踏风琴伴奏，并始称“峄阳古曲”。后渐失传，到2012年，只有一位曾在胡氏子弟小学上过学的86岁老人能零星记得曲谱内容。胡孝华得知后，立即派人对老人多加照顾，抢救性挖掘整理“峄阳古曲”。2013年春，已整理出“峄阳古曲”4支曲子，经排练后，于2月28日在流亭千手佛庙山会演出。5月，在青岛市委宣传部、城阳区政府举办的“纪念王邦直诞辰500周年民乐比赛”中，峄阳古曲《梧桐秋月》获一等奖，胡峄阳文化园获“优秀组织奖”。

胡孝华认真阅读胡峄阳先生的书籍，学习胡峄阳的品德，热心公益事业，捐巨资出版胡峄阳先生遗书，编修族谱，整理地域文化资料，编修村志，利用多种渠道传播胡峄阳传说和胡峄阳的人品学识。流亭街道成立胡峄阳传说文化遗产保护中心，正在筹建胡峄阳文化研究会，使胡峄阳传说在更高的层次、更广的范围中得到弘扬传播。

（2）胡保恩，青岛市城阳区流亭街道洼里社区人，是胡峄阳传说代表性传承人。胡保恩自幼年起，每逢年节随父辈到胡峄阳祠堂祭拜，聆听胡峄阳传说，并默记于心。过去的传说，以神话故事居多。通过胡保恩、胡孝华等人对历史资料的挖掘整理，将一些传说故事与真实人物相对应，使胡峄阳传说更加深刻感人。之前，胡峄阳传说只是在民间自然流传，通过胡保恩、胡孝华等人的搜集整理，扩展了传承内容，形成了宣讲队伍。2007、2008年，胡保恩与胡孝华等人收集整理胡峄阳传说资料集两册，2011年结集为《胡峄阳传说》，由九州出版社出版发行。该书系统地载录了流传数百年的传说故事104篇，使这份珍贵的文化遗产载诸文字，永久流传。胡保恩认真阅读胡峄阳书籍，学习胡峄阳的品德，热心公益事业，捐资出版胡峄阳遗书《柳溪碎语》《易象授蒙》《竹庐家聒》《胡峄阳诗选》《易经征实》，并与胡孝华一起倡导编修胡氏族谱，整理地域文化资料，编修《洼里村志》，利用多种渠道传播胡峄阳传说和胡峄阳的人品学识；捐资兴建胡峄阳文化园，主持兴建胡峄阳故居遗址纪念碑及乡贤文化公园，为胡峄阳先生遗迹遗址立纪念碑，使胡峄阳遗迹遗址成为胡峄阳传说的永久性传承基地。

四、较常见的故事文本

胡峄阳与胡影寻父的传说[1]

久居青岛的人，都知道崂山地区有一条古语，即“大乱不乱，大歉不歉；千难万难，不离崂山”。这个说法其实与一个仙人有关，这个仙人名叫胡峄阳。据史料记载，胡峄阳生于明崇祯十二年（1639），卒于清康熙五十七年（1718）。终年七十九岁。他学识渊博，人品崇高，著述很多，特别是对《易经》研究很深。因此通晓道术和占卜术。他常年在外游历，更加深了人们对他的信仰，特别是关于他得道成仙的传说也广为流传，相传城阳超然社区百年樱桃谷的来源就与他有关。这里面还有个故事。

传说胡峄阳晚年得道后，一直住在东海的千里岩岛。他儿子胡影已经长到十四五岁，但一直没见过父亲。有一天，他向目前请求要去探望他的父亲。母亲答应了他的请求，并嘱咐他，见到父亲要问一下，家乡有难时该怎么办。于是，胡影离开了家乡，翻过崂山，搭上渔船去找父亲去了。不知道过了多久，终于在崂山头东北海上的千里岩岛找到了父亲。在那里玩了几天后，胡影想家了，就准备回家。做父亲的呢，也不挽留。临走时，胡阳阳给了他一大袋和一小袋两样东西，并告诉他这两袋东西一定要回家后再打开看。又告诫儿子胡影：“大歉不歉，大乱不乱；千难万难，不离崂山。这两句话一定不要忘记，回去后要告诉你娘。”胡影答应下来就辞别了父亲。

再说这胡影坐船走了半天来到仰口岸边，好奇心实在憋不住了，便先打开了大布袋，一看里面竟然是一大包豆芽菜，他心里想，父亲真是小气，不给点金银珠宝，反倒给这些豆芽菜。这豆芽菜家里有的是，我干什么还要费这么大力气把它拿回家啊。想到这里，他就把豆芽菜全倒进了大海。接着他又打开了小布袋，一看竟是一包红樱桃，他想这也不是什么值钱的东西，但好歹路上还可以解渴。于是，就在往回赶的路上，渴了就拿出个樱桃吃，走了一路，樱桃

---

① 胡孝泽：《洼里村志》，山东省地图出版社 2008 年版。摘录时略有改动。

核也沿着崂山自东向西吐了一路。快到傍晚的时候，他赶到了超然村东南山，登上山顶。向西一看，胶州湾景物尽收眼底，朦胧处仿佛自己家的村子都能看见。他决定在这里歇一歇，然后一鼓作气走回家。这时他也开始感到身体疲乏，口干舌燥。心想：干脆把这点樱桃全吃了算了。于是便在山顶一块石头上坐下，打开小布袋，一面吃，一面向山下吐樱桃核，吃到最后，他将布袋一抖全倒到山谷中去了。樱桃吃完了，也休息过来了，他就一溜风地跑下山了。

胡影到家后，便把父亲嘱咐的话告诉了他娘。他娘问："你父亲还曾给过你什么东西没有？"胡影说："只给了一大袋子豆芽菜和一小袋子樱桃。豆芽菜我倒到海里去了，樱桃让我一路上全吃了。"他娘一听十分生气，说："不管你父亲给你什么东西，你怎么能扔掉呢？恐怕也不一定就是豆芽菜和樱桃啊。"他娘接着问他："装这些东西的袋子呢？"他赶紧把袋子拿出来，结果两个布袋的边角上，不多不少的各留下一样东西：大布袋角边夹了一根金丁香，小布袋角尖夹着一棵晶莹剔透的樱珠玛瑙。

胡影见到了父亲了却了愿望，尽管遗憾的是没有得到更多的金银财宝，但是他却为崂山引来了樱桃，他一路吐的樱桃核后来都长成了樱桃树林。他在超然东南山谷中撒下的樱桃核，没过几年就长成了一大片繁荣茂盛的樱桃谷。

庙台山、撅来庙和仰口湾的传说①

从铁骑山往东南顺山而下，便是棉花村。棉花村是崂山北边最里边的村庄，再往里走，既没有人家也没有路。早年间，胡峄阳就在棉花村前高山上的庙里修行。

胡峄阳在山上修行的时候，常有一些朋友来访。他呢，也时常下山找朋友们讲经论道，探讨学问。胡峄阳的庙里有一个小徒弟，他每回外出，都把小徒弟留在庙里守家看门。

这一天，胡峄阳出去了有些日子，回来时不见徒弟的踪影。直到天快没日头了，徒弟才慌慌张张跑进庙来。胡峄阳也没在意，吃晚饭时，他见徒弟东张西望，一肚子心事，像丢了魂儿一样，才觉得不对劲，就问徒弟有什么心事。徒弟不敢隐瞒，道出了实情。

---

① 胡孝泽：《洼里村志》，山东省地图出版社 2008 年版。摘录时略有改动。

原来，胡峄阳每回外出后，便有一个七八岁穿红褂绿裤的小嫚来和徒弟玩耍做伴，约莫着胡峄阳快回来时就走了。她来无踪，去无影，徒弟不知她家是哪里，也不知她是人是妖。胡峄阳寻思道：这里是深山，离村庄很远，近处也没有寺院道观，这小嫚是从哪里来的呢？他想了想，对徒弟说："往后我再外出，给你一个引上针的红线穗子，那小嫚再来耍耍走时，你在她衣裳上别上那根引上红线的针，咱就知道她是从哪里来的了。"

过了几天，胡峄阳又要外出访友，临走时嘱咐徒弟按他说的话去做。

胡峄阳出门不久，那个穿红褂绿裤的小嫚又来了。她和那徒弟玩耍半天后便要离去。徒弟把她送出庙门，趁机把一根引着红线的针偷偷别在那小嫚的后衣角上。

不一会儿，胡峄阳回来了，徒弟便把事情告诉了师父。胡峄阳听了，沉思了一下，对徒弟说："你跟我来。"说罢朝庙外就走。徒弟不敢多问，紧跟在师傅后边，师徒两人沿着红线穗子一路找去。当他们爬上一个绝壁时，眼前出现了一棵少见的大人参，那叶子上还别着那根引着红线的针呢。师徒俩一阵惊喜，怕人参跑了，又给人参拴上了一块火红布条，这才动手挖起人参来。

人参被挖出来后，他们惊呆了！只见那人参一斤多重，白白胖胖，头脑四肢齐全，都成人形了。人说人参七两为参，八两为宝。这棵人参长这么大，少说也有千年了，真是宝中之宝。回到庙里，胡峄阳想：这是天赐的宝物，不可独享，应把我那些道友们都请来尝尝。他吩咐徒弟将人参洗刷干净，放到锅里添上水缓蒸慢煮，不可火急，人参熟了，不要偷着吃，他下山去请道友们，等人到齐了一块吃。徒弟满口答应下来。

胡峄阳走后，徒弟照着师父的吩咐，把人参洗干刷净，添上一锅水，温火慢慢烧煮起来。他忙活了大半天，见师父还没回来，本来就肚子饿了，锅里又冒出阵阵人参的香气，便不由自主地揭开了锅盖。这时人参已经煮好，白白嫩嫩，香气直往鼻子里钻。他忍不住掐了一条人参腿吃了。这一吃不要紧，吃上馋虫来了。他吃了一块又一块，越吃越爱吃，把师父嘱咐的话早忘了个一干二净。吃着，吃着，他就觉得身子轻飘飘的，浑身有使不完的劲。

正在这时，胡峄阳回来了。他去请道友来吃人参，不凑巧他们都外出云游去了，只好转回庙中。一进门，见锅盖已经揭开，徒弟正在狼吞虎咽吃着人参，再看锅里，哪里还有人参的影儿，净剩下一锅汤了。他知道人参叫徒弟偷着吃了，顿时火冒三丈，抡起一根棍子朝徒弟打去。徒弟吓得往外就跑，跑着，跑着，双脚离了地腾空而起上了天。胡峄阳没打着徒弟，盯着锅里的半锅参汤生闷气。这时，庙里养的一条狗汪汪叫唤个不停。胡峄阳这才想起忘了喂狗了，狗饿极了叫唤，便把锅里的参汤给狗喝了。可狗喝了参汤后，还是叫个不停。胡峄阳闷气没地场出，抓起那根棍子朝狗打去，狗连蹦带跳逃出庙门。跑着，跑着，身子也起了空上了天。

此时，胡峄阳一下子明白过来，徒弟吃了人参，狗喝了参汤，成仙飞上了天。他便把锅里剩下的一点人参渣渣，添上水煮了煮喝了下去。喝完后，他跳了几次，却只能离地几尺，怎么也飞不到天上去。他知道自己喝的只是一点点人参的剩汤残渣，神力太小了，不能上天成仙。

胡峄阳没能成仙，又气又恨，想另找清静地场接着修行。可要走吧，又舍不得这座庙。他捡起那根棍子，把庙撅到肩上扛起来下了山。那庙被胡峄阳撅走以后，留下个庙台子，人们便把有庙台子的那座山，起名叫做"庙台山"。

胡峄阳撅着庙向东南边的海边走去。因山崖陡峭，他仅能飞起几尺，一不小心庙的一前一后两个屋角碰到悬崖上，被碰掉了两个角，化作了两块石头，人们把它们叫做"前掉角石""后掉角石"。

胡峄阳走到王哥庄东南一座山上时，见前面不远就是大海了，便打定主意渡海，到大海深处的千里岛去修行，便把肩上撅着的庙放下后向大海走去。只因这座庙是胡峄阳从崂山北边大山深处撅来的，人们便把这座庙叫做"撅来庙"。

胡峄阳来到海边，见岸上连一只船也没有，便下了水。可走了没几步，海水就淹到了脖子。这时，海上起风了，海面上风大浪急。胡峄阳听到徒弟在空中高喊："师父仰口，师父仰口，别叫海水呛着。"胡峄阳伸直脖子仰起口，向大海深处凫去。后来，人们把胡峄阳仰口过海的那片海湾，叫做"仰口湾"。

胡峄阳凫水来到千里岛后，静心修行了上百年，终于修成正果，成了普救众生的神仙。

神仙路的由来[①]

从洼里村到流亭村有一条小路，名叫神仙路。那么，这条路的路名是怎么

① 胡孝泽：《洼里村志》，山东省地图出版社 2008 年版。摘录时略有改动。

来的呢？

相传，这里原来并没有路。胡峄阳从洼里到流亭教书，每天来回走流亭土地庙前的东西大路。每当他路过土地庙时，土地爷总是早晨出门相迎，晚上提灯相送。胡峄阳跟人们说起这件事，人们觉得奇怪，好多人不相信，天下哪有这样的怪事。于是，有一个人便偷偷地跟在胡峄阳身后，想看个究竟。他见胡峄阳一到流亭村，就跟人打招呼，但跟在胡峄阳身后的那个人见除了胡峄阳外，哪里再还有个人影儿，便以为是胡峄阳故意装神弄鬼呢，心道话：我晚上跟在你身后看看，要是没有人给你打灯笼照路，你就是在撒谎。我把这事儿告诉大伙儿，看你的脸往哪里搁。他因一个人夜晚害怕，便又叫上几个人同他作伴。

这天晚上，他们悄悄地跟在胡峄阳身后。当走到流亭土地庙前的东西大路时，果然出现了只有灯光不见人的灯笼在给胡峄阳照着路。人们十分吃惊，这才相信了胡峄阳说的是实话，便一齐上前跪倒，拦住胡峄阳的去路问个究竟。可还没等胡峄阳开口，土地爷显身说道："你等何人？如此大胆，敢拦文曲星之路！"人们便把事情的来龙去脉说了一遍。土地爷道："我奉玉皇大帝之命，在此朝迎暮送，你等有疑，有悖天意！"人们一齐说不敢。胡峄阳也在一旁说情，土地爷这才不怪罪，隐身而去。

天长日久，日久天长，胡峄阳见土地爷每天迎来送往十分辛苦，心里过意不去，便告诉他："来往流亭，不长路程，去不必迎，归不必送。"可土地爷是奉旨行事，哪里肯听，每天照旧迎送胡峄阳。胡峄阳没法儿，不再走流亭土地庙前的大路，而是改由村西地边儿往返，日子长了便走出一条小路。这条小路冬不积雪，雨无泥泞，只因它是胡峄阳走出来的，人们便把这条路叫做"神仙路"。

胡峄阳讨封[1]

说的是胡峄阳先生到了老年以后，基本就与世无争，专心修道了，他还是经常帮助相邻，后来就越发的具有了仙气。据说凡人要想成为神仙，必须到当朝皇帝那里去，由皇上亲口说出你是"神仙"才能羽化登仙。为什么得找皇帝呢？因为在过去有种说法，皇帝就是天子，就是上天的儿子，本身就有代行天

① 胡孝泽：《洼里村志》，山东省地图出版社 2008 年版。摘录时略有改动。

命的职能。要是得不到皇帝亲口敕封，即使得道成仙，也只能是个散仙，就像赤脚大仙、刘海之类的。传说八仙之一的铁拐李在向皇帝讨封时，曾经用火烧坏自己的腿，以显示自己法力高强。结果呢，皇帝一看他把退烧坏了，就心疼地说：“你这样就把退烧坏了。”你想啊，皇帝是金口玉言，说出的话就是圣旨。就这一句话，非但铁拐李的神仙号每讨来，反而终生落了个瘸腿形象。这就是铁拐李的由来。胡峄阳大概也听说过这个传说，为了避免铁拐李的悲剧，于是他就精心设计了一番。胡峄阳先生去讨封的时候，正是清朝顺治帝当朝执政。他一进金銮殿，见到皇帝就说：“好大的雨啊。”皇帝一看，他浑身没有湿一点，就诧异地问：“下雨你怎么没被淋着？”胡先生答道：“起奏陛下，草民是从天上飞来的。”皇上一听脱口而出：“你从天上飞来的？莫非你是神仙？”胡峄阳先生听到皇帝亲口说了“神仙”的话，口头拜谢，“谢主隆恩！”转身离开。刚走出金銮殿就乘云而去，真的成了神仙了。这就是胡峄阳先生讨封的故事。

孟母教子传说

“昔孟母，择邻处。子不学，断机杼。”这是传统蒙学读物《三字经》里的语句，说的是孟母教子读书的故事。孟母教子传说生动地体现了母爱与教化的统一，在民间口头流传经久不衰，启迪着一代代人的心灵。这位伟大的母亲，在人们心中，已经成为启蒙和立身教育的楷模。

一、流行区域及申遗情况

“孟母教子传说”起源于邹城市，广泛流传于全国，影响力遍及世界儒家文化圈，并伴随着儒家文化的传播和海外华人的传承，逐渐为世界所熟知。

孟母墓　王丕琢供图

“孟子故里”邹城市，古称“邹鲁圣地”，位于山东省南部，是中国历史上著名的思想家、教育家“至圣”孔子和“亚圣”孟子的诞生地，素有“孔孟桑梓之邦，文化发祥之地”的称誉，是中国儒学发源地。

山东曲阜凫村，是“亚圣”孟子的故乡，因孟母洗衣于白马河畔，见凫鸟落于水中，视为吉祥之兆，故时人取村名为“凫村”。村中孟子故宅西有池约三亩，池之西北有孟母井，相传为村民生息取水处。这里至今依然是孟子后裔聚居的村落，孟母教子的故事就在此地广为流传。

孟子故里坊　王丕琢供图

孟母教子的故事最早见于西汉刘向的《烈女传》、韩婴的《韩诗外传》；其后《三迁志》有记载；清续修的《孟子世家谱》简略载有孟母教子的圣迹。“五四”及新中国成立以来，散见于各民间文学作品；1987 年搜集整理编入《曲阜民间文学》，在 2006 年编入《孟子研究》。

2006 年山东邹城市申报的民间文学类“孟母教子传说”被山东省政府列入首批省级非物质文化遗产名录；2014 年其被列入第四批国家级非物质文化遗产名录。

二、历史渊源与基本内容

“孟母教子传说”是来源于古籍记载和民间口耳相传的系列故事，发生在距今 2370 年左右的古驺国（今山东省邹城市），主要包括“胎教启蒙、三迁择邻、断织喻学、踏青劝学、杀豚不欺子、获利得当、物归原主、尊孔道学、孟子出妻、励儿远行”等 47 个故事，讲述了孟母仉氏以言传身教、循循善诱、因势利导的教育方法，潜心培养，不断完善孟轲的人格，使其终成为“功不在禹下”的儒家“亚圣”的故事，生动体现了母爱与教化的完美统一。

孟母断机处　山东省文化馆非遗中心供图

母教一人碑　王丕琢供图

该传说在古籍中有简要的文字记载，其主要以口耳相传的方式流传于民间。最早记载“孟母教子传说”故事的是西汉韩婴的《韩诗外传》和刘向的《列女传》，其后《三迁志》也有记载。至南宋末年，王应麟编《三字经》，所引第一个典故就是：“昔孟母，择邻处。子不学，断机杼。”由此，伴随着《三字经》的广为流传，“孟母教子传说”家喻户晓，妇孺皆知。清纂修、续修的《孟子世家谱》载有孟母教子的故事。清末以来，散见于民间文学作品。“孟母教子传说”，近年来被详细收入《孟母教子图》《孟子圣迹图》《孟子故里文化典藏》《孟子的故事》《母亲颂》等各类文学作品和典籍，并以电影、电视、戏剧、曲艺、舞蹈等艺术形式再现荧屏舞台。

“孟母教子传说”在我国流传了两千多年，并随着华人的迁徙而在世界各国传播，在现代社会家庭教育中发挥着积极作用，由此孟母也成为古代中国家庭教育的典范，被尊为“四大贤母”之首，誉为“母教一人”。“孟母教子传说”申报国家级非物质文化遗产名录，对加强孟母教子传说的传承保护，丰富孔孟文化，弘扬家庭教育优秀做法有着重要作用。

三、传承价值及传承情况

中华文化源远流长，历来重视教育和传承，《论语》中有“学而不厌，诲人不倦”的名句。受儒家思想熏陶，2000多年来，中国人一直以“修身、齐家、治国、平天下”为理想准则。而一位母亲视教子为大任，可谓是不同凡响，开创了“母教文化”的先河，留下了千古美名。

（一）孟母教子传说的传承价值

首先，孟母教子有一定的教育科学价值。“孟母教子传说”中孟母教子坚持从客观实际出发，注重环境对孩子的影响。在孩子的成长过程中，坚持言传身教，从点滴做起。从现代角度看，“父母是孩子的第一任老师”，孟母教子的方式符合现代教育理念，具有一定的科学价值。

其次，“孟母教子传说”历史渊源流长，反映了孟母的睿智和母爱的博大，被列入并普及于宋、元、明、清等封建社会后期的启蒙读物《三字经》，影响了一代又一代人。目前，它仍是父母教育子女的有益蓝本。

第三，孟母对于儿子的成长、成才乃至孟子思想的形成都起到了积极作用，并产生了广泛的社会影响。孟子的“仁爱”思想，“天、地、人”和谐思想，以及“民贵君轻”思想的形成都与孟母的教育密不可分。

另外，孟母教子传说还具有很高的文学艺术价值。“孟母教子传说”中的故事，大量使用了民间口头语言，故事已被编辑成为电影、电视、戏曲、曲艺、舞蹈等多种艺术形式，具有较高的文学艺术价值。

（二）故事传承情况

“孟母教子传说”包含着启蒙教育、家庭教育和立身教育的内容和方法，在历史上被传为佳话。其传承方式主要分为两类，一类是文献资料传承，一类是口头传承。

1. 文献资料传承

最早见于西汉前期韩婴所撰《韩诗外传》，引用“断机教子”“杀豚不欺子”来解释《诗经》。西汉后期刘向将“孟母三迁择邻”故事编入《列女传》，至此“孟母教子传说”有文献记载。到南宋末年，王应麟编《三字经》引证的第一个典故即是“昔孟母，择邻处，子不学，断机杼”。清康熙五十九年（1720）、同治四年（1865）续修的《孟子世家谱》中载有孟母教子的故事。清末民初，蒙学读本《三字经》多处摘录孟母教子故事，对青少年进行启蒙教育，进而广泛传播。

近年来，“孟子故里”邹城市致力于保护传承孟子、孟母思想，先后编纂了《孟母教子图》《孟子圣迹图》《孟子故里文化典藏》《孟子的故事》《母亲颂》等 20 余部文学作品和典籍，收录了孟母教子故事 47 篇，并编入乡土教材，引入课堂。在孟府设立的习儒馆，现已成为中国人民大学国学院教学科研基地、团中央全国青少年教育基地、山东大学儒学研究中心科研基地。以孟母教子故事对青少年进行感恩教育,使“孟母教子传说”在青少年中得到有效传承。

“孟母教子传说”系群体性传承，最初只是在民间流传，直至西汉前期韩婴编《韩诗外传》，后期刘向编《列女传》，才对孟母教子故事有所记载。南宋末年，王应麟编写《三字经》，开篇第一个故事“昔孟母、择邻处，子不学、断机杼”，就是对孟母教子故事的高度凝练。此后，随着《三字经》的广为传诵，人们口传身教，世代相传。同时，伴随着儒家文化的广泛传播，“孟母教子传说”走出了国门，走向了世界，成为世人耳熟能详的教子故事。

2. 口头传承及代表性传承人

（1）孟祥居：生于 1941 年 10 月，孟子七十五代嫡次孙。山东省政协委员、济宁市政协常委、原邹城市政协副主席；孟子学术研究会副会长；孟氏宗亲联谊会荣誉会长；邹城市台胞台属联谊会会长。

（2）郭刚：生于 1959 年 11 月，邹城市委宣传部副部长，文化局长，策划出版了《孟母教子图》《孟子圣迹图》，并撰文。

（3）邵泽水：生于 1961 年 5 月，邹城市文物旅游局局长，副研究员，著有《孟母教子故事》《孟府感恩堂》《孟母教子经》。

（4）刘培桂：生于 1951 年 9 月，邹城市文物旅游局副研究员，邹城市孟子学术研究会副秘书长，著作有《孟子与孟子故里》《孟子林庙历代题咏集》《孟子林庙历代石刻集》《孟子大略》《孟庙历代碑文题咏选注》《孟子志》等。

（5）张佃华：生于 1956 年 4 月，邹城市非物质文化遗产保护办公室副主任。2006 年以来，积极组织挖掘整理“孟母教子传说”，走访有关专家、学者和群众，查阅历史文献记载，丰富了“孟母教子传说”的内容。

（6）宋凡海：生于 1957 年 7 月，邹城市文化馆馆长、市非物质文化遗产保护办公室副主任。组织参与了邹城市非物质文化遗产挖掘、整理和保护工作，特别是在“孟母教子传说”的挖掘整理过程中，走访专家、学者和群众，查阅历史文献记载，丰富了“孟母教子传说”的内容。

（7）张延龄：邹城市原图书馆副馆长，生于 1934 年 10 月，曾经在《孟母教子研究》上发表学术论文，并参与编写了《山东省志・孟子卷》。

（8）李文彬：生于 1954 年 3 月，原邹城市新闻中心主任，2008 年开始在《济宁晨报》“邹城新闻版”开设个人专栏“邹人说孟”，系统讲述孟母的事迹和教育思想；2008年创作长篇电视连续剧剧本《孟母教子》，发表在《邹城文艺》第一期到第三期；受聘于山东大学儒学研究基地“孟府讲儒堂”，宣讲孟母、孟子思想；曾经为中国人民大学的学生和共青团中央组织的中华成人仪式主题教育活动的学生家长授课；在济宁电视台、邹城电视台《家在济宁》等栏目谈“少年孟子”。

（9）谢洪冰：生于1966年5月11日，邹城市文化馆副馆长，组织参与了邹城市非物质文化遗产挖掘、整理和保护工作，特别是在“孟母教子传说”的挖掘整理过程中，走访专家、学者和群众，查阅历史文献记载，丰富了“孟母教子传说”的内容。

（10）孟现伟：生于1973年9月，邹城市非物质文化遗产保护中心主任，组织参与了邹城市非物质文化遗产挖掘、整理和保护工作，特别是在“孟母教子传说”的挖掘整理过程中，走访专家、学者和群众，查阅历史文献记载，丰富了“孟母教子传说”的内容。

四、较常见的故事文本

“孟母教子传说”，主要包括“胎教启蒙、三迁择邻、断织喻学、踏青劝学、杀豚不欺子、获利得当、物归原主、尊孔道学、孟子出妻、励儿远行”等47个故事，讲述了孟母仉氏传承和发扬我国古代家庭教育的优秀做法，言传身教，潜心培养孟子，不断完善孟子人格，使孟子终成“功不在禹下”的儒家“亚圣”的故事，生动体现了母爱与教化的完美统一。接下来本部分将结合相关文献记载及口头传说选取流传较为广泛的五个小故事，以飨读者。

三迁择邻

据有关文献记载，孟轲三岁失去父亲，靠母亲仉氏抚育成人。据说，孟母原住邹城市北二十五里的凫村，宅靠墓地。孟轲少年时，经常在林墓坟茔间玩耍，学做埋死人的游戏，悲痛哀号，跪拜哭泣。孟母认为长居此地，不但会影响孟轲读书，而且会败坏他的品德，于是毅然迁居于现在的庙户营村。当时庙户营村是一个集市，行商客贾，过往迎来，热闹非常。终日置身于熙熙攘攘的闹市之中，孟轲又和邻居的孩子们“嬉戏为贾炫事”，又学着商人做生意，讨价还价，叫卖吆喝。孟母认为这里也不利于孟轲的成长，于是又一次迁居到学宫之旁，此学宫后称“子思书院”。孟子被书院传出的琅琅读书声所吸引，时常到书院里学习诗书，演习周代礼仪，“嬉戏乃设俎豆，揖让进退”。孟母大悦，“此真可以居子矣”，就在此定居下来，并把孟轲送入学宫，留下了“三迁择邻”的美谈。

断织喻学

孟轲入学宫后，初学诗书、礼仪、驾车、射箭，开始很有兴趣，但时间一长就渐渐感到厌烦了。一天，不到放学时间孟轲就跑回家来。孟母正在织布，经询问知其逃学，很是生气，当即把孟轲唤到跟前，当着他的面拿过刀就把织布机上的经线全部割断了。被孟母这一举动惊呆了的孟轲，喃喃地问母亲为什么要这样。孟母说：“子之废学，若吾断斯织也！”遂压抑住心中的气愤，语重心长地教导孟子：布是一丝一线织起来的，现在把线割断布就无法织成了。读书求知也和织布一样，要靠持之以恒地努力，才能获得渊博的学问。现在你逃学如同我断机，线断了则织不成布。常逃学，则学无所成。孟母这番深入浅出的话语，使孟轲少年的心灵受到启发和震动，从此，“旦夕勤学不息”，终成儒学大师，世称亚圣。

踏青劝学

自孟母断织之后，孟子彻底收了心，一心一意做学问，小小年纪就成了驺国名人，长辈见了褒奖有加，这样一来，孟子就有些飘飘然了，对学问不再认真钻研，也不愿探求新知了。孟母十分忧心，思考着教育儿子的新方法。一日，计上心头，孟母带着儿子去踏青。孟轲久坐学堂，随着母亲来到田野，兴奋异常。令孟轲惊奇的是见到了公孙将军。这位鲁国老将解甲归田，赋闲在家，正是受孟母之邀而来。老将军百步穿杨、百发百中的箭法，令孟轲眼界大开，他没想到世上竟有如此高超的射箭本领。孟轲回家一夜没睡，想了很多：公孙将军的本领是长期刻苦训练而成的，我要像他那样持之以恒，永不自满。孟轲明白了母亲的良苦用心。带儿踏青归来的孟母，连夜又做了一件事。她精心挑选了一块白绫布，一针一线刺绣了四个大字：“学无止境”。懂事的孟轲接过母亲送给自己的刺绣，双膝跪地，泪流满面：“母亲呀，您的心思儿明白。这四个字就是为儿一生的座右铭！”

杀豚不欺子

孟轲八岁时，还在庙户营集市中居住，东邻屠户杀猪，孟轲听到猪的嚎叫声，问母亲："东家杀猪干什么？"正为事情忙得不可开交的孟母不及细想，随口回答："给你吃。"孟子高兴得手舞足蹈，满心期待着。看到儿子满脸欢喜的样子，孟母却为自己脱口而出的话后悔，家里哪有多余的钱买肉呀。但孟母深知诚实对孩子品格形成的重要性，更懂得言教不如身教的道理，为不失信于儿子，孟母借钱，去邻居家买回肉煮给儿子吃。

励儿远行

孟母一生操劳，身体十分硬朗，对于孟子的照顾也毫不放松。孟子除了周游列国那一段时间以外，绝大部分时间都是为了奉养老母，不忍远离故土谋图更大的发展。孟子理想的去处是宋国，但为了奉养老母一再迁延。光阴荏苒，三十年岁月过去，孟子已近知天命之年，壮年未酬，禁不住长吁短叹，一脸忧愁。知儿莫若母，孟子的心事被母亲看个正清，她把儿子叫来，说出了一段千古名言："夫妇人之礼，精五味，擅酒浆，养舅姑，缝衣裳而已，故有闺内之修，而无境外之志。以言妇人，无擅制之义，而有三从之道也，故年少则从乎父母，出嫁则从乎夫，夫死则从乎子，礼也。今子成人也，而我老矣！子行乎子义，吾行乎吾礼。"孟母的话把孟子心里的忧虑一扫而空。于是，孟子打点行装，辞别母亲，再次周游列国，受到了空前的尊敬和欢迎。

孟母作为一名女性，她的伟大之处在于她能在孟子成长过程中，给予最及时、最恰当、最有效的教育，她是一支蜡烛，燃烧了自己，照亮了孟子。

民俗类

祭孔大典

孔子是春秋末期的思想家和教育家、政治家，儒家思想的创始人，后世尊为“至圣先师”“万世师表”，位列“世界十大文化名人”之首。孔子的儒家思想对中国乃至全亚洲都有着深远的影响。祭孔起源于上古时期的立学之礼，《礼记》说：“凡学，春官释奠于其先师，秋冬亦如之。”祭祀的礼制，各朝也各有不同。作为中国古代三大祭祀（天地、祖先、君师）活动之一的“隆君师”之礼，自汉代以来亦被孔子及其弟子门人所独享。随着历史衍变，孔庙祭祀由公祭至圣先师与孔氏家祭两种形式构成。祭孔时，皇帝亲临或者派遣官员参加为“国祭”，而孔子后人举行的祭祀称为“家祭”。唐代以后，祭孔制度趋于定型。国祭有时在京城孔庙进行，皇帝有时亲自参加，而更多的则是派官员前往孔庙进行祭祀。祭孔从古至今作为中国社会的重要文化仪式，特别是在古代，这是一种政治大事件；近代对于孔子的交锋达到白热化的状态。

2006 年祭孔大典被山东省政府批准列入首批省级非物质文化遗产名录；2006 年祭孔大典被国务院批准列入首批国家级非物质文化遗产名录。

一、祭孔大典的历史源流

祭孔大典经历了曲折的发展，也在侧面印证了中国历史的政治与文化的走向。祭孔有三种形式：“国祭”“公祭”“家祭”。皇帝亲自到孔庙祭祀孔子，论及“国祭”，最先对孔子施以如此之高礼遇的是汉高祖，他于公元前 195 年亲临曲阜，祭祀先世。“公祭”始于汉光武帝。后来的祭孔仪式一般都是“公祭”与“家祭”相结合的形式。贞观年间，李世民在全国推广儒学，这在祭孔历史上是一个巨大的质的转变，也说明了孔子思想对封建统治起到愈来愈强的巩固作用。宋朝更是孔子思想的鼎盛时期，统治者采用以儒治国的政策，把祭孔推向高潮。清朝入关之后，为巩固政权把祭孔仪制提到大祀级别。“文化大革命”时期，祭孔活动停止，中国传统文化被颠覆，一切有

祭孔乐舞表演图 山东省文化馆非遗保护中心供图

关孔子的祭祀活动都被停止。后来，人们逐渐从大浩劫中走出来，发现了祭孔大典的除却文化价值以外的旅游经济价值，文化认同感促使祭孔大典再次回归。2004 年曲阜市政府举办了中华人民共和国诞生以来首次祭孔活动，在海内外收到强烈反响。

祭孔大典是专门祭祀孔子的大型庙堂乐舞仪式活动，是集乐、歌、舞、礼为一体的综合性艺术表演形式，场面极为盛大而隆重。其中的礼仪、乐舞等都有考究。唐初的祭祀礼仪以周公为先圣，以孔子为先师，孔子处于配享的地位。而唐太宗停祭周公，升孔子为先圣，这显然是对孔子政治地位的一种提升，意味着统治者在尊崇孔子的问题上向前迈进了很重要的一步。唐开元二十七年（739）追谥孔子为“文宣王”，这无疑是帝王对孔子政治地位的更进一步巩固。元大德元年（1308）更加封孔子为“大成至圣文宣王”。西夏政权曾经尊孔子为“文宣帝”。宋神宗时曾议“追尊孔子以帝号”，但却未果而止。明世宗嘉靖九年“更正孔庙祀典”时，由大学士张璁倡议并取消了孔子的封谥号，而且毁孔子塑像而易为木主，改大成殿为先师庙，孔子神位仅题为“至圣先师”。

孔子像 山东省文化馆非遗保护中心供图

二、祭孔大典主要仪式活动

曲阜孔庙的祭祀活动十分频繁，一年中的“四大丁”（夏历二、五、八、十一月上旬丁日），“四仲丁”（大丁后十日），“八小祭”（清明、端午、六月初一、仲秋、重阳、十月初一、腊八、除夕）及二十四节气等，都要举行祭祀典礼。其中，最重要的是春秋丁日两祭，特别是秋丁之祭更为隆重（雍正时改为阴历八月二十七，相传为孔子诞辰日）。祭孔大典一般于秋丁之祭孔子诞辰日时，在曲阜和京师同时举行，有时皇帝也会亲临曲阜参与大典。祭孔的一切祭仪中，四大丁祭是最为规范和完备的。四大丁祭的祭仪设在孔庙大成殿堂举办，时间在半夜子时开始。主祭官有衍圣公，由孔府典籍、司乐、管勾、百户厅四路提调官筹办祭事，由孔氏直系子孙、孔府全体育员、礼乐生、四氏学生员、孔氏族人等参加祭仪活动。祭祀者皆似古礼穿着服装。受祭者，原来只是孔子，后逐渐增加了“四配”（颜回、曾参、子思、孟轲）、“十二哲”（闵子骞、冉雍、端木赐、仲由、卜商、有若、冉耕、宰予、冉求、育偃、颛孙师、朱熹）及东西两庑146位“先儒”“先贤”，还有孔子夫人亓宫氏、父亲叔梁纥、母亲颜征在，以及崇圣祠内奉记的历代圣贤的先人等。

如今的曲阜祭孔大典共分为明故城开城仪式、孔庙开庙仪式、现代公祭和传统祭祀四个部分。开城仪式和开庙仪式作为整个大典的前奏。现代公祭部分主要表现的是民众对孔子、对儒家学派的认识和理解，在程式、音乐布局、表演、道具等方面都有较大的创新。传统祭祀则力图全景式再现传统的祭祀过程，让人们感受古代文化的魅力。祭孔大典完整的仪式由乐、舞、歌、礼四个部分组成。其中的乐谓之雅乐，源于虞舜时期的《韶乐》，祭祀大典上的歌承袭了《韶乐》精华，用乐需八音齐全，缺一不可，古乐为金、石、丝、竹、土、匏、革、木，乐章分为《昭平》《宣平》《秩平》《叙平》《懿平》和《德平》六章。祭孔大典的歌最早记载是由隋炀帝杨坚的制乐官牛弘、蔡徵于公元601年写成，并经隋文帝钦定用于祭祀大典。歌词以四言八句为一篇，共分为六篇，内容为对孔子丰功伟绩的歌颂，并以此来抒发尊孔崇圣之情。祭孔大典的舞蹈继承了传说中的《大夏》之舞，祭祀舞蹈者均左手执扇，右手秉羽。仪式舞蹈，在原始社会，用于原始宗教、图腾崇拜、巫术祭祀等活动。仪式舞蹈是仪式过程的组成部分，产生于对超自然神灵的敬畏和依赖，祭孔

开城仪式表演图

舞蹈作为仪式舞蹈应属于一种膜拜行为，反映了祭拜者的心理和期望，即对先圣孔子的追忆和缅怀，以及期望借助于孔子神化的力量统一民众的精神、思想，更好地处理社会政治关系的愿望。祭孔乐舞在祭祀孔子这一特殊的仪式情境中，它不仅仅似普通乐舞具有营造氛围、抒情达意的用途，它更重要的、也是最被统治阶级重视的作用，还是它能成为表达统治阶级统治意图，解释统治思想含义即儒家思想文化意义的手段、方式。

礼是大典的核心部分，乐、歌、舞都是紧紧围绕“礼”而进行的，礼的主要内容包括由正献官、分献官、陪祭官做的“三献礼”（即初献、亚献和终献），和由此展开的六个仪程。这六个仪程分别是迎神、初献、亚献、终献、徹馔和送神。仪式的最本质的因素是对“神圣事物”的信仰，仪式服从于信仰，服务于信仰；信仰决定着仪式，控制着仪式。在共同的信仰和共同的仪式基础上结成一个统一的社会群体。祭孔仪式没有使人神圣化，而是人通过这个仪式的操作使仪式走向了神圣。祭孔仪式把传统神圣化，把社会对民众的要求具体化，它旨在不断地恢复、加强并巩固儒生们的观念、情绪和情感。仪式能够把个人的行为汇合起来，把信徒的思想、感情、向往结合起来，把团体和机构的力量集中起来，让信徒的信仰有一个充分发泄的空间，在一定程度上能够达到维持社会稳定的目的。它通过把社会规范和规则神圣化使人循规蹈矩，从而在人的社会化方面和保持社会稳定性方面发挥重要作用。

三、祭孔大典的价值及传承情况

曲阜祭孔大典是在孔子诞辰纪念日时，在孔子故里曲阜进行的以仪式及乐舞表演为主要形式，以祭祀孔子及其配享子弟大型活动。由于孔子及其所创立的儒学思想，自西汉武帝以来，在长达两千多年的传统社会里一直被历代统治者树立为正统思想，因此，对于孔子的祭祀活动自然也就被赋予了更深刻的文化意涵和社会政治意义。所以，与其他节日不同，曲阜祭孔活动渊源特别久远，并且很早就形成了由国家、孔氏后裔与民间社会共同参与举办的特点。

（一）祭孔大典的价值

首先，增强民族认同意识。儒家文化作为中华文明的主流文化早已融化在中华民族的血液里，积淀在中华民族心理的深处，成为共同心理结构的重要组成部分，它是团结全国各民族、各界人士，港澳台同胞和海外华人的精神纽带。孔子作为儒家学派的创始人，我国伟大的教育家、思想家，受到无数华人的崇敬，其思想学说日益为世界各国的人们所关注，对儒学的研究也在世界各地兴起。祭孔活动以其公共的时间性、空间性以及独特的行为方式构成了一种特殊的文化空间，其最根本的意义在于建立集体的文化认同和加固文化记忆，通过这种方式，在祭孔活动中形成中华民族文化认同共同体的整体文化氛围。

传统和现代其实不矛盾，现代化本身也不可能从一无所有的荒漠中诞生出来，现代化同样需要文化的积淀和传统的支持。“文革”中“批林批孔”，孔子及其思想受到了前所未有的践踏。几十年后的今天，批孔恶果开始显现，当今中国现代化程度越来越高，传统与现代也越来越脱节，物质的高度发达与精神的异常滞后形成鲜明对比。在这种矛盾中，人们产生一种强烈的文化危机感，而出现这种自身文化贫瘠的局面与我们缺乏对历史和传统的尊奉有直接关系。忘记历史就是背叛将来，任何民族要想实现新的辉煌，总要从正视自身历史、感念自身文明开始。正因如此，人们开始回过头来关注文化遗产、复兴传统文化。祭祀古人的目的实际上并不是要把他们当成偶像来崇拜，而是将其看作民族传统文化的象征来对待。恢复传统的祭礼也不是为了单纯地“复古”，表面上看，只是一种传统仪式的重现，但在这种仪式的背后，是一个民族内部正在悄然复活的对思想先贤、古代文明的认同和尊崇。让传统服务现代，将优秀传统文化和孔子思想的精华，与现代文明结合到一起，与以德治国、构建和谐社会联系在一起，唤起民众对儒家思想和精神的义利观、诚信观、“和而不同”等思想的重视，这对中华民族的复兴无疑有着极其重要而深远的意义。2005 年 9 月 28 日全球联合祭孔，这充分说明孔子思想不只适用于古代，而且可以服务现代，不只适用于中国，也适用于世界。

其次，促进当地经济和文化的共赢。以曲阜为例，祭孔活动是当地的一张国际文化“名片”，是曲阜旅游业的“龙头”项目，当地秉承文化是旅游的灵魂、旅游是文化的载体的原则，实现了旅游与文化的一体化发展。旅游与文化的合作是经济发展到一定阶段的必然要求，必将产生巨大的社会效益和经济效益，实现两者的共赢。

再次，祭孔活动能提高公民的道德文化素养。当今的祭孔与古代的祭孔实质不同，过去封建帝王们是把孔子当成神明来祭祀，实质并不真正是祭奠孔子及其思想，而是昭示其统治的合法性和政权的正统性，借以维系人心，巩固社稷；当今祭孔则不同，它把孔子定位为中国历史上伟大的思想家和教育家，定位为华夏文明的一个象征，这个象征与文明、道德有关，与野蛮、失序相反。

纪念孔子是为了发扬由他所代表的民族文化传统、宣传儒家文化中的精华部分，为现代人的生活服务。当今祭孔在盛情颂扬圣人先师的同时，从多个角度诠释儒家文化的内涵及孔子的教诲。如《论语·学而》有言：“弟子入则孝，出则悌，谨而信，泛爱众，而亲仁。行有余力，则以学文。”这就是说，学生首先要学会做人，要注意道德修养。再如：孝顺父母，尊老爱幼，见利思义，公而忘私，团结友爱，诚信忠恕，见义勇为，和睦坦荡，先人后己，礼貌待人，遵纪守法，上下有序，学无止境，普及教育，德智兼备，讲求公德，廉洁奉公，重民爱民等，这些优秀的品质正是当今公民所需要的。任何公益性活动，都带有引导和教化民众的功利性目的。要想培养民众社会责任感，提高公民的道德文化素养，不能只靠枯燥乏味的文本教育，灵活多样的活动才更能吸引人的注意力。祭孔大典，实现了儒家文化与艺术的完美结合，在感动心灵的同时，也给观众视觉和听觉上的强烈震撼与冲击，它成功地将 2500 多年前孔子的形象及其所代表的儒家文化向世人阐述出来，并且为大家所喜闻乐见，同时也留给了大家思考和品味的空间。由政府出面组织的祭孔一类的祭祀中华先贤的活动，不仅可以宣传和提倡中华民族的各种优良美德，而且也可以为全社会做出一个文明祭祀的榜样。

（二）主要传承情况

曲阜祭孔大典在传统社会是国之大典，一般由专门的行政机构负责传承。近代以来，曲阜祭孔仪式逐渐衰落。1949 年新中国成立以后，受到多种因素影响，曲阜祭孔活动以及家族祭祀活动都处于停滞状态。需要提及的是，台湾地区的祭孔活动基本没有中断。1984 年以来，曲阜开始以“孔子故里游”的名义逐步恢复祭孔仪式，经过二十多年的发展，最终在 2004 年成功举办了祭孔活动，并将之称为“祭孔大典”且获得广泛关注，并在之后的十多年里连续举办该活动，在海内外形成了一定的文化影响。伴随着作为“公祭”大典的祭孔仪式复兴的还有孔氏家祭活动，2008 年以后，恢复了尼山春季祭孔活动，进一步完善了曲阜祭孔大典的仪式系统。现在祭孔大典主要传承人是自 1980 年代末即开始担任“鸣赞”这一角色的李文广。

泰山石敢当习俗

在中国广袤的土地上，居住的房屋前、巷道岔口、桥梁河岸经常能看到写有“石敢当”和“泰山石敢当”字样的石刻碑文，这是已经在我国流传了上千年的传统信仰习俗。“石敢当”一词出现在汉代，至唐代时已经出现在石头上，被当作是镇宅的物品来使用。宋金时期，“泰山石敢当”出现，明清时期在住宅和道路两旁出现这样的石碑石刻已经是非常常见，成为了遍布南北的习俗，并且远播海外。

2006年泰山石敢当习俗被国务院公布列入首批非物质文化遗产保护名录。

一、泰山石敢当的历史渊源

最早出现的有关“石敢当”的历史记载是在汉代的《急就篇》中，《急就篇》是我国最早的识字课本，由汉元帝时代专管宫中狗马、鼓吹的黄门令史游撰写的，全书共有2144个字，最后的128字由东汉人所加，是一本启蒙用书。“石敢当”三个字就出现在本书介绍姓氏的这一部分中。

泰山石敢当石碑　山东省文化馆非遗保护中心供图

最早的有关石敢当的实物，是宋代出图的唐代的石敢当。宋人王象之的《舆地纪胜》、明代黄仲昭的《八闽通志》等都记述了宋代庆历年间福建莆田县出土唐代石敢当石铭一事，石铭长五尺，阔亦如之，其文约：“石敢当，镇百鬼，压灾殃。官吏福，百姓康，风教盛，礼乐张。”这块出土将近一千年的石碑，是从地底下挖出来的，不像今天的石敢当大多数立于地面之上。

唐初石敢当的功能在作为镇宅石的基础上又扩大到预防疾病，防止家奴逃亡和遗失钱财，祈求家庭和睦，祈求升迁等。

唐代之前的石敢当资料只有上述两则，它们为探寻石敢当习俗起源提供了珍贵的资料。

五代时期到明代末年，石敢当习俗进入了一个重大的变异阶段，其主要特点是人格化“石敢当”的出现以及与当地民间信仰相结合，主要有“石将军”说和“石大夫”说等。在传播的过程中，石敢当习俗与东南沿海、台湾地区的风狮文化，与西南少数民族地区的门神文化等进一步结合，石敢当习俗内容更加丰富。

到明清时期，泰山周围出现了祭祀石敢当的庙宇“大夫庙”，与此同时还有庙会，人们利用石敢当的原型制作年画，石敢当的传说除却以泰山为中心还流传到更广大的地方，比如在东南沿海地带，它与福建、台湾、澎湖地区的“风狮文化”相结合，在风狮的身上刻有了泰山石敢当的字迹。而在广东地区则流行在石狗上面刻字，同时在我国西南少数民族则流行在木制或铜制的门神上面刻上泰山石敢当字样。

在日本，泰山石敢当的碑刻也非常普遍，最早出现在日本的宫崎县。日本拥有最多泰山石敢当的地方是鹿儿岛县，共发现 502 块，其中一块石碑还刻有清朝雍正的年号。据日本学者统计，在日本石敢当雕刻遗迹共 645 块，大致是通过琉球传入日本列岛的，还有一种可能是从澎湖列岛经过琉球最后传入到日本。

泰山石敢当的信仰在东南亚各国也有传播。泰国首都曼谷，多处可见泰山石敢当；马来西亚槟城蛇庙外，有一座泰山石敢当的石刻。另据泰安日报社副

泰山石敢当石刻　山东省文化馆非遗保护中心供图

总编辑赵学法先生访问马来西亚的报告提到，在马六甲众多的店铺门沿上方普遍都有“泰山石敢当神之位”的碑石。访问当地的老华侨，他们也不知道自己的祖先是从哪一年，开始供奉石敢当神，只知道从爷爷的爷爷就开始了。这里的华裔，目前只知“泰山石敢当”，却不知泰山为何物。据考证，马六甲华人的泰山石敢当信仰，与明朝郑和下西洋有关。

二、泰山石敢当信仰习俗活动及口头叙事

泰山石敢当像

五代以后，石敢当习俗出现了人格化的倾向。镇宅神石与人物“石敢”合流而融为一体，出现了“石将军”说。《旧五代史·晋高祖本纪》记载：“晋高祖镇常山，唐明宗召赴阙。会闵帝出奔，与晋高祖相遇于途，遂俱入卫州，泊于邮舍。闵帝左右谋害晋高祖。帝密遣御士石敢袖铁锤立于晋高祖后。乃有变，敢拥高祖入一室，以巨木塞室，敢寻死焉。帝率众杀尽闵帝左右，遂免晋高祖于难。”《新五代史·汉本纪》也有类似记载：“知远遣能士石敢袖铁锤侍高祖以虞变。高祖与闵帝议事未决，左右欲兵之，知远拥高祖入室，敢于左右格斗而死。知远即率兵尽杀闵帝左右，留帝传舍而去。”虽然这两处记载表述有所不同，但都传递了一个信息，即石敢曾经是一个真实存在的历史人物。

不过，明代的杨信民在《姓源珠玑》中则把“石敢”写成了“石敢当”，并说：“石敢当生平逢凶化吉，御侮防危。故后人凡桥路冲要之处，必以石刻其志，书其姓名，以捍居民。”有意地将历史人物向石敢当灵石靠拢。这个记载已完全将五代勇士石敢与石敢当灵石融为一体，从而完成了镇石石敢当的人格化。

在山东省肥城市石横镇南门的三村一路口处，有一块古老的碑刻，材料是高约 1 米、宽约 80 厘米的一块自然山石，上面刻写“泰山石敢”几个大字，刻写时间已经难以辨认。这块罕见的碑刻，是泰山石敢当“石敢”人物说在民间流行的实物史料，同时碑刻中将八卦中的坤卦符号与文字结合雕刻的现象，是石敢当信仰与中国其他传统文化的结合，对于研究石敢当信仰的流变，具有

重要意义。在泰山东麓的莱芜羊丘山一带，有村民家中供奉“石将军”的神像，并发现了刻有“石将军”的碑刻，在杨庄镇还有村民复建的石将军庙。这些都是石敢当信仰人格化的有力证据。

石敢当人格化的另一个表现是“石大夫”说，即石敢当是一个可以为人除病的神医。将石敢当演绎成“石大夫”是在明代，其信仰范围主要在泰山周边地区，这种习俗起源于泰山北麓的章丘，当时，“石敢当”已经和“泰山石敢当”融为一体，据清朝王士桢《古夫于亭杂录》记述：“齐鲁之俗，多于村落街口立石，刻‘太山石敢当’五字，云能暮夜至人家医病。北人谓医士为大夫，因又名之曰石大夫。”而清代学者俞樾则认为“泰山石敢当”五字，“南中亦有之，而无医病之说”。

以上文献记载可以说明如下几个问题：第一，明代的齐鲁地区，泰山石敢当已经被人格化为“神医”，并且流传广泛。而其功能是“暮夜至人家医病”。第二，明代的南方地区也出现了泰山石敢当立石，但其功能与北方不同。另外，在清蒲松龄《聊斋志异》卷十二《韩方》篇云：“齐东农民韩方，性至孝，父母皆病，因具楮帛，哭祷于孤石大夫之庙。”从这段材料中可以看出，清代石大夫信仰在山东已非常普遍。

人格化的泰山石敢当“石大夫”信仰，至今在泰山附近仍有传承。在泰安市岱岳区祝阳镇祝山之阳有一个小型的石大夫庙，现存清代石碑一方；泰山区邱家店镇的旧县村，每年正月十六有万人爬旧县大桥的习俗，这也是“石大夫”崇拜的习俗。原来在旧县石桥的东头有一个石大夫庙，每年正月十六有庙会，叫“大夫会”，可惜在“文革”期间，庙宇被拆毁，与之相关的庙会活动也被迫停滞。后来村民自觉恢复庙会习俗，但因为庙已经没有了，于是人们就将其演绎成了“爬桥”，所谓“爬桥”实际上是在桥上走。在桥的两头是庙会，庙会上有一个重要的习俗是给小孩认“干爹”，即认那些面善的男性做自家小孩的干爹。干爹实际上是石大夫的代表，当地的村民也把石大夫称为“石老爷”；在山东省莱芜市雪野镇的潭龙山有新建的石大夫庙一座，香火十分兴盛。当地百姓说，在泰山东麓、莱芜北部到章丘一带，过去石大夫庙很多，这些庙都是型制很小的石头庙。

“石敢当”发展到“泰山石敢当”主要是与明清时期泰山民间信仰有关。泰山的祭祀一直存在官方祭祀和民间信仰两大内容。官方祭祀是指历代帝王的封禅大典和官方对泰山的祭祀活动，元、明、清三朝主要是由皇帝或者皇帝的代表对泰山进行祭祀活动；而与此同时，民间的泰山信仰也不断高涨，主要表现在三方面。

一是东岳大帝的信仰更加普及。明清以来，全国各地修建了难以计数的泰山岱庙分香机构“泰山行宫”。

二是泰山碧霞元君（“泰山老奶奶”）的民间祭祀的普及。宋代兴起的泰山老奶奶信仰，在明清时期更加风靡天下，泰山老奶奶在民间被视为有求必应的女神；与此同时，全国各地修建碧霞行宫蔚然成风，各地的数量难以统计。

三是民间的泰山香社更为活跃。泰山香社，是指以泰山神灵为奉祀主神，以到泰山朝拜为结社目的的民间信仰组织。在民间泰山信仰的发展中，在许多地区作为镇石、在部分地区作为人格化神灵信仰的“石敢当”，因为它本来与泰山有着很深渊源，所以就被广泛地加上了“泰山”二字，这样在民间主生死、有求必应的泰山，就与具有镇宅、厌殃、消灾、弥难、保佑平安等功能的石敢当结合在了一起。石敢当习俗借助泰山的声威，更加被广为流传。

三、泰山石敢当的价值及传承情况

（一）泰山石敢当信仰的价值

首先，泰山石敢当习俗体现了重要的文化创造价值。泰山石敢当习俗所表现的“平安文化”，体现了人们普遍渴求平安祥和的心理认知，因此它可以被广泛传播。这种文化现象具有表现中华民族文化创造力的杰出价值，体现了中华民族的人文精神。

其次，泰山石敢当信仰习俗具有较高的文化传承价值。泰山石敢当习俗历经千年而不绝，主要是它与泰山信仰相结合，同时也与各地的民间信仰和民俗文化相结合，因此，它具有扎根于相关社区、群体的文化传统，具有鲜明的地方特色，反映了该地区文化传承的特点和风格。

第三，泰山石敢当信仰习俗具有民族认同价值。泰山石敢当习俗为中国广大地区和众多民族所认同并远及海外，它的传承从一个侧面反映了中华文明的历史延续性。因此，它具有见证中华民族文化传统生命力的独特价值。

另外，泰山石敢当信仰习俗还具有一定的艺术创造价值。泰山石敢当习俗在国内外广大地区的传播中，制作了大量精美的石刻和造像，它们不但具有美学价值、艺术价值而且还是重要的历史文物。还有那些在民间口头传承的神话故事和民间艺人创作的神话戏剧、曲艺，都充分表现了民间文化艺术的创造力。

（二）传承情况

石敢当的主要传播途径除了碑刻以外，主要通过民间故事和民间文学作品进行传播。在泰山地区有一种专门以演唱石敢当故事为题裁的“泰山皮影戏”。这种家庭戏班，世代相传，专门在泰山庙会和石大夫庙会上演唱《泰山石敢当捉鬼》，使石敢当的故事借助民间曲艺广泛传播。目前泰安市仅有民间艺人范正安先生可以演唱这种戏曲。

胡集书会

胡集书会也称胡集灯节书会，每年正月十二举办，相传已有几百年的历史，是我国北方地区的一大曲艺盛会。百姓为了欢度元宵节，纷纷赶往胡集置办元宵节用品。各地的说唱艺人也从四面八方赶来，开场献艺，说书、卖书，经年不衰。胡集书会是民间说唱艺人交流集会的重要平台，是由民间艺人和当地民众共同呈现给世人的一场文化盛宴。胡集书会，坐落于山东省惠民县城约26公里的胡集镇。它由一系列的活动和习俗组成，基本包括前节、正节和偏节，其中正节最为重要，其他节日各有相关的活动。农历春节时期，山东、河北的说书艺人蜂拥而来，参加正月十二的卖场演出，这里便成为一个繁荣的民间曲艺大舞台。随着时间的推移，历史的变迁，胡集书会对地方社会产生了一定的影响。作为民间曲艺发展交流的重镇，胡集书会不仅满足了当地百姓对民间文化和娱乐生活的需求，还为艺人们提供了一个切磋技艺、交流情感的巨大平台。

2006年胡集书会被山东省政府批准列入首批省级非物质文化遗产名录；2006年胡集书会被国务院批准列入首批国家级非物质文化遗产名录。

一、胡集书会的历史渊源

胡集的交通位置对当地经济和文化具有举足轻重的影响，胡集自古以来是鲁北地区政治、经济、军事和文化重镇。它在元代已经呈现出一片繁荣的景象，清代商业遍及全境，民国时期曾在惠民县志中记载，惠民县集市共有45个，它在全县的贸易地位中占据头把交椅。胡集作为贸易集散中心，每逢二、七，大量的生意人和百姓汇集于此。书会是宋元时期各种戏曲、曲艺的行会组织，比较著名的有元贞书会、武林书会等。参加书会的文人雅士以文会友，切磋学问，那时所看到的书会与胡集书会有很大的不同。胡集书会更加类似会书，会书是苏州评话、弹词等艺人在年末进行的会演。

1984年时，说书艺人在胡集书会表演
山东省文化馆非遗保护中心供图

胡集书会上艺人选择自己熟悉的曲目进行演出，由观众评定好坏优劣。它与会书有着不同，在内容上，会书是以弹词、评话为主，而胡集书会则是以竹板书、大鼓书为主。在目的上，会书是一种团体性演出形式，只进行表演，胡集书会则是为了能够招徕顾客。在历史上，胡集书会所在地就一直保持有深厚的艺术表演传统，并且演出数量众多，形式丰富，有评书、琴书、大鼓书、竹板等，深受民众的喜爱。就胡集书会的起源有各种不同的说法，第一种是迁址说，元代为了躲避战乱而迁于胡集；第二种是竞争说，相传南方艺人与北方艺人因于正月十二在胡集地区发生冲突，相约来年再战，久而久之就形成了书会；第三种是因为一位德高望重的老艺人在这一天病逝，为了纪念他，人们在这一天举行书会，久而久之逐渐形成；第四种是自然形成，在这一天人们相聚于此，表演各自的新曲目。胡集书会是说书艺人与民众相互交往、促进感情的机会，双方在长期雇书、表演的过程中，维持了惠民地区民间曲艺的传承与发展。期间，艺人们逐渐形成了一种师傅带徒弟、徒弟又收徒弟的传统。

二、胡集书会的主要活动

在20世纪60年代左右，胡集书会的前节是从新年到正月十二之前这段时间。期间，山东北部、河北南部以及一些更远的地方都会根据与胡集的距离选择出发的日期，并在沿途进行短暂的卖场说书，然后继续赶路，于正月十一会赶到胡集，艺人们聚集在旅店内相互问候，交流技艺。

胡集书会盛况图
王丕琢摄

正月十二这一天被称为正节，是三节中最重要的一个部分。这天，艺人们来到场地摆摊卖书，选择最显眼的位置摆下桌子，开始表演，演唱的种类有评书、河南坠子、毛竹板、西河大鼓等，《三国演义》《杨家将》更是经常出现的选段，当地的居民都会赶来听说。胡集书会一时间，说唱声、掌声、喝彩声、竹板声、琴弦声合在一起，平日宁静的村庄顿时热闹非凡。周边村落的村民也会请说书人到自己的村庄进行表演，在发现自己中意的艺人后便开始谈价还价，他们会把艺人叫到一边，商讨过程叫做“写书”。写书就是将自己的袖子和艺人的袖子对到一起，在袖筒里伸手指、摸手指商谈价格，以免价格泄露。基本事宜谈好后，写书人要向艺人支付定金，并拿走艺人的某件乐器作为抵押，一个村庄会请一档艺人回去表演。

现在，因为通讯工具的便捷，通常双方之间互留电话号码即可，彼此之间也都遵守承诺，看重诚信。每个村子都希望能够请到水平技艺更加高超的艺人，过去也有写书人在大街上抢艺人的情况出现。其他村民也会聚集到胡集赶集听书。表演通常持续到正月十六，每天上午、中午、下午各有一场演出，每场大概三个小时左右。从正月十七开始到正月二十一为偏节，在正节表演结束后，如果双方意犹未尽，想要继续雇请就可以继续商谈雇佣事宜，可以持续到正月二十一日。当地百姓和艺人在雇请关系中建立了深厚的友谊，艺人们通常是乡村里深受喜爱的座上客，村民不仅会邀请艺人去家中吃饭，有的还会结成儿女亲家，这些村子也成为艺人们说书的根据地。一些在胡集有名气的艺人也会在十七日后继续表演。

八十年代初期，政府出资兴建了胡集曲艺厅，并邀请国内知名的曲艺家来此演出，国内的文娱活动在经历了“文革”后重新焕发生机，赶会的艺人和听书的民众越来越多，到1987年，书会达到了“文革”后的新高潮。那一年有上百位的民间艺人赶来书会，政府请来了高元均、刘兰芳、郭全保等一大批著名的表演艺术家前来献艺。胡集地区出现了前所未有的热闹场面，曲艺厅前后被围得水泄不通，门口登记的桌子都被挤翻，据当地百姓回忆，书会结束后在门外可以捡到六筐踩丢的鞋子，可见当时的盛况何其壮观。

1984年胡集书会盛况　山东省文化馆非遗保护中心供图

之后，随着人民生活水平的提高，经济的快速发展，文化生活的日益丰富，胡集书会的情况发生了很大的变化，虽然三节的基本程式保持不变但是具体的内容发生了变化。就前节而言，由于现在交通环境的便利，出行方便，很多艺人选择当天出发就可以赶到胡集，没有必要提前离家。另外，正月十一的活动也大大减少，取消了一些敬拜祖师的活动。2007年之后，伴随着胡集政府采取的一系列措施，如“群众听书，政府买单”，正月十一晚上又新增加了政府考察艺人，评定书价的活动。从前艺人雇请的情况发生了改变，演出的次数由一天三场变为一天两场，四天五晚九场书。总之，与之前相比，如今的胡集书会在程式和内容上都已经大大简化。

来参加书会的艺人多来自山东、河北，也有少数来自江苏、河南、辽宁等地，书会的艺人可以分为三种类型：一是以此为主业，靠说书为主要的收入来源，在社会上没有正式的工作，身份仍然是农民；二是职业演员，他们是当地文化部门的正式职工，平时就会下乡演出，这部分人员约占四分之一左右；第三种就是以说书为副业的艺人们，平时会外出务工或在家务农或者已经休息，在书会期间帮忙打工，也趁此机会向前辈学习。艺人的年龄老、中、青三个阶段都有，但是以老人居多。在八十年代后期，由于各地文化局、艺术团的成立，很多年轻演员跟随师傅赶到胡集，现在当年的老艺人们大多已经故去，而当时年轻的学徒已经成长为现在书会的主力军。

就演出的类型而言，惠民地区最早流行的是山东大鼓和东路大鼓。民国期间，山东大鼓逐渐衰败，诞生于河北的西河大鼓凭借通俗、流畅的语言和唱腔迅速在山东地区流传起来，致使当时很多地区都纷纷改口唱西河大鼓。并且与当地风俗结合在一起，唱腔发生变化，形成了几个新的流派。竹板书又称为竹板快书，俗称“大落子”，是河北省流行较广的曲种。表演者右手持竹板，左手持节子板。竹板书形式简单，灵活简便，深受当地群众喜爱。木板大鼓是形成于河北的另一种鼓书形式，又名小口大鼓，梅花调等。表演者站立，一手持木板，一手拿鼓槌，站立轮番敲击木板和书鼓。

木板大鼓在清代兴起，至民国年间逐渐衰微，目前流行于沧州一带。在过去唱大鼓有两个门派，一个是黄河以北的梅清胡赵门，唱西河调和京韵大鼓；一个是黄河以南的孙柴杨张门，唱山东大鼓。来参加胡集书会的多属于梅清胡赵门。在艺人的传艺过程中有一条规矩“父不传子”，很多艺人的技艺都是家传的，但是为了不破坏江湖上流传下来的老规矩，学艺需另寻老师。拜师的仪式是非常隆重的，早年拜师叫做“先拜祖，后拜师”。老师坐在中间，地上铺上红毡，桌上点香，弟子冲着牌位磕头。六七十年代后拜师仪式就没有过去那么复杂，省了很多繁文缛节。胡集书会的艺人有一个特殊之处，拜师后的第二年正月，师傅需要带着徒弟赶到胡集书会，在十一日晚间，要向同行、师兄弟介绍自己的新学徒。学艺时间是三年，加上谢师

胡集书会盛况图 王丕琢摄

一年，共有四年，行话叫做“三年满四年圆”。谢师时，徒弟赚的钱都要给老师。学习的方法一般是口传心授，老师将书的主要故事情节写在本子上，新学徒先学小段再学固定的套话，也叫死词，最后再学整本书。学徒往往是十一二岁的少年，比较顽皮，加上要学习的东西内容多、难度大，学习过程中挨打是经常的事。虽然过程辛苦，但是艺人们并不抱怨，常常会感激老师们的严格要求，因为只有苦练才能学到本领。学艺三年，谢师一年，最后学徒有能力自己单独演出，就算是正式出师了。此前还要举行出师仪式，给祖师爷上香叩头，给师傅、师娘行礼，师傅送给徒弟几样道具，从此徒弟就可以单独进行演出了。

三、胡集书会的价值及传承情况

（一）胡集书会的价值

胡集书会作为当地民间生活娱乐的一部分，满足了民众的精神生活需求，尤其是在农村等，物质生活相对贫乏的地区，更是提供了一个全民娱乐的舞台。新年之后，正值农闲，是放松休闲的好时机，说书的场地不需要太大，并且道具简单，实施方便，接待简单，是很好的娱乐休闲方式。胡集书会恰恰适应这种节奏，人们在书会现场，人挨着人，能够充分体会着“一日能看千台戏，三天可读万卷书”的舒畅。

书会上的节目多宣扬孝道，劝说与人为善，比如《杨家将》《呼家将》等侠义故事。在潜移默化之中，这对当地民众起着教化作用。同时，在书会期间艺人们所得到的报酬远远高于平时的表演。通过这个平台，艺人们能够得到很好的交流，相互问候，畅谈友谊，敬拜祖先，增强技艺，期间很多艺人扬名立万，得到了机会发展起来。胡集地区也利用书会彰显村内实力和内部凝聚力，在请书雇书的过程中，逐渐形成了一种通过雇书标准来评判村内经济的习惯，雇不起书的村落会被别人看不起，人们是不会把自家的女儿嫁到这个村中的，而胡家集村每年都会请当年书会上最好的艺人，以此彰显了自己的财力，巩固了自己在周边村落中的霸主地位。作为当地重要的地方文化品牌，胡集书会对于提高当地知名度和促进地区经济发展都有重要的意义。

（二）胡集书会的传承情况

胡集书会作为一个专业性的地方曲艺集会，在近百年的传承中，一直依靠书会参与者自发传承，其主要组织者在过去是德高望重的老艺人，后来就由地方政府进行组织。因此，胡集书会的传承基本以社会传承为主，具体表现如下：

1. 胡集书会作为自发的民间曲艺交流集散场所，在中华人民共和国成立之前，以及新中国成立后一段时期里，一直由德高望重的老艺人根据约定俗成的规章管理和维护着胡集书会的发展。

2. “文化大革命”期间，胡集书会由胡集镇革命委员会组织管理，但已非常萧条。

3. “文化大革命”结束后，胡集书会由胡集镇人民公社组织管理。

4. 1984 年始至今，由胡集镇人民政府负责胡集书会的组织管理、协调及发展事宜。

渔民开洋、谢洋节

渔民开洋节、谢洋节是我国东部沿海地区渔民在长期从事与渔业生产相关的活动时，世代传承相沿成习的一种节日祭祀民俗。通常在每年鱼汛开始的季节或渔船首次出海的时候举行开洋节，鱼汛结束、渔船满载而归时举行谢洋节。无论是开洋节还是谢洋节，渔民们都要虔诚地祭祀海神，举行各种庆典，演戏酬神，表示他们对海洋及相关神灵的敬畏、崇拜和感恩之情。

2008 年我国东部沿海地区的渔民开洋节、谢洋节作为一种独立的节日门类被列入第二批国家级非物质文化遗产名录，其申报单位为浙江省象山县、岱山县。但按照相关解释，这个节日被认定是开放的，后续相似节日还可以继续认定并加入其中。

一、渔民开洋谢洋节概况

渔民开洋、谢洋节作为沿海地区特有的民间节日，被列入国家级非物质文化遗产名录，对于传承和继续挖掘该节日的文化内涵具有重要意义。虽然在文化部认定国家级非物质文化遗产名录时，基于文化内涵的一致性，将浙江、山东两地多个县市申报合并、共同列入其中，但其具体形式和仪式展演并不完全相同。接下来，本部分将主要介绍山东省日照和荣成两地渔民开洋、谢洋节的基本情况。

（一）日照

日照沿海一带的两城镇、石臼所、裴家村、涛雒镇、岚山头等沿海村、镇自古以渔业生产为主，由于长年跟大海打交道，遇上恶劣天气，渔民的生命和生产安全时常受到威胁，出海活动危机四伏；再加上过去科学不发达，渔民们在海上的安全无从保障。所以，他们把丰产平安的希望寄托在神灵的身上，于是祈求神灵保佑并逐渐形成一种习俗，许多和渔业生产相关的禁忌也因此产生并流传了下来。

日照市渔民节现场图　山东省文化馆非遗保护中心供图

传说农历的六月十三日是海龙王生日，这一天，沿海的渔民们都要聚集在龙王庙举行祭拜海龙王的仪式与活动，同时安排来年的渔业生产。日照经济开发区裴家村的渔民节就起源于这些活动。自明朝洪武年间至清朝光绪年间，祭拜海神的活动逐渐成型，并渐渐为沿海渔民以至内陆居民接受。虽然这种活动在新中国成立后，特别是受文化大革命以及近年沿海工业化进程的影响，逐渐处于濒危境地，但这种自发的民俗活动已深深植根于当地渔民心目中，具有较高的文化价值。祭海活动，历经世代演变，发展到今天成为渔民的固定节日，其核心内容是表达渔民对海的敬畏和崇拜，以及祈求人福舟安、渔业丰收的愿望。渔民节对于沿海渔民祭海习俗的传承与发扬，有一定的历史价值，对于研究海洋文化和渔家风情等也有着积极的民俗学意义，有必要在政府主导、多方参与的条件下对其加以保护、弘扬和传承。

（二）荣成市

渔民祭祀活动主要在荣成市南部沿海渔村进行，尤其是院夼村等周边渔村，如靖海卫村、朱口村、沙口村、码头村、蚧口村、大鱼岛等村。院夼渔民祭海有着悠久的历史。早在春秋时期，由于当时落后的生产资料和生产方式，渔民开始迷信自然力，他们认为万物有神灵主管，福祸不以人的意志为转移，从而产生了海神的传说。为了祈求海神保佑他们的海上生涯一帆风顺，鱼虾满仓，院夼渔民遂于每年出海前一天，向海神献祭。早年间，捕鱼工具控制在渔行手中，渔民受雇于渔行，所以渔行便在谷雨这天举行祭海、祭海神活动，一来祈祷平安丰收，二来团结渔民。60 年代，祭海习俗一度消失，但祭船聚餐活动有增无减；80 年代以来，渔民的祭海活动更加愈烈，一直延续到今天。

每年的 4 月 20 日或 21 日为谷雨，院夼由于其独特的海洋地理位置及气候特点，每到谷雨这一天，深海的鱼虾等便遵循季节洄游的规律纷纷涌至院夼村南的黄海近海水域，渔民因此有“鱼鸟不失信”“谷雨百鱼上岸”之说。休息了一冬的渔民开始整网出海，一年一度的海上生产正式开始。为了祈求平安、预祝丰收，渔民出海之前都要举行隆重而盛大的仪式，虔诚地向海神献祭。渔民的祭海活动分三天，第一天，准备祭品，白面大饽饽十个，烧酒一瓶，香纸鞭炮一宗，同一条船的渔民准备带皮去毛的肥猪一头，用腔血抹红，单个家庭祭拜，一般用猪头代替整头猪。第二天，即谷雨节前一天下午，渔民出海陆续上岸，抬上肥猪，带着祭品来到海神庙或娘娘庙前，先摆贡品，再放鞭炮，然

荣成开洋、谢洋节　山东省文化馆非遗保护中心供图

后烧香磕头，面海跪祭。第三天谷雨节之日，渔民欢聚一堂，席地而坐，大碗喝酒，大口吃肉，划拳猜令，直喝得昏天黑地，因此谷雨节成为渔民的欢乐节日。

二、渔民开洋、谢洋节历史沿革及口头叙事

不同地区的渔民开洋、谢洋节都具有地域性特点，主要表现在其口头叙事上。不过，总的来说，渔民开洋、谢洋节的口头叙事大多与海洋及相关信仰有关。接下来，本部分将以日照渔民开洋、谢洋节相关口头叙事为例，进行介绍。

日照地处黄海之滨，沿海各地自古以渔业为生。据民间传说，海洋里有一种非常罕见的鱼叫“鳐”，它身体庞大，非常凶残，而且寿命极高，它在存活了 2000 年后，修炼成精，继而危害四方，扰乱周围的渔民，使当地的黎民百姓不得安宁。为了生存，渔民们每年都在年初用一些丰厚的供品来祭拜“鳐”，但是“鳐”生性凶残，经常危害百姓，渔民们只好四处躲避以免受其害。后来这件事惊动了龙王，龙王为了保护当地的百姓，禀告玉皇大帝，并奉旨收服了孽鳐。为了感谢龙王的保佑，沿海渔民每年都要举行祭拜活动。

据日照县志记载，裴家村始建于明洪武二年（1368），祖祖辈辈以打鱼为生。起初，几家人合养一条木帆船，共用几个大网，人工掌舵摇橹，出海打鱼全凭经验，危险性很大。中国自古相传龙王是海神，所以古时候渔民就拜祭龙王来祈求渔业生产平安丰收，久而久之，渐成习俗。一来农历六月是渔业生产淡季，渔民们趁这段时间修船补网、切磋生产技艺；二来传说农历六月十三是龙王生日，于是渔民们在这一天搞庆祝活动，祭拜龙王，祈求人福舟安。

清朝光绪十四年，裴家村的先辈们依照敬神求安的习俗，在村南沿海边修建了占地约 1.5 亩的龙王庙。每年农历的六月十三，渔民们都杀猪宰羊到庙里祭海神龙王，船老大们请来道士做法事，同时请戏班子在庙门前扎戏台唱三天大戏。附近村庄和几十里路以外的渔民也都赶来祭拜。在此期间，船老大们还聚在一起抽签抓“行地”，划分来年下海作业的区域。从此，“六月十三”成了渔民们固定的节日。

解放前后，由于战争，龙王庙年久失修逐渐破败；加之“破四旧”和文化大革命运动的影响，渔民节庆祝活动曾一度淡化。改革开放以后，沿海渔业生产兴旺发达，渔民节庆祝活动再度热闹起来，也更加丰富多彩。

1995年春至1996年夏，由沿海渔民共同出资，海外华侨、台胞和社会各界出资鼎力相助，对龙王庙进行了重修。1996年农历六月十三日，在新落成的龙王庙里，裴家村的渔民们隆重举行了一场盛况空前的渔民节庆祝活动。这不仅使古老的祭海活动得到传承，还对弘扬渔家传统文化起到了积极的推动作用。

三、渔民开洋、谢洋节的主要仪式活动

（一）日照

日照市渔民开洋、谢洋节　山东省文化馆非遗保护中心供图

渔民节是沿海渔民共同的节日，历史久远，是在渔民长期生产生活中形成的一种传统习俗。参加渔民节活动的人员包括从事海洋捕捞作业的人员和进行浅海养殖的人员，即所有从事与海洋渔业生产有关的人员及其家属。日照沿海渔民节是渔民祭海形式的集中体现，表达了渔民对大海的浓厚情感和敬畏之心。渔民节的活动内容极为丰富，包括开光、敬龙王、拿行、敬海神娘娘等活动。渔民节各项活动结束后，船老大们还要聚在一起，边喝酒边交流，谈春季的收成和秋季的打算，以及生产中的感受和须注意的事项等。接着渔民们还举行跳水族舞等民俗节庆活动。

1. 开光

六月十三这一天，为新建渔船举行下水仪式。开光是渔家盛事，仪式最为隆重。新船落成，亲朋好友送红旗祝贺，旗幅六尺，取六六大顺之意。贺旗少则数十，多者逾百。船主在天亮前到船上焚纸、放鞭、烧香，将红绿布条悬挂船头。备两只大公鸡，一只在船头处开刀，鸡血从“船眼”流下，染红船头，俗称“开光”，又称“挂红”。岚山一带渔民称此举为“灌带”，亦称“染龙眼”，意思是该船下水后像龙一样，眼睛睁得大大的、亮亮的，不论白天、黑

夜，起雾、下雨，都能看得清、多打鱼，并处处得到龙王的保佑。取鸡血开光，意在借鸡的谐音，喻“大吉大利”之意。另一只公鸡放掉，谓之“放生”，意在即使遇上海难也可免于一死。开光后，新船即可试航，俗称“下河”。下河时，要烧香、焚纸，大放鞭炮，插上亲朋送的贺旗，也有插上竹扎的摇钱树的。一切就绪，亲朋邻里聚集海头，欢送新船下水。新船下水后，船上渔民还有许多禁忌：酒盅、饭碗、盘子不能倒扣在桌子上，筷子不能放在碗上，遇到东西翻过来了，不能说“翻了”，要说“打个张”；也不允许妇女上船，怕会翻船。

2. 敬龙王

六月十三日渔民节的这一天，渔民们要杀猪宰羊、蒸饽饽，准备各种糕点、水果等供品，在龙王庙里和各自的渔船上张贴对联、悬挂彩旗。渔民们起来，抬着披红戴花的猪羊和各家准备的供品，一路敲锣打鼓、鸣放鞭炮，在秧歌队、旱船和围观的群众簇拥下来到龙王庙。上午八点，祭拜活动开始，鞭炮齐鸣，锣鼓喧天，彩绸飞舞，船老大们把各种供品摆放在龙王殿前，依次烧香磕头，叩拜龙王。

3. 敬海神娘娘

以前有一种大风船，船上供有海神娘娘，在船尾设有香案，供三杯酒。出海时，船老大站在船面上，口含清水朝东南方向漱一次，再进仓为海神娘娘上香敬酒，口中念念有词，祈求风平浪静。现在，船上不再供海神娘娘，而在龙王殿一侧设有海神娘娘殿，对海神娘娘的祭拜活动都设在龙王庙，与祭祀龙王同时进行。

4. 拿行

又称“抓行”，是渔民节的一项最为重要的内容。据传，清朝道光年间，戴家村人首倡“拿行”之举，得到石臼所一带渔民的响应。近海渔场，鱼的多少不一，民谣道：“拿了老虎头，吃喝都不愁；拿了金盒底，不种稻子也吃米；拿了下边外，潭漂（浮子）、蛏子一起卖。”因此渔民在每年的六月十三，以抓阄的方式来确定各自的渔场。过去没有定位仪器，渔民根据目测，以自然景观为基准坐标，分出能看见“河山”的海区，能看见“嶝山”的海区……诸如此类像分地一样划分渔场，并起上名字“老虎头”“老虎脚”“鲤鱼池”等等。六月十三日，船老大们还凑份子请民间的戏班子唱戏，有京剧也有地方戏（周姑子戏、柳琴戏），京剧剧目常演的有《钓金龟》《杨门女将》《四郎探母》

《西厢记》等，地方剧目有《张郎与丁香》《墙头记》《小姑贤》等为老百姓所喜闻乐见的剧目；同时还有秧歌、旱船表演，使演出更加丰富多彩。

“拿行”在石臼所海区率先实行，后推及沿海渔村。拿行的仪式由公推的艄公主持，（裴家村一带由请来的道士主持）一般在龙王庙进行。在近海下大网（又称坛子网）的船主，都参加抓阄。六月十三日下午，船老大们仍聚在龙王庙，由公推的老船长或道士晃签决定抓阄的次序。各船主的姓名均写于竹签上，装在竹筒中，船主晃出一个竹签后，便拿去“抓行”。“行地”（即渔场）写于纸上，装在一截芦苇管内，用红纸包裹，全部放在升（一种计量粮食的工具）内，用红布将升蒙好，放于庙内神台上。渔民从升内摸出“行地”，再将“行地”登记到账簿上，此账称“行账”，以备查询。当晚吃水饺，同一村不下海的人家也吃水饺。相沿成习，渔村逐渐形成了六月十三这个独特的节日。改革开放以后，近海作业不再限制区域范围，“拿行”也不复存在，谁先下户（即在海中打桩）渔场即归谁，但人们仍过六月十三。

5. 跳水族舞

在渔民节这一天，渔民们要跳极具地域特色的水族舞。水族舞造型多是鱼、鳖、虾、蟹、蚌，服装制作采用竹篾、白绸布或绵纸扎制，再用彩笔勾画。水族舞的表演大致分两种形式。其一是即兴表演，众多男女各依喜好，选择一种水族造型套在自己身上，随着锣鼓、唢呐等音乐，模仿水族的各种姿态手舞足蹈，其步伐多采用戏曲台步或秧歌步，也有即兴发挥的；其二是带有剧情的表演，表演时不仅有水族的造型，而且还有人物的造型，通过人与水族特有的联系和特定环境，描述爱情、伦理和寓言故事。常见的剧情水族舞有：《鹬蚌相争》《渔翁与蚌精》《哪吒闹海》《水漫金山》等，由于剧情水族舞运用拟人手法，情节曲折生动又贴近生活，它比即兴表演水族舞更具魅力。

（二）荣成

荣成院夼渔民祭祀海洋的活动一般分为三天进行。第一天主要是准备祭品。祭品主要有刮掉毛的带皮整猪一头，用腔血将猪身涂红；白面大饽饽十个；烧酒一瓶；纸香鞭炮若干。

第二天，即谷雨节前一天下午，渔民将准备好的供品敲锣打鼓地抬到龙王庙或海神娘娘庙前。先举行摆供品仪式，等供品摆好，开始燃放鞭炮。接下来是信众在道士或会头的带领下烧香磕头，面向大海跪拜，祈求神灵护佑。

荣成开洋、谢洋节老照片　王丕琢供图

第三天，谷雨节正日子，渔民们在龙王庙前或海神娘娘庙前广场载歌载舞，表演各种节目以娱众神。晚上则聚在一起，喝酒行令，热闹到深夜。

四、渔民开洋谢洋节的传承情况

渔民节开始时是一种自发的活动，主要依靠社会传承和家庭传承，就传承谱系本文只选择部分有代表性的人物加以记载。

（一）日照

根据日照裴家村老人们回忆和族谱记载，组织此项活动的渔民都是船老大。

代别	姓名	性别	出生年月	文化程度	传承方式	居住地
第一代	裴仕庭	男	不详	不详	口传	裴家村
第二代	裴兰泽	男	不详	不详	口传	裴家村
第三代	裴京远	男	1894 年	不详	口传	裴家村
第四代	裴振典	男	1918 年	不详	口传	裴家村
第五代	裴振洲	男	1937.8	高小	口传	裴家村
第六代	裴纪苓	男	1950.8	初中	口传	裴家村
第七代	裴振付	男	1956.6	初中	口传	裴家村
第五代	裴振洲	1995 年任村党支部书记期间，积极发动并主持了龙王庙的修复工作；参与组织渔民节庆祝活动，并通过媒体进行宣传，对于传承和发扬渔家风俗文化起到了积极作用				
第六代	裴纪苓	1978 年当船长，一直参与组织渔民节活动				

（二）荣成

作为院夼渔民特有的传统节日，渔民节高度集中了各种荣成音乐手工艺术，是地方民俗文化的表现形式。这种形式已从春秋时期延续至今，而且由渔民世代传承下去，每年的谷雨节，渔民们都会自发组织大规模的祭祀活动，这已形成了不可阻挡的潮流。

传承人王巍岩从一位渔家子弟成长为山东沿海渔业强企的一位党委书记，在近 20 年的党委书记生涯中，尤其是改革开放以来，他坚持两手抓，两手都硬，牢牢扭住经济建设的牛鼻子不放松，坚持科学发展观，大力弘扬先进传统文化，积极带领集团和村干部职工，艰苦创业，使山东院夼实业集团有限公司在短短的几年内就发展成为一家总资产为 3 亿的村企合一的渔业企业，2006 年村集体经济总收入 2300 万元，职工人均收入 12000 元。该传承人有深厚的文化底蕴，作风朴实，平易近人，爱好广泛，对当地的人文历史和民俗文化有相当深入的研究，尤其是对胶东沿海一带的渔民节祭祀仪式的历史有着系统的研究，他对这一民俗文化发挥着重要的传承和传播作用。

渔灯节

渔灯节是渔家文化的典型代表。渔灯节不仅是渔民的一种祭祀活动形式，而且是渔民民俗文化的重要组成部分，其鲜明的渔家特色、丰富的文化内涵，是其他传统民俗文化不能涵盖的。改革开放以来，渔民们大力弘扬渔家文化，渔灯节不断繁荣发展，现已成为渔民宣传推介渔家文化的一种有效载体。改革开放后，“渔灯节”这一传统民间习俗又重新活跃起来，形式上更加多元化，除了渔民的自发参与，还有政府的扶持和企业的支持。渔家特色更加鲜明，文化内涵更加丰富，其规模、影响和声势更大。

2006 年烟台渔灯节被列入山东省首批省级非物质文化遗产名录；2008 年被文化部列入第二批国家级非物质文化遗产名录。

一、渔灯节概况

渔灯节是烟台经济技术开发区沿海渔民特有的传统民俗节目，距今已有 500 多年的历史，流传于辖区内的山后初旺、芦洋、八角、山后陈家、山后顾家、山后李家、峰台、下刘家、五十里堡、沙窝孙家、河北等十几个渔村。渔灯节是从传统的元宵节中分化出来的一个专属于渔民的节日。每年正月十三或十四午后，沿海渔民以一家一户为单位，自发地从各

秧歌表演　山东省文化馆非遗保护中心供图

自家里抬着祭品，打着彩旗，一路放着鞭炮，先到龙王庙或海神娘娘庙送灯，祭神，祈求鱼虾满舱，平安发财；再到渔船上祭船、祭海；最后，到海边放灯，祈求海神娘娘用灯指引渔船平安返航。除了这些传统的祭祀活动，现在的渔灯节日还增添了在庙前搭台唱戏及敲锣鼓、扭秧歌、舞龙等种种群众自娱自乐活动。

二、渔灯节历史沿革及口头叙事

据蓬莱史志《登州府志》（卷二）记载，建村较早的芦洋村（原名芦洋寨）始建于明朝洪武二十九年（公元 1396），距今已有 600 余年。据山后顾家村 81 岁的顾广信讲，山后顾家村建村已有 550 多年的历史，听他爷爷讲，有村就有渔灯节，渔灯节是从元宵节中分化出来的一个专属于渔民的节日，由此推算“渔灯节”应起源于明朝，距今已 500 多年历史。

至于为何开发区现在有的村是在正月十三过渔灯节，而有的村是正月十四过，据芦洋村 69 岁的老渔民丁义江老人讲：“山后初家村村东海湾，是天然渔港，周边渔村的渔船多在此停泊避风，为了祈求人船平安，鱼虾满舱，由周边渔民共同募集资金修建了这一带最早的龙王庙。随着海洋捕捞业和海上航运业的发展，从事海上渔业捕捞和海上航运的人越来越多，渔灯节期间，为解决船主间争抢拜祭先后的纠纷，在 20 世纪 30 年代末期，山后顾家村、山后初家等村的渔灯节时间改为正月十三，其他村渔灯节时间继续沿袭旧时正月十四。开发区沿海渔民祭拜的海神对象是‘海龙王’和‘天后’。”

祭拜　山东省文化馆非遗保护中心供图

关于渔灯节的由来，当地流传着一个故事：相传很多年前，正是农历正月十四，渔民们出海捕鱼遇上了非常恶劣的天气，巨浪滔天。天黑后，出海的渔民还没有回家。他们的亲人急了，就纷纷提着灯笼到海边去找，并不断地叩拜龙王、海神娘娘，祈求这些神灵保佑出海的渔民顺利回家。渔民亲人的诚心感动了海神娘娘，顿时他们所提的灯笼连成了一片，闪烁的灯光照亮了整个港湾，在海上漂泊的渔民们看到耀眼的灯光，立刻就有了力量。他们朝着灯光的方向拼命划去，终于全部平安回到岸边。从此以后，烟台沿海地区的部分渔村在农历正月十四（或十三）有了过渔灯节的习俗。过节时，家家户户都做渔灯，并且带着最好的供品前往海边祭拜海神、龙王，祈求这些神灵保佑出海的渔民平安回来。

三、渔灯节主要仪式活动

渔灯节的祭祀顺序和基本内容。首先，是船主先将自制的渔灯和船模，送到海神娘娘庙供奉，祈求海神娘娘用渔灯指引渔船平安归来，祈求海神娘娘认船识人、佑护人船平安；给龙王敬献供品，祈求鱼虾满舱，平安发财。其次，船主在船头上摆放供品，在桅杆上悬挂鞭炮，在船头、船舱、船尾摆放渔灯并点燃，准备就绪后，由船长点香烧纸，率领众人叩拜一起祭船。然后，由船主口念着吉语，向海里洒酒，投放水饺、供菜开始祭船，祈求“赶渔郎”（又名海夜叉、海夜神）为自己多赶鱼，使网满包，鱼满舱。最后，到海边放渔灯。遇风不顺时，将渔灯置于海边避风处；遇风顺时，将渔灯放置于用高粱秸（富足人家用木质）自制的尺余长的船模上，顺风飘入海中。通过放灯的方式，将渔灯和船送给海神娘娘，祈求海神娘娘用灯指引渔船平安返航，用船搭救遭遇海难之人。在渔灯节期间，渔民的文娱活动主要分两种形式：一是庙前搭台唱戏，多以京剧《空城计》等老曲目为主；二是港口码头多以敲锣鼓、扭秧歌、舞龙等自娱活动为主。

祭拜路上　山东省文化馆非遗保护中心供图

渔灯制作　山东省文化馆非遗保护中心供图

渔灯节全景　山东省文化馆非遗保护中心供图

四、渔灯节的价值与传承现状

（一）渔灯节的主要价值

首先，渔灯节改变了渔家文化对农耕文化的依附地位。起初，沿海渔民的习俗与陆地从事农耕的人大致一样，后来他们将陆地上的习俗沿袭到赖以为生、相依为命的船上。渔民们虽然以牧渔为生，但仍摆脱不了对农耕文化的依附。随着历史的变迁，渔家文化不断的发展，渔灯节已具雏形，成为渔民习俗中不可缺少的重要组成部分。渔灯节的创始人大胆跳前一步，把渔灯节从传统的元宵节中分化出来，将其变成渔民自己专属的节日，可以说渔灯节改变了渔家文化对农耕文化的依附地位。

其次，渔灯节是渔家文化的典型代表。渔灯节，不仅是渔民的一种祭祀祈福活动形式，而且是渔民民俗文化的重要组成部分，其鲜明的渔家特色，丰富的文化内涵，是其他传统民俗文化不能涵盖的。改革开放以来，渔民们大力弘扬渔家文化，渔灯节不断繁荣发展，已成为渔民宣传推介渔家文化的一种有效载体。

另外，保护渔灯节不但能弘扬传统文化，丰富群众的文化活动，还能加强文化交流，更能开发当地的旅游资源，增加当地居民的经济收入。

（二）主要传承情况

作为渔民的传统民俗节日，渔灯节集中了海文化、神文化和渔家文化，是渔家文化的一种表现形式。渔灯节从活动程序上，形成了固定的活动顺序；从活动内容上，形成了固定的祭祀内容；从活动空间上，形成了固定的场所；从活动时间上，形成了固定的活动时间。渔灯节的传承是社会性的，是渔民世世代代沿袭下来的。

泰山东岳庙会

泰山位于山东省泰安市中部，有“五岳之首”“五岳之长”“天下第一山”之称。自古以来，中国人就崇拜泰山，有“泰山安，四海皆安”的说法。泰山主峰海拔一千五百三十多米，气势磅礴，拔地通天，是中华民族最早生息繁衍、中华文明的发祥地之一。泰山日益成为百姓们心中的神山，其形象日益深入民心，泰山民俗文化的中心内容是信仰与祭祀民俗。远古人类生活在恶劣的自然环境中，对于一些自然现象如风、雨、雷、电及洪水等的发生无法理解。人类为了生存而乞灵于某一物体，便产生了各种各样的原始自然崇拜。因此，从最早对于山岳的崇拜，进而产生了祭天的活动。起自远古的泰山封禅活动，就是这种信仰活动的典型代表。

2006 年，泰山东岳庙被山东省政府列入首批省级非物质文化遗产名录；2008 年，泰山东岳庙会被国务院批准列入第二批国家级非物质文化遗产名录。

一、东岳庙会历史源流与概况

泰山脚下的岱庙，旧称“东岳庙”，俗称“泰庙”，是泰山最大、最完整的古建筑群，也是华夏名山第一庙。庙里供奉着泰山神——东岳大帝，传说农历三月二十八日是他的诞辰，历代帝王多于这天在岱庙举行祭祀活动和封禅大典。帝王的祭祀庆典活动、道教的宗教信仰活动及民众的朝山进香活动，在岱庙一带形成了以贸易和娱乐活动为主要内容的东岳庙会。1937 年“七七”事变后，因时局动荡不安，东岳庙会自行消失。新中国成立后，适应当时活跃市场、恢复发展经济的社会需要，由政府部门组织恢复了东岳庙会，但以物资交流大会的形式出现，虽集娱乐、文体、贸易等活动于一体，但主要是商品交易，传统的求佛拜佛、朝山进香等宗教信仰活动已消失殆尽。“文化大革命”期间，东岳庙会一度中断。

1986 年泰安市恢复了泰山庙会，地点改在泰山环山路上，以红门、王母池为中心，举办时间是5月6日至12日，历时7天。期间，有100余家商业团体参与庙会活动，像经营各种各样的日用百货、生活用品及地方特产的大小摊点更是林立，与20世纪五六十年代物资交流会不同的是，现今庙会以个体经营者为主体。各地的文艺团体也是纷纷前来为庙会助兴，让与会者沉浸在欢乐的海洋中。

1991年东岳庙会为期6天，上会人数达120多万，有12个表演团体为大会助兴。1992年东岳庙会盛况空前，以红门路为轴心，南起岱宗坊，北到关帝庙，西临普照寺，东至王母池，占地面积1平方千米，会期长达10天。会上1500多家售货摊点、15个大型表演团体和200多家饭棚参与经营、娱乐及服务，赶会人数多达200万以上，把整个会场挤得水泄不通。1993年5月8日至17日举办的庙会，为期10天，地址又有所变化，庙会分南北两个会区。1600多家经营摊点、19个大型表演团体和400多家商业大棚分布于庙会的南、北两区，每天赶会者有20万—30万。

泰山东岳庙会集宗教、民俗、娱乐、民间艺术、经贸活动于一体，始于汉，兴于唐，发展于宋，鼎盛于明清，历千年之久而不衰，是泰山文化的重要组成部分。新时期的东岳庙会，在更大程度上为人们提供了一场丰

2004年泰山庙会红门进香

2004年泰山庙会

2004 年泰山庙会福建祈福团岱庙行

2004 年泰山庙会福建祈福团岱庙行

厚的文化饕餮大餐。期间，人们可以尽情领略泰山的民俗风情、民间艺术，从而加深对泰山文化的认识；也为泰山作为中国旅游胜地做了最好的注脚，让人们更好地领略“五岳独尊”的魅力。

二、东岳庙会主要仪式活动

庙会的台子

“仪式”是具有宗教或传统象征意义的活动的总称。宗教仪式具有一定的时段、特定的场合，与个人或团体有关。仪式可以由个体、群体或团体组织主持，既可以在任意或特定的场合，也可以面

泰山庙会——虎山公园戏曲场地演出一角

庙会市场一角

对于庙会来说，吃得总是少不了，特别是那些花钱不多，就可解馋的小吃总是那么诱人。煎包、豆腐脑、热面条、油酥烧饼等，各种小吃应有尽有

庙会市场一角

向公众、私人场合或特定人群。仪式既可以仅限于特定团体，也可以限定于宗教或社会事务。从对仪式的广义理解而言，庙会本身就是一种仪式，是具有宗教与其他多重含义的仪式性活动的总称。从狭义的仪式内涵来看，庙会中的宗教性仪式活动、民众进香的仪式性活动、政府参与策划的仪式活动，一起构成为庙会仪式的整体。

1. 求平安

一般情况下，当代香客向碧霞元君祈求平安的方式为烧香祈祷、跪拜磕头。2007 年 10 月 19 日（农历九月初九）上午 8∶30，泰安某村的香客 A 连同本村其他八个香客乘出租车到红门宫，其中有五女三男，最小的五十二岁，最大的七十六岁。香客 A 说：“每年九月九，都要带着纸、香和元宝来求平安。每次都要先到小泰山上烧香再到红门，因为小泰山更灵验。由于现在烧香的人多，每次来都要把纸、香和元宝交给工作人员烧，我们就只等着挨个去殿里磕头，磕头的时候再跟老奶奶说：‘老奶奶，我是泰安某村的人，今天来烧香了，求你保着在家在外的都平平安安。’再磕十个头，讲究十全十美，磕头的时候往功德箱里放上一毛钱就行了。”

2. 求子与得子还愿

自古以来，“不孝有三，无后为大”的观念根深蒂固，婚后不孕乃是民间一大忌讳，遇到这种情况，老百姓总是把希望寄托在神灵的身上，祈求得到护佑。红门宫内专管生育的送子娘娘则满足了香客的这一愿望，庙会期间，送子殿前总是不乏求子的香客。

3. 献袍与献鞋

香客认为向神灵祈求恩赐，理应给神灵献袍以示敬意，香客所献之袍一般为一块九尺九寸的红布，只有少数香客将红布做成衣服，香客献给神灵的鞋一般为手工制作的绣花鞋。

4. 摆供与抢供品

香客来红门宫进香，除了带些香、纸和元宝之外，还要再带一些供品，供品分为水果供和大供。水果供是指以苹果、橘子、香蕉等水果为供品，取其谐音“平安”“聚子”，也有人因避讳“在劫难逃”而不供养桃或葡萄，至于供品的数量全依个人心意，一般是三个或五个。大供又分为三样供、五样供和十样供，三样供指供养鸡、鱼、肉，五样供指供养鸡、鱼、肉、丸子、豆腐，十样供指供养鸡、鱼、丸子、肉、豆腐、苹果、香蕉、橘子、馒头、点心。一般只有许过愿的人才上大供，一般的香客烧香只供养一些水果。除此之外，每逢三月十五碧霞元君生日时，还要再按照现代人的庆寿方式在碧霞元君座前供一盒生日蛋糕。

香客们经常说，神仙吃过的供品带回家给小孩吃吉祥，像给碧霞元君吃过的蛋糕，小孩吃了能长命百岁。因此，每逢庙会，从红门到小泰山，再到飞云阁、弥勒院，到处可见争抢供品的香客。有的香客认为自己带来的供品是用来孝敬神仙的，不能再带回去，所以就去拿别人的，为此，庙会上也经常会有人因为抢供品而争吵。

5. 抢开光袍布

每年三月十四晚十二点红门宫元君殿要举行开光仪式：红门宫从泰安城里请来六位吹乐师傅，在元君殿前用乐器八音盒吹奏类似“阿弥陀佛……”的曲子，在吹曲子的同时，殿里的工作人员会拿起香客敬献的袍布给碧霞元君披袍，到音乐停时停止（约三分钟）。所有披在碧霞元君身上的红袍就是开过光的，一般能披四到五件。开光仪式过后，殿内的工作人员拿着红袍喊：“老奶奶穿过的大红袍，开过光的，一百元一件，有买的可以进入殿内头。”据殿里的工作人员说，开过光的大红袍非常灵验，如果家里有经常生病、经常被吓着的小孩，穿上之后就不会有事了，因此每年这时候都有很多香客抢开光袍布。

6. 神婆求事

在庙会上经常会遇到一些年老的香客，他们经常说自己有仙骨，能和神灵通话，在民间通常把这类人称为神婆、会算的、会看病的。这些人也经常到红门宫烧香，当询问他们拜神的目的时，她们也总是会说：“在家里是给人家看病的，得来拜拜老奶奶。要是人家家里有什么事情或者有些不好看的病，再到这里来烧烧香圆稳圆稳，再回去烧烧，这样有什么事情老奶奶就给办好了。”

7. 栓福带、买纪念品

工作人员经常在庙会上推销写着“登上泰山全家平安”字样的红色福带，每对三元。香客 H 说：“买上一对福带，将一条拴在高处（树上）或红门外的石头上，就是压百岁，可以保佑一年四季平安。另外一条带回家，若不带回去，拴在送子殿里的金娃银娃身上也行，保佑着都平平安安的。”因此，在庙会上经常会看见一些香客把福带拴在通往小泰山殿的树上或者送子殿里金娃银娃的膀子上。除此之外，香客还会给孩子买些纪念品，每逢庙会，小泰山殿前和财神庙前的纪念品摊位收入可观。

8. 摸眼光奶奶

红门宫东院香火一向冷清，但是每逢庙会，东院也经常挤满香客。庙会上经常会看到许多香客在拜完眼光奶奶之后，还要再走到眼光奶奶神像跟前，先摸一下眼光奶奶，再摸一下自己的眼睛，一边摸一边说：“眼光奶奶，保佑着眼睛清亮亮的，别花眼。”也有香客不明白为什么要这么做，但听说这样做可以保佑眼睛好后，也跟着重复别人的动作，于是也引来了更多的香客，摸眼光奶奶以求吉祥。

三、东岳庙会的价值和传承情况

（一）东岳庙的价值

鲁迅先生曾说过：“中国根柢全在道教。”（《致许寿裳》）“人往往憎和尚，憎尼姑……而不憎道士。懂得此理者，懂的中国大半。”（《而已集，小杂感》）认识道教，也无疑是认识泰山文化的一把钥匙。历经唐宋至明清间几百年，道教在泰山取得无可动摇的统治地位。泰山成为道教名山之首，号称“群山之祖，神灵之府”。同时，庙会还对泰山及其周围地区的文化、习俗发生了重要影响和作用。

满足了群众向往神灵保佑的心理需求，使道教在泰山统一了佛教。道教作为中国土生土长的宗教，本身是一个比较开放的系统，大量吸收佛经和儒家理论，比较适合中原人士口味。而东岳庙会又是道教中较初级的活动，目的只是求神赐福、祛病除灾，所以最能满足群众这种档次的心理需求。泰山道教也借助庙会的声势，打出东岳大帝和碧霞元君的旗号，把泰山佛教毫不费力地统治进来。原属佛教的红门宫、斗母宫也供奉起碧霞元君、九莲菩萨像，影响最大的灵岩寺、普照寺、玉泉禅寺也只得甘拜下风，并部分地被道教融合。

从帝王封禅到民间庙会，泰山东岳庙会成为延续上下几百年，纵横数千里的最有影响的民俗现象。自古以来泰山封禅祭祀就有特殊的政治意义，引起历代帝王的格外关注，擅自祭祀被视为僭越和对皇权的挑战。尽管朝代更迭，君主易位，庙会一直绵延不衰，其影响深远以致一时还难以找到与之相比拟的具体活动。由此还衍生出许多有关的民俗现象。碧霞元君又称泰山老奶奶。人们前来求子、求媳、求医、求福。在元君像前供上泥娃娃，然后拴上线带回家，称拴娃娃；在岱顶树枝下压石块，叫压子；用供奉老奶奶的袍布做衣服，可以祛病消灾，佑人长寿；等等。

官府借庙会设香税，竟日进斗金，成为稀有的特别；乞丐有帝王御封的“钱户”，亦可糊口养家。泰山的香火钱历来可惠泽一方，发展东岳庙会，有利于振兴泰安经济。历史上，东岳庙会的举办对繁荣当地经济发挥了巨大作用。宋代以来的诸多诗歌、游记、戏曲、小说等都直接或间接地涉及到泰山东岳盛会的经济繁荣景象，如文学名著《金瓶梅》《老残游记》（续集），以及冯玉祥先生的“丘八诗”《庙会的市面》等。

东岳庙会的举办对传统文化的汇聚和传播起到了不可忽视的作用，可谓是弘扬民族文化的重要举措。泰山及东岳庙会有着极为丰厚的传统文化积淀，如原始的自然崇拜，历代帝王的封禅告祭，以东岳大帝、碧霞元君为主的信仰系统，佛道教组织和信仰等，这些影响形成了泰山东岳庙特有的文化形态，是中国传统文化的一个重要组成部分。今日东岳庙会的举办，非常有利于人们对传统文化的了解和传统文化的传播。

充分利用庙会的宗教文化功能，能够起到稳定社会秩序的作用。在社会主义建设时期，庙会具有两重性：一方面有它的消极作用；另一方面，它作为一种承担某些社会意识的文化表现形式，是信教群众精神寄托的场所，其正当的宗教活动对于今日社会安定团结、人们安居乐业仍具有某种积极的意义。

（二）东岳庙庙会的传承情况

泰山东岳庙会办会历史悠久，庙会内容广泛，涉及项目众多，其传承谱系难以全面细述，主要传承途径有以下几类：

1. 庙会举办地点及庙会组织管理者的传承。这是泰山东岳庙会最主要的传承者。千百年来，泰山东岳庙会的举办地点，主要固定在泰安东岳庙即泰城岱庙内外，并由岱庙的道官、住持，充当庙会的总体筹划、组织者、管理者及庙会设施建设维护者。据史料记载，自金元至新中国成立初，岱庙的道官、住持已经传承了二十二代，其中名望较高、功德较大的有：元代张志纯、张德璘、范德清；明代张应奉；清初宿本资、贾本真、禹贞文、刘传业；清末宋纪昌；民国尚世廉；等等。

2. 香客店及香社的传承。二者是泰山东岳庙会客源的主要招揽者。东岳庙会的兴盛，也使得泰山旅店业应运而生，其在历史上不仅盛极一时，而且逐步形成了自己的经营特色，成为泰山民俗文化的一个重要组成部分。演说北宋故事的小说《水浒传》第七十四回中，描绘泰山旅店云：“（东岳）庙上好生热闹，不算一百二十行经商买卖，只客店也一千四五百间，延接天下香官。到菩萨圣节之时，也没安人处，许多客店都歇满了。”经过千余年的经营发展，规模宏大的香客店，清末时在泰城已多达八家，这便是旧泰安妇孺皆知的“八大店”。“八大店”分别是：张大山店，坐落在北关青龙街北。店头张大山，城东南上高村人，以开香客店发家，子孙相继经营，遂成泰山百年名店。刘汉卿店，位于旧大关街。其店之戏班最为著名，大关街有一街名后家池，相传即为刘家戏班的乐池所在。民间有“待要听，刘汉卿”之说。宋海扬店，位于灵芝街。其店主为明代名臣宋焘后人。夏金章店，位于铜器行街。徐默阳店，位于财源西街、大车挡对过之路北。刘岱阳店，位于通天街。王炎店，位于财源街，旧协祥酱园西北。唐家店，位于泰城北门傅公街附近。香客店极盛时规模甚大，有的店可容纳宿客千人（〔清〕张体乾《东游纪略》）。泰安香火店多以家庭式经营为主，因受经济条件及社会时局影响，传承较难，店主易人时常发生，但铺面常在。庙会香社来自全国，著名的有传自清代的北斗永善香社、合山香社、善信香社。

3. 庙会各种特色项目的传承。在泰山东岳庙会上受欢迎的地方戏剧、曲艺等各种特色项目，逢会必到，常演常新，多有一代又一代的传承者苦心经营。

如莱芜梆子，是泰安地区独有的地方剧种，传承至今已经 200 多年。清乾隆五十五年（1790），安徽的“三庆”等四大徽班进京献艺，其他各路徽班也接踵北上。嘉庆末年或道光初年，著名徽班“老阳春”顺运河、沿驿站流动到泰安夏张城子寨，在户部王侍郎家定居，并在周围地区演出。后受当地方言、习惯及梆子腔的影响，演变成“本地梆子”。民国初期，以“老阳春”为主体的演出团体有较大发展，至 20 世纪 30 年代中期，莱芜梆子戏班达 10 个，艺人 400 余名。日军侵占泰安后，戏班离散。此前，历代莱芜梆子著名科班班主有：王侍郎（1796 后）、朱风集（1875 前）、田用子（1895 前）、刘振永（1905 前）、刘森林（1922）、刘隆鹤（1932）、王福佐（1934）、王金成（1937）等。1953 年老艺人胡庆松等 30 余人在莱芜成立齐放剧团，1956 年正式命名为莱芜梆子剧团，1967 年解散。1970 年成立文艺宣传队，1976 年 12 月转为莱芜梆子专业剧团。

4. 地方特色主食——泰安煎饼的传承。起源不见于史料。最早的传说是唐末黄巢起义军在泰山驻扎时，当地百姓以煎饼相送。明代著名诗人杨慎在其《词品》中说：“宋以正月二十三日天宰日，言女娲氏以是日补天。俗以煎饼置屋上，名曰补天。”泰安市郊区羊家楼村发现明万历年间分家文书上有“鏊子”“煎饼”等记载。泰安煎饼是最具地方特色的美食，朝山进香赶庙会者多携带以充饥。千百年来，当地人几乎家家户户皆固守其传统手工制作工艺。改革开放以来，煎饼走上市场，加工设备有所革新，但仍以手工制作为主，时常见有现摊现卖者。

芯　子

芯子，又称为“抬阁”。作为一种民间舞蹈艺术形式，是一种集服饰、色彩、化妆、装饰、表演和金属工艺等技艺于一身的民间艺术，具有造型美、色彩美、装饰美和工艺美等特点，从古至今大约有两百多年的历史了，先是多用于影身和彩绘，后来则慢慢演变成了元宵灯节上的游艺节目。它历史悠久，形式丰富，极具观赏价值。

2008 年，章丘芯子、周村芯子、淄川阁子里芯子一同被国务院批准列入第二批国家级非物质文化遗产名录。阁子里芯子表演，也叫“踩寸子”或者“唱秧歌”，是流行于淄博市临淄区的一种广场秧歌形式。演出中，所扮人物众多，以广场演出为主，也可走街串巷，一般和霸王鞭舞队同时演出。

一、章丘芯子

章丘芯子在章丘文祖镇三德范村及辛寨乡等地最为有名。文祖镇位于章丘市明水的南部，处在三座城市的结合处，分别为济南、淄博和莱芜。地理位置非常优越，其交通非常便利，胶济铁路、济王铁路和章莱铁路使章丘的交通四通八达。如此便利重要的环境对章丘芯子的形成发展产生了极其重要的影响。章丘芯子，属于中国古老扮玩中的一种，是章丘人民在不断劳动和日常生活中创造出来的，是表现章丘人生活情感和理想愿望的艺术形式。这一民间艺术形式，就像一支特效的强心剂，给章丘文化的发展注入了精神焕发的活力。

芯子，顾名思义，因为看起来像烛台上的灯芯而得名。据民间老艺人讲述，章丘芯子最早起源于明朝，用来驱疫除魔，祈求平安吉祥，后来逐渐演化成了一种具有较高观赏性和艺术性的文化娱乐形式，深受当地群众喜爱。关于芯子的起源，还有这样一个故事。传说，芯子真正的发源地是章丘市垛庄镇的南明村，明朝初年，有一位年轻的巫师到村民家里为人们“驱鬼降魔”。

章丘芯子　王丕琢供图

这位巫师要求站在有两个人抬起的木棍上。木棍上下颤颤悠悠，他手持拂尘，在上面随着木棍颤悠嘴里还念叨着什么，从远处望去，真的就犹如下凡的神仙一般。从此以后，大家争相模仿，这逐渐变成了村里人扮玩中的一个剧目，并在全国传播开来。说道转芯子，就不得不提文祖镇的三德范村。三德范的芯子表演之所以会在全国各个地方的芯子表演中鹤立鸡群，其关键就在于章丘三德范村的芯子表演的历史渊源。《章丘县志》载："道光十八年（1838），旱船在三德范盛行，且闻名遐迩。道光十九年，三德范村曾应邀去淄博县城表演芯子，并引起轰动。"随后淄博各村镇高薪聘演，因为深受淄博人民喜爱，表演者直到收麦前仍不得脱身。最后献艺者弃掉道具，乘夜色悄悄归乡。淄博人把三德范村的扮玩道具视为珍宝，至今还有人保存。三德范的扮玩已经有上千年的历史了，转芯子的起源就追溯到此村。

二、周村芯子

周村历史悠久，物华天宝。春秋战国时期已有家庭丝织业，明清时代更是"步步闻机声，家家织绸缎"。明末清初，商贾云集百业兴盛，被誉为"金周村"。乾隆下江南时，御赐为"天下第一村"。工商业的发展，全国各地乃至东南亚一些国家的客商，纷纷来此进行贸易，带来了文化交流和发展。在各种庙会、山会、集市上，众多文化活动应运而生。由于观众多，很多人只能远远地站着观看。清康熙元年（1662），当地民间老艺人受高跷的"高"和"蜡烛灯台"的启发，精心设计，摹仿灯芯上的晃动的幻影，将铁棍牢牢插定在类似灯台的底座上，铁棍顶端高高束站着一个个装扮成戏剧人物的孩童。远远望去，恰似蜡烛台灯芯子的舞动。高高的

周村芯子　王丕琢供图

倩影，仙童仙女，飘飘率舞，如临仙境一般。周村芯子由此而成形，并立即被官府和人民群众认可和喜爱，使这种独特的民间表演形式逐渐成为春节、元宵节的重点节目，成为周村“社火”中不可多得的艺术精品。

三、阁子里芯子

阁子里芯子是流传于淄博市临淄区南王镇南仇东村的一种民间艺术形式，据传起源于明代，距今已有500余年的历史，最初的创始人为王从让。

据传，王从让是受“奉阁”和“献牲”祭祀启发，创造出阁子里最初的芯子表演。在民间节庆中一经演出，引起轰动，遂相延而下。至清光绪二十九年（1903），艺人王本厚又做了大胆改进，并定称为“芯子”。

阁子里芯子制作的特点是：构思奇妙、装饰华美、设景布局惟妙惟肖。芯子上装点的反季节花卉盆景达到了以假乱真的程度，而且一页西瓜、一条弓弦、一根花枝、一根笛子上都能站人，物上有物，人上有人，奇异的布局设计和独特的制作工艺让人难解其妙。

阁子里芯子的演出队伍阵容庞大，场面壮观。在近代和现代，基本形成了相对固定的队伍阵容，依次是：火球、锣鼓、高跷、芯子、杂耍。加之善女们彩扇绸中的陪衬，更增添了它的艺术感染力。

演出队伍最前面有专人舞动火流星，两团火球上下翻飞，煞是好看。它的

阁子里芯子盛况　山东省文化馆非遗保护中心供图

另一作用是在拥挤的人群中开出一条道路，以便于整个芯子队伍的顺利行进。锣鼓队伍可达30余人，有鼓、锣、钹、镲、碰铃、领子等乐器，其声如雷鸣，磅礴大气。演奏的曲牌有《凤凰串牡丹》《闹花船》《峨眉雪》等十余首。南仇阁子里锣鼓演奏大有特色，即使同名曲牌也和周围地区不同，因而有“阁子里打鼓——有玩意”的歇后语。芯子是整个队伍的主角，过去一般是两、三台，每台上的人物由所展示的故事情节而定，多为两、三人。在第三届国际齐文化旅游节上，一次即有6台参加演出，每台上的芯子人物也大大增加，仅《八仙游春》就有8人，总人物数达24人，参加演出的演职员多达200人，其艺术水平和制作难度均创历史新高。

阁子里芯子在制作上根据需要，因地制宜、因需设景，内容丰富、造型奇特，它融民间音乐、民间美术、民间舞蹈、民间服饰、民间传说、民间文学等为一体，深受当地人民欢迎，具有较高的历史、文化、科学等价值。

四、芯子的主要表演活动

每到逢年过节时都可以看到芯子表演，成年人扛着扮成不同角色的小演员们，在音乐鼓点中翩翩起舞，为新年的到来增添了欢乐的气氛。章丘芯子的表演内容大多是根据某些戏剧情节或场面来进行演绎，大致可以分为“桌芯子”“转芯子”“单杆芯子”“扛芯子”“车芯子”等类型。由于芯子是村民广泛参与的活动形式，所以芯子的传承是没有严格的师承关系的。表演者都是当地的民众，分为两大类，一类是年龄在40岁左右的青壮年扮演抬芯子的演员，另一类是年龄在5—7岁之间扮演芯子上的小演员。小演员会随着年龄增长、身高体重的增加，2—3年就会换掉。家家户户都希望能够在每年的表演中看到自家的孩子，孩子们也会因为在节日中能够分到糖果踊跃报名参加。春节前为了提高芯子表演者的艺术水平，会对所有演员进行培训。

桌芯子的景物造型和角色数量都是根据不同的戏剧情节以及戏剧片段来决定的。少的只有2人，多的可达4—6人。不同戏剧情节的表达所需要的角色构成是不同的，同样，抬芯人的数量也会根据不同戏剧情节所需道具人物的重量而定。比较而言，轻的需要4人完成，重的则需要8人来完成，大家伴随着锣鼓声行进，相互嬉戏。表演的剧目通常有中国民间四大传说、《梁祝》《八仙》等，勤劳勇敢的章丘人民，用芯子的方式来演绎着一个个脍炙人口的传说故事。

以章丘市三德范庄为例，从正月初六开始扮玩，直到正月十五或十六结束。陈家巷会出各种各样的节目，多则一百多人，少则七八十人参加各式扮玩活动。陈家巷出的芯子是洞宾戏牡丹，一般由两个七八岁的小孩来装扮洞宾和牡丹，男女小孩均可。过去很多年陈家巷一直演出洞宾戏牡丹的芯子，由孩童扮演的洞宾和牡丹坐在一张小床上，然后由八个人将小床抬起，沿街进行展演。由于这是个力气活一般由青壮年男士来抬杆子。但随着近些年正月初七年轻人都外出上班了，留在家里扮玩的都是中老年人，因年龄的原因他们很难长久地抬杆子；再由于“洞宾戏牡丹”已表演多年没有了新意，所以近几年陈家巷将他们传统“洞宾戏牡丹”的芯子进行了改良，改为了“八仙过海”。“八仙过海”就是让9个孩子分别饰演八仙和牡丹仙子，或站或坐，全部在一辆装有旋转圆盘的小车上，由大人们拉着小车参加展演，很是热闹。芯子表演《梁祝》中的化蝶，《西游记》中的过通天河都是比较经典的。桌芯子表演《梁祝》中的两个小演员，分别身穿红色和绿色蝴蝶造型的服装，非常漂亮。扮演祝英台的小演员头上顶着高高的发髻，身着粉色蝴蝶衣，腰部佩戴绿色服饰；扮演梁山伯的小演员身穿绿色蝴蝶衣，头发为古代男士的发髻，腰部佩戴粉色腰带。小演员们不仅脸上的戏曲妆容非常漂亮，由此看来服装也是相当的精致和唯美。在锣鼓声中，两位小演员舞动自己的衣袖，很是灵动，感觉像是两只美丽的蝴蝶在翩翩起舞。

单杆芯子又分为单人芯子和双人芯子。单杆芯子都是前后各有一人抬着行走，演出时少则两架，多则几十架，形成一支巨大的表演队伍，一般来说都是双数出现。单杆芯子的表演内容大多涉及戏剧中的人物，比如《白蛇传》《三国演义》《水浒传》《智取威虎山》《红灯记》等。抬芯子的大表演者必须做到全神贯注，芯子表演最重要的就是要掌握平衡，抬芯者只有两条腿有条不紊地交替抬落，跟随音乐通过惯性达到一个稳定的状态，小演员们才能一起一落，前后摆动双手，从远望去，就像是从天而降的灵动的仙子，飞舞、飘动着，非常好看新奇。

五、芯子的价值及传承情况

（一）传承价值

首先，芯子之所以留传至今，其真正原因还是它的形式及内容都受到劳动人民的深深喜爱。章丘芯子不仅丰富了人民群众的业余文化生活，还给人民群众提供一种表达情感和愿望的平台，对建设和谐社会做出有力的促进。芯子多次参加全市及全省的文艺汇演并多次获奖，使章丘市的知名度得到一定程度的提高，为促进章丘市经济和各项事业的发展，产生了积极而深远的影响。

其次，芯子具有一定的研究价值。芯子的产生、发展、传承可以很直接地反映当地劳动人民的生活和情感，它可以丰富我国杂技领域的多门学科，同时也为杂技的发展提供宝贵的资料。

第三，芯子具有一定的美学价值。任何一种可以流传至今的艺术形式，都是有它的美学价值的。而芯子表现的美是一种力量与灵巧结合的美。芯子的成年演员一方面要保持平衡，不能让他抬着的芯子掉下来，一方面还要和着鼓点进行类似秧歌一样的舞蹈，充分地展示了力量与灵巧之间完美的结合，这同样也体现了劳动人民智慧的火花。既然是一种杂技形式，自然与音乐、舞蹈是有联系的，在逐渐的演变和发展中，芯子已把乐、舞很好地融合在一起。演出时能给人带来一定的愉悦，既有杂技的惊险又有舞蹈的美感。看看小演员们扮演的角色，就能体会到众多历史名人对劳动人民的影响，使劳动人民既忘不了那些对他们做过有益活动的英雄，也不会忘记对那些有负于他们的人进行鞭挞。

新中国成立以来，在党和政府关怀下，芯子在其传承发展弘扬过程中，取得了一定成绩，但因各方面原因，其在发掘、研究、创新、传承方面也面临着困难，如民间艺人年龄老化，许多老艺人相继过世，而年轻者因为经费和时间等原因，还没有发展成熟。随着时代的发展和进步，人们娱乐活动的丰富、宣传手段的多样化，“转芯子”在其发展过程中面临着诸多的挑战。

（二）传承谱系及传承情况

据章丘市文化馆统计，章丘芯子的传承情况如下：

姓名	性别	出生年月	担任角色	是否健在
张贡传	男	1896.03	扛芯子	已逝
张福经	男	1926.12	扛芯子	健在
张福茂	男	1928.05	扛芯子	健在
赵　健	男	1916.02	芯子	健在
赵　霞	女	1998.10	芯子	健在
张列民	男	1951.08	扛芯子	健在
张列杰	男	1936.02	扛芯子	健在
姜爱家	男	1952.06	扛芯子	健在
赵介国	男	1951.11	扛芯子	健在
单立顺	男	1952.04	扛芯子	健在
韩秀勇	男	1908.05	扛芯子	已逝
韩继富	男	1930.03	扛芯子	健在
韩继才	男	1926.07	扛芯子	健在
韩继平	男	1956.01	扛芯子	健在
韩延峰	男	1946.05	扛芯子	健在
侯启中	男	1956.02	扛芯子	健在
侯祥奎	男	1970.10	扛芯子	健在
韩延勇	男	1957.05	扛芯子	健在
韩玉兰	女	1946.08	芯子	健在
韩宝凤	女	1986.02	芯子	健在
韩小月	女	1992.01	芯子	健在
侯念芝	女	1993.11	芯子	健在
侯恩鹏	男	1998.05	芯子	健在

淄博花灯会

淄博花灯是山东特色传统手工艺品之一，它主要是元宵节节日的习俗。淄博市也是中国传统花灯的故乡之一,淄博花灯曾与自贡花灯并驾登上了央视“九州方圆”的舞台。从此，淄博花灯誉满神州、名扬四海，进而有“南有自贡恐龙灯，北有哈市冰雪灯，东有淄博闹花灯”的说法。

2009 年，淄博花灯被山东省政府批准列入第二批省级非物质文化遗产名录；2014 年，淄博花灯被国务院批准列入第四批国家级非物质文化遗产名录。

一、淄博花灯会的历史源流

淄博花灯是中国传统艺术中的一朵瑰丽奇葩，在花灯的历史长河中推波助澜、奔腾不息、竞相开放。淄博花灯源于何时，已无从探究。但在明清时期，花灯技术随着淄博地区工业城镇的兴起而兴盛起来。当时，主要灯区在周村、博山两地。周村始称周村店，位于古青济要道与南北大道交汇处。明初至嘉靖年间，为农副产品集散地，棉花店、丝绸店、羊毛店等遍布街市。在这一时期，稳定的社会生活、繁华的商业发展，促进了民间艺术的交流、融合与发展。京城花灯从此流传到本地。清康熙年间，其商业更加繁荣，成为远近闻名的“旱码头”；嘉庆年间，成为“鲁中重镇”、省内四大商业中心之一，并享有“日进斗金”和“金周村”之美誉。这时，周村花灯的制作技艺和活动规模，在原有基础上又有了显著的提高。“丝绢宫灯”“走马灯”“荷花灯”“西瓜灯”“莲子灯”等相继出现，花灯活动与民间艺术表演融为一体，规模扩大，热闹非凡。在《周村区志》中载：“乾隆帝驾临观赏，御赐周村为‘天下第一村’。”颜神镇（今博山地区），宋代产陶，元代做琉璃，明代出煤炭。三大产业的繁荣，为博山这座工商重镇的形成发展奠定了基础。时至清代，它便成为我国北方著名的煤城、陶瓷生产基地和琉璃生产中心，发达的经济带来了繁荣的文化。自明代就放灯成俗的颜神镇，此时放灯活动更盛。正如蒲松龄《上元》诗云：“太

八宝呈祥花灯造型　山东省文化馆非遗保护中心供图

平村舍家家酒，乐岁弦歌户户灯。”琉璃彩绘灯、琉璃造型灯等各种工艺灯，大小不一、制作精细、新颖独特，让观赏者目不暇接、流连忘返。尤其是随着苏州工艺灯、江淮放河灯、北京黄河九曲灯的融入，更为颜神花灯增添了光彩和魅力。除了颜神镇即今天博山地区的花灯外，淄博地区还有周村花灯。周村元宵挂灯同样历史悠久，早在春秋战国周村就有挂灯的习俗，那时周村叫於陵邑，当地百姓都养蚕、织绸子，丝绸是齐国流通最广泛的商品之一。相传，养蚕、制丝、织绸是黄帝夫人嫘祖教授的，人们称她为天后娘娘，周村有“天后宫”“娘娘庙”。传说天后是正月十六寿诞，在这一天人们起早包饺子、放鞭炮，日出前在河里把蚕帘子洗刷干净，来提高蚕的成活率，因为在河里刷比在家里刷方便，于是周村沿河两岸十五夜间出现了两行长长的弯弯曲曲的灯笼，在正月十五逐步形成了闹社火、挂灯的习俗，十六日是活动的最高潮。随着北京、山西、陕西，江南等客商拥入周村，每到春节，周村各街各商号都挂灯，互相攀比，由此南北派别的灯式风采各异，齐集周村。总之，淄博花灯具有悠久的历史、广泛的群众基础、雄厚的技术力量和鲜明的地域特色。

二、淄博花灯会的活动过程

周村是中国北方丝绸之乡，隶属淄博境内。相传养蚕、织绢乃黄帝夫人嫘祖所教，人们称嫘祖“天后娘娘”。商之於凌城（今周村南古城村）是商代於陵侯国的都城，汉代为於陵县，隶属济南郡，建有天后娘娘庙。正月十六日是天后娘娘的生日，人们要在十六日日出前在泔河里刷养蚕的帘子等家什，不见红日刷的蚕帘子成活率高。所以有的趁着正月十五上元节的月色，也有的打着火把，再后来发展到用纱罩在灯碗上，再后来又发明了各式各样的纱灯挂在河沿上，来照明，形成了十五日夜间至十六日拂晓泔河（此河后改为淦河从凤凰山北，古城村西流入现在周村市区内）两岸灯火通明的盛景。有一些富庶家庭和善心人则把灯挂在大门口与人照明，也有的把灯提到娘娘庙烧香，把灯挂在庙里，祈求今年能够大吉大利，年年有余，风调雨顺，国泰民安，形成了上元节夜晚挂灯习俗。姜太公则把纱灯、各色绢灯用在军事上，为“号灯”，夜间以灯号令三军，使周军大胜商纣。建立周朝后，他又把阵亡的将领封为神圣，大搞祈福、祭祀活动，使齐国彩灯从民间走向军用、宫廷，庙堂、社火。此习俗一直延续到20世纪50年代，周村正月十六日像初一那样，包饺子放鞭炮，祭祀神灵，称为“过十六日。”所以彩灯习俗在淄博地区古已有之。随着周村丝绸业和博山陶瓷琉璃业的兴起，元宵节挂灯也随之兴起。博山以料灯为主，木制框架、琉璃镶嵌，因为有对陶瓷、琉璃的绘画基础，所以花灯造型样式繁多，绘灯的内容也很丰富，加以琉璃珠的装饰和造型华贵、高雅，乃全国一绝，使博山料丝六扇屏、照壁、堂灯、料珠销遍全国及世界各地。

新中国成立后，花灯艺术得到空前的发展，周村元宵观灯有三次高潮：第一次观灯热潮是在1950年建国第一个春节，以大街丝市街为主的全街挂灯，各乡镇、街道搭台唱戏，文化馆在水胶场搭台汇演比赛，晚上龙灯旱船扮玩队伍上街，元宵期间整个周村成为一片欢乐的海洋。晚上扮玩队伍更显示了灯的异彩，队伍以火流星开路，铃子长鸣，锣鼓喧天。后跟双狮起舞、旱船紧随，秧歌队、腰鼓队、二龙戏珠不断在空中攀悬，云彩灯伴随着龙的起舞时起时落，盘龙滚动、戏珠、戏水，真似行云流水。后跟高跷队、竹马队，高跷脚底铜铃有节奏的响动，有的累了坐在房檐上休息，以示高度，引竹马的飞脚，劈叉、跟头接连不断。最后是小锣鼓和抬芯子，在旗锣伞扇对大红灯的辉映下，在街两边男女老幼人头攒动下，在花红柳绿的衣帽衬托下，鼓乐声喧、灯月交辉、火树银花、翻滚跳跃，欢乐的海洋直冲云天。第二次高潮是1956年，正月十五晚上从青岛开往济南的客车，在周村火车站有四节车厢基本下空，游人纷纷赶往周村观看正月十五的花灯会。灯会期间，人头攒动，热闹非凡，次日清晨周村大街上靴鞋捡了一筐。可见当时的激烈、热闹的盛况。第三次高潮在改革开放后的80年代，此时的花灯会规模宏大，内容、造型都有所创新，以地面大型活动故事灯为主，精巧华丽，千姿百态，扮玩的队伍在宽阔的新建路上表演，华贵高雅、绚丽多彩，古老的芯子也抬上街，光彩夺目、人山人海，一摆数里。90年代的元宵节，淄博各区县都挂灯扮玩，规模宏大各有特点，都以大型故事机械灯为主，扮玩的队伍也多在白天举行。

黄鹤楼花灯造型　山东省文化馆非遗保护中心供图

1990年，淄博张店地区也在淄博人民公园举办了“首届淄博金秋灯会”，它集历年元宵灯会之精华，容37座大型机械灯组和近千盏小型民族花灯于一园，统一规划、巧妙布局，与山、水、湖、树、路等园林相映成趣，成功地突出了“欢乐的淄博”这一主题。形、色、声、光、动的有机结合，灯组乐声飘逸、意境悠远，令人赏心悦目、乐而忘返，显示出传统艺术的极大魅力。据统计，灯会期间接待中外观众50余万人。次年，在第二届“金秋灯会”中，48座大型机械灯组和六百余盏小型民族花灯，紧紧围绕着齐国故事、聊斋故事这两大题材，与园林艺术交相辉映，呈现出一派“流金异彩灯满园，万紫千红闹金秋”的景象。灯组采用了陶瓷、琉璃、丝绸、塑料等众多原材料，更给人以特色鲜明、耳目一新的深刻印象。博山陶瓷厂用两千多只碗、盘、匙、碟搭成的“孔雀开屏”精巧美艳，琉璃彩门“双麒麟拱日”晶莹剔透，临淄制作的“景公车马”“太公钓鱼”“高阳酒旗风”等灯组和淄川区、山东铝厂制作的七组“聊斋故事灯组”，展示了淄博的古老文明。周村区的八十米灯棚，容二十余盏故事灯组于巨龙体内，可谓别出心裁。位于湖面的“彩瀑三挂”“珍珠神女”“哪吒闹海和”和“牛郎织女”等灯组，使灯与水的相互映衬更加迷人。

三、淄博灯会的传承情况及现状

淄博灯会以灯为媒，交四方宾朋，招八面客商，进行规模宏大的经济贸易活动。自改革开放以来，灯火辉映、争奇斗艳的淄博花灯，不仅销往全国

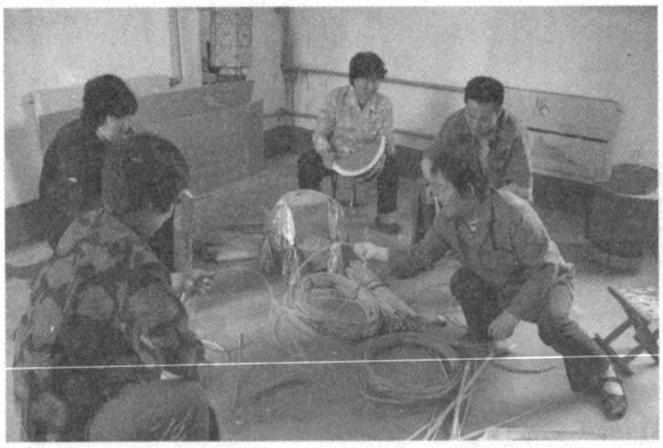

花灯扎制过程

电脑制作花灯效果图

各地，也到俄罗斯、德国进行了灯展，促进了对外文化交流，弘扬了民族文化，展示了中国民间艺术，对增进友谊起到了一定作用。中央电视台、山东电视台多年来对花灯进行专题报道，大大提升了淄博花灯的知名度。“淄博花灯”这一展示齐鲁风采的文化遗产要想发扬光大，让更多的人享受到淄博民间文化艺术的芬芳，更好地为社会服务，必须转变发展机制，成立花灯行业协会，使花灯行业具有引领机构，协调政府与花灯企业之间的关系，建立花灯研究设计机构改革创新，提升艺术的科技含量，把白炽灯改为五颜六色LED的低碳节能灯，转换亮点为特点，才更有卖点。转换发展观念、发展方式，综合实力，联合开发，建立“淄博花灯博物馆”，与旅游相结合，与各地艺术节、文博会、文艺演出、庙会、民俗扮玩相结合，制造出思想性、艺术性、观赏性更强，表现鲜明的时代精神、丰厚的民族精神及社会生活中丰富多彩、激发进取、催人奋进、多元化与科技结合，更具魅力的花灯，把接到订单做灯形成看样订货，把短线产品拉动为长线产品，从小批量加工做到承接大型灯会，从扩大国内市场到走出国门。

淄博花灯，迄今已有2000余年的历史。据史料记载，春秋姜太公用于军事，称为“号灯”，指挥夜战。在明清时期，随着工商业城镇的兴起而大盛，已具相当规模和水平。近年来，淄博的花灯事业得到了前所未有的发展，目前全区已建有淄博花灯展销总公司等几十家专业花灯设计、制作、展销、服务单位。除数以万计的业余花灯制作经营人员外，还建成了一支400多人的专业花灯技术队伍，拥有了一批高层次的专业技术设计制作人员。

（一）传承谱系表

代别	姓名	性别	出生年月	文化程度	传承方式	学艺时间	居住地点
第一代	李景泰	男	1872.07	私塾 3 年	师传	3 年	周村
第二代	李同和	男	1894.04	高等学堂	师传	3 年	博山
第三代	李百让	男	1916.06	私塾 4 年	师传	3 年	周村
第四代	李忠俊	男	1938.02	高小	师传	3 年	周村
第五代	蒋则新	男	1955.09	中专	师传	6 年	张店
第六代	李卫东	男	1970.11	中专	师传	3 年	周村
第七代	张庆林	男	1976.05	中专	师传	5 年	张店

（二）主要传承人

淄博花灯在漫长的历史发展过程中，成了家族式生产形式、父子传承手工技艺的传统，如李忠俊，男，现年 71 岁，周村人，自幼跟父亲李百让学做花灯。改革开放后，淄博市文化局筹建戏具工厂，李忠俊是筹建人之一，负责上产品，上设备并搞设计。80 年代初确定上花灯，李忠俊便向纸扎艺人吕守贵学扎竹马、旱船，向老同学张传嘉学扎龙灯、狮保，向陈鹏学雕塑，做人物神佛灯和大头娃娃（学三年之久），又跟市京剧团调入本厂制作道具的孙承德老艺人学舞台用品的造型绑扎艺术，如“十八罗汉斗悟空”“安天会”“龙宫借宝”“九曲黄河阵”等用具。李忠俊原来是评书演员，后来便设计出“三国”“水浒”“红楼梦”“聊斋”“西游记”“齐国故事”“二十四孝”“十二属相”等系列灯，以及八仙、封神榜上的神佛灯和瓜果梨桃、龙凤呈祥、百鸟朝凤、牡丹荷花及民间故事灯，并配有说唱，形成人和物变来变去的巨型魔术灯，如“百宝亭灯”“忽隐忽现灯”，巨型“六棱宫廷灯”等。

蒋则新，男，现年 54 岁，张店人。其创立的淄博龙飞花灯艺术有限公司是山东省从事花灯设计、研究、制作的专业企业，技术力量雄厚，拥有专业技术人员，生产各种大型工艺灯、机械灯，并承办企业庆典、广告宣传及大型节日的花灯展。公司生产的花灯规模宏大、气势壮观、选料讲究、工艺精湛，达到了声、光、色、形、动的有机结合，体现出鲜明的民族特色和花灯的艺术主题。有着公司自己独特风格的许多精品如孔雀开屏、京剧脸谱、龙船、九龙壁等，被称为“灯会一绝”，使民间艺术与现代科学技术得以充分的体现。公司的产品多次被带往北京、天津、大连、济南、青岛等城市举办灯会，并多次为美国、加拿大、日本等国家和企业设计灯展，曾代表国家赴俄罗斯、德国、美国等举办大型灯展，赢得了国内外的一致好评。中央电视台、《人民日报》、香港卫视、《莫斯科日报》《柏林日报》等国内外20多个新闻媒体相继进行了跟踪报道，产生了良好的国际影响和社会效益。

李卫东，男，现年39岁，周村人，李忠俊之子。李卫东1986年初中毕业后就业于周村纺织机械厂。自改革开放后，他用业余时间，给淄博市文化开发总公司加工花灯（原淄博市工艺戏具厂）。因爱好淄博花灯制作艺术，李卫东1989年辞去原工作，开始研究花灯制作技巧，并供应淄川、博山、张店几家商店和单位用灯。在父亲李忠俊的传授下，他掌握了声光电动的大型机械灯和人物故事灯的制作技术。2002年在周村区和平村征地创建了“淄博周村传统花灯厂”。现在高科技的电脑设计、绘图，使花灯艺术又上了一层台阶，所制作的花灯销往济南、东营、滨州、日照、青岛、烟台、威海、太原、大同、丹东、沈阳等地。

张庆林，男，汉族，现年33岁，中专文化程度。张庆林自小酷爱中国的传统文化，尤其喜爱研究中国民间手工艺——花灯艺术。他师从于民间花灯老艺人张永忠先生，在继承了中国传统花灯工艺的基础上，于1999年创立了淄博绣康文化传播有限公司，投入了百万元资金，建成了国内一流的花灯生产基地，并逐年扩大生产规模，提升工艺水平，使这一古老的手工技艺焕发出新的光彩。张庆林在老师传统的生产工艺的基础上，对淄博花灯不断创新，渐渐形成了自己独有的一套集策划、设计、制作、安装、布展于一体的新模式。其公司生产制作的花灯远销全国各地及海外市场，受到了广大客户群众的一致好评。参与承办的灯会有内蒙一机集团历届灯会、胜利油田井下2000—2008年灯会、2005年天津人民公园灯展、东营市河口区2008年元宵灯会、济阳县历届灯会等。在发展创新的同时，为了保护中国花灯这一传统文化，并使其继续发展和传承下去，张庆林还注意寻找热爱花灯艺术的年轻一代，并将他们收为自己的学生，把花灯传承给他们。现在他的学生王伟也正在同老师一起努力，将中国的这一传统文化发扬光大。

东镇沂山祭仪

沂山又名东泰山，古称“海岳”（见《明史》）、“神岳”（见《齐都赋》），素享“五镇之首”之誉。它是泰沂山脉的东主峰，位于山东省临朐县南部。是沂河、汶河、沭河、弥河的发源地，也是“龙山文化”的发源地。

2010 年，临朐县政府把“东镇沂山祭祀文化”公布为非物质文化遗产重点保护项目；2014 年临朐东镇沂山祭仪被国务院批准列入第四批国家级非物质文化遗产名录。

一、东镇沂山祭仪历史渊源及概况

根据史书记载，古代沂山还被称之为“海岳”“神岳”等，向来有“五镇之首”的美誉。东镇沂山祭祀礼仪，是历代帝王对东镇沂山的“望秩之礼”。商周之前，祭祀时间为阴历二月，隋唐以后为阴历的“立春”，民国以后的民间祭祀为阴历四月初八。

据《史记·封禅书》载，黄帝最先登封东泰山（即沂山）。舜肇卅封山，定沂山为重镇，禹时即祭祀沂山。汉、隋、唐、宋、元、明、清，历代对沂山屡有增封，祀典不废。凡遇大典，如皇帝登基，或“天时不顺”“地道欠宁”，皇帝或亲率众臣，或派遣重臣祭祀东方神祇，对东岳泰山、东镇沂山、东海依次致祭。沂山遗历代御碑 16 幢。

沂山祭祀经历了图腾崇拜、山形祭祀、山镇祭祀、封禅行典、岳镇海渎祭祀五个阶段。每个发展阶段都透露出不同的文化信息，对传承、丰富和发展我国民族文化具有重要作用。它声势浩大，影响波及全国，对当时的社会信仰、价值观念、生产生活乃至凝聚人心、稳定社会都具有重要作用。

历代帝王对沂山屡有敕封。《隋书·礼仪志二》载：“开皇十四年（594）闰十月，诏东镇沂山、南镇会稽山、北镇医巫闾山、中镇霍山、西镇吴山，并就山立祠。”《旧唐书·礼仪志四》称，唐玄宗时相继对五岳封王、五镇封公：

先天二年（713）封华岳神为金天王；开元十三年（725）封泰山为天齐王；天宝五载（746）封中岳神为中天王，南岳神为司天王，北岳神为安天王；天宝十载（751）封沂山神为东安公、会稽山神为永兴公、吴山神为成德公、霍山神为应圣公、医巫闾山神为广宁公。及至宋代，封五岳为帝，封五镇为王，并封山神夫人为后。据《宋史·礼志五》载，宋真宗于大中祥符元年（1008）统一五岳帝号为："东曰淑明，南曰景明，西曰肃明，北曰靖明，中曰正明。"政和三年（1113），"西镇吴山封成德王，东镇沂山封东安王，南镇会稽山封永济王、北镇医巫闾山为贞德广宁王、中镇霍山为崇德应灵王"。明朝洪武三年（1370），明太祖朱元璋去其前封号，以五岳、五镇、四海、四渎山水本名称神，五镇的称谓是"东镇沂山之神、西镇吴山之神、南镇会稽山之神、北镇医巫闾山之神、中镇霍山之神"。清世宗雍正二年四月，诏封沂山佑民捍御之神。至今，北京地坛皇祇室中，仍然供奉着以东镇沂山为首的五镇神位。

1912年民国建立，帝制同时被取消，帝王的沂山祭祀礼仪随之停止。皇家祭祀从此以民间祭祀的方式得以传承。每年的四月初八，由东镇庙方丈主持祭祀，参加者仅限于青州、临朐、昌乐、沂源等邻近县的部分民众，形态和氛围类似大型的山集庙会。历经北伐战争、抗日战争、解放战争和"文革"后，文化环境和祭祀场所均遭到严重破坏，祭祀活动全面停止。

2013年5月癸巳年东镇沂山祀山大典之群众表演历代帝王御祭东镇沂山场景

随着时代的进步和民族文化的复兴，沂山祭祀文化亦开始复兴。1979年，当地政府初步修复了玉皇顶、法云寺、东镇庙等3处祭祀圣地，每年四月初八，由沂山风景区管委会主持祭祀活动。参加者都是来自各地的香客和游客，虽人数众多，似香火旺盛，但在规格、规模和影响力等方面，都无法与皇家祭祀礼仪相比，祭祀礼仪的形式和内容也有待进一步探讨和匡正。

二、东镇沂山祭仪主要仪式活动

现在东镇沂山祭仪主要有沂山风景区管委会负责主持。祭祀当日上午九点左右，主持仪式活动的主祭宣布祭祀仪式开始，点燃香、纸，奏响鼓乐。据介绍，鼓乐是根据历史文献记载复原的。之后，在主祭的安排下，举行请神、迎神、祭酒、拜神、朗诵祝文、颂念帝功等，这些活动都是由道长带领信众完成。这一套仪式结束后，四名道士吟唱古乐章。前来拜祭的信众依次焚烧纸香，向天帝行三叩礼。

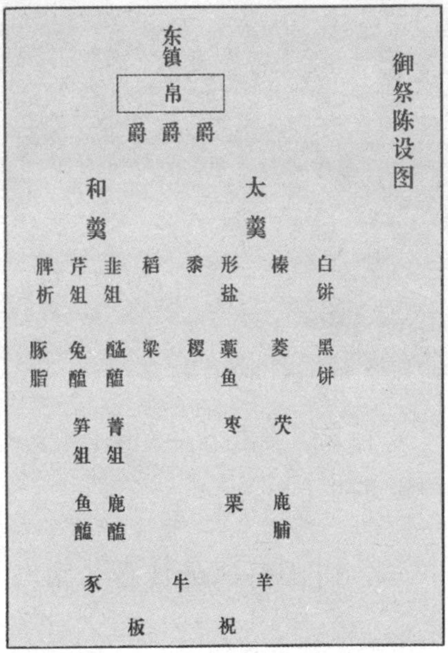

2013 年 4 月东镇庙内放置的《御祭陈设图》

与此同时，沂山东门草山亭庙会也人头攒动，热闹非凡，各种仪式和表演活动与玉皇阁上的沂山祭仪遥相呼应。山路沿途则是各种小商品的摊位，不少信众在这里买一些相关纪念品。山口宽敞处则垒起简单的戏台，准备了节目的艺人和信众纷纷登场。整个仪式活动从上午九时一直持续到下午四时左右。

自黄帝至清，十六位帝王先后祭祀、诏封沂山的流程，史料记载颇详。自1979 年以来，恢复举行的“东镇沂山祀山大典”的基本仪程如下：

1. 早八时，在沂山东大门，由六百人组成的民间表演队，开始进行龙灯、高跷、旱船、舞狮等民俗表演；

2. 九时，主祭在玉皇阁燃起高香，宣布祀典开始，钟鼓齐鸣；

3. 十六位曾祭祀、诏封过沂山的帝王扮演者，以朝代为序依次入祭祀现场，由四百六十人组成的古装武士队站位，陪祭表演；

4. 东镇沂山乡民献供、祭酒；

5. 宗教界、四大镇山来宾敬献花篮；

6. 行三叩礼；

7. 主祭宣读祭文；

2013 年农历四月初八，参加东镇庙庙会的人们在敬香祈福

8. 百人乐舞告祭，《沂山颂》《威风锣鼓》等舞乐依次展演。祭典自八时至十二时止。

三、沂山祭仪的传承价值与传承情况

（一）传承价值

首先，沂山祭仪，从古延续至今，每次祭祀活动都对当时的社会信仰、生产生活发挥了重要作用，为继往开来的新朝祭祀提供了形式基础。同时，祭祀神主的多元化和演变过程，可为我国宗教发展史研究提供重要的参考依据。

其次，沂山祭祀经历了图腾崇拜、山形祭祀、山镇祭祀、封禅行典、岳镇海渎祭祀五个阶段。不同的祭祀者和不同的祭祀发展阶段，透露出不同的文化信息，对民俗流变、宗教文化都产生了重大影响。因而，对传承、丰富和发展我国的民族文化发挥了重要作用。

另外，沂山祭仪还具有较高的社会价值。及时发掘、传承沂山祭祀文化，对人类学、民俗学研究，对民族文化寻根以及当代精神文明建设，特别是后来在民间的祭祀活动对当地的社会和谐、民风教化、道德趋向都具有重要意义。

（二）沂山祭仪的传承情况

据《史记·封禅书》《明史》等史料及现存东镇碑林记载，相继祭祀、诏封沂山的共计十六朝十六帝（不包括黄帝、尧、舜），以朝代先后为序分别为：西周穆王、西汉武帝、西魏文帝、隋文帝、唐太宗、唐玄宗、后周太祖、宋太祖、宋仁宗、宋徽宗、元成宗、明太祖、明世宗、清圣祖、清世宗、清高宗。

民国以来的主祭依次为：李焕章（1883—1956）、刘建隆（1903—1976）、孟宪昌（1929—2004），张孝友（1973年生人），主要担任主祭。

张孝友，男，1973年生，从事宗教和沂山文化研究工作10余年，系《东镇沂山教育读本》编审、《沂山石刻》主编。自2005年至2013年（每年的阴历四月初八）连续九届担任由临朐县风景区管委会举办的“东镇沂山祭仪”的主祭。

主要参考文献

[1] 巴里，仲录. 中国山川名胜传说故事[M]. 昆明：云南人民出版社，1981.
[2] 鲍运昌，李国增. 青岛民俗[M]. 青岛：青岛出版社，1997.
[3] 边茂田. 古韵流彩宾州首批非物质文化遗产名录[M]. 济南：齐鲁书社，2008.
[4] 付金柱. 一千零一夜新篇（第一卷）天地神人（下）[M]. 北京：中国戏剧出版社，2000.
[5] 贺嘉. 风物传说卷[M]. 北京：中国文联出版社，1999.
[6] 胡孝泽. 洼里村志[M]. 济南：山东省地图出版社，2008.
[7] 济宁市文化局. 济宁非物质文化遗产集萃[M]. 济南：山东美术出版社，2008.
[8] 蒋铁生. 泰山文化研究[M]. 长春：吉林大学出版社，2011.
[9] 康文定，闫水村. 淄博花灯[J]. 管子学刊，1999（4）.
[10] 崂山区史志办公室. 崂山民俗[M]. 北京：五洲传播出版社，2005.
[11] 李建业，董金艳. 董永与孝文化[M]. 济南：齐鲁书社，2003.
[12] 李宗伟. 山东省省级非物质文化遗产名录图典（第1、2、3卷）[M]. 济南：山东友谊出版社，2012.
[13] 梁兴晨，武鹰，王廷辉. 泰山风物传说[M]. 北京：华艺出版社，1996.
[14] 卢正佳，缪力. 中国民间故事精品库·生活故事卷[M]. 北京：中国文联出版社，1999.
[15] 卢正佳，缪力. 中国民间故事精品库：风物传说卷[M]. 北京：中国文联出版社，1999.

[16] 陆尧 . 民间故事 [M] . 石家庄：河北少年儿童出版社，2004.
[17] 欧阳萍，陈发喜 . 孟姜女“三哭”的人文蕴涵 [J] . 民族文学研究，2007（1）.
[18] 庞进 . 中国祥瑞麒麟 [M] . 西安：陕西人民出版社，2012.
[19] 青岛市群众艺术馆崂山区文化馆 . 崂山民间故事集资料本 8 [M] . 未刊本，1989.
[20] 青岛市文学艺术界联合会 . 崂山的传说 [M] . 北京：中国民间文艺出版社，1983.
[21] 山东省出版总社泰安办事处 . 泰山传说 [M] . 济南：山东人民出版社，1985.
[22] 苏星 . 七夕之爱 [M] . 北京：中国戏剧出版社，2008.
[23] 同春芬，闫伟 . 人神之间：胶东渔民祭海仪式的象征意义阐释 [M] . 菏泽学院学报，2011（4）.
[24] 王洁，周华斌 . 中国海洋民间故事 [M] . 北京：海洋出版社，1987.
[25] 王志艳 . 山东龙山文化走进山东文明 [M] . 哈尔滨：黑龙江人民出版社，2006.
[26] 向云驹 . 传说 [M] . 银川：宁夏人民出版社，2009.
[27] 晓申 . 中国民间故事 [M] . 北京：中国少年儿童出版社，2002.
[28] 叶涛，韩国祥 . 中国牛郎织女传说沂源卷 [M] . 桂林：广西师范大学出版社，2008.
[29] 张崇刚 . 崂山民俗大观 [M] . 香港：中国文化出版社，2006.
[30] 张崇刚 . 青岛海洋民间故事 [M] . 青岛：青岛出版社，2007.
[31] 张崇刚 . 青岛奇观 [M] . 青岛：青岛海洋大学出版社，1995.
[32] 张崇刚搜集，青岛市崂山风景区管委会 . 崂山故事选（上）名景篇 [M] . 济南：山东文艺出版社，1991.
[33] 张全之，张用蓬，宋阜森 . 泰山文化谱新篇 [M] . 济南：山东人民出版社，2006.
[34] 张婷 . 尧舜传说 [M] . 北京：中国社会文献出版社，2008.
[35] 赵霞 . 中外传世儿童故事中国民间故事精选（下）[M] . 北京：中国少年儿童出版社，1999 年 .

[36] 郑玉霞. 遗韵采撷：日照市首批非物质文化遗产名录专辑 [M]. 济南：山东大学出版社，2008.

[37] 中国民间故事集成全国编辑委员会，中国民间故事集成·山东卷编辑委员会. 中国民间故事集成山东卷 [M]. 北京：中国 ISBN 中心，2007.

[38] 中国民间文艺出版社. 中国地方风物传说选 [M]. 北京：中国民间文艺出版社，1982.

[39] 艾晓飞. 从“八仙”的定型看通俗文学对传说的影响 [J]. 濮阳职业技术学院学报，2011（5）.

[40] 郭俊红，张登国. 地方传说与传说的地方性：以山东省沂源县牛郎织女传说为例 [J]. 民俗研究，2010（4）.

[41] 何忆. 徐福东渡究竟去了何方？[J]. 当代人（下半月），2011（12）.

[42] 蒋铁生，吕继祥. 泰山石敢当研究论纲 [J]. 民俗研究，2005（4）.

[43] 蒋铁生. 泰山石敢当习俗流变及时代意蕴 [J]. 山学院学报，2006（2）.

[44] 蒋婷婷. 离乡背井的隐喻：秃尾巴老李故事与“断尾”母题解读 [J]. 牡丹江师范学院学报（哲学社会科学版），2009（6）.

[45] 李桂海. 东渡日本还是葬身大海——徐福出海求仙药之谜 [J]. 学海，1992（4）.

[46] 刘锡诚. 石敢当：灵石崇拜的遗俗 [J]. 东岳论丛，1993（4）.

[47] 王永宽. 八仙传说故事的文化底蕴探析 [J]. 中州学刊，2007（5）.

[48] 叶涛. 泰山石敢当源流考 [J]. 民俗研究，2006（4）.

[49] 於贤德. 论梁祝爱情故事的悲剧属性、美学价值与人学内涵 [J]. 暨南学报（人文科学与社会科学版），2007（2）.

[50] 袁爱国. 泰山东岳庙会考识 [J]. 民俗研究，1988（4）.

[51] 张宝辉. 柳毅山文化初探 [J]. 春秋，2008（2）.

附 录

山东省国家级民间文学类非物质文化遗产项目及其保护单位

序号	项目名称	国家级非遗名录批次	项目编号	保护单位
1	梁祝传说	第一批	I—7	济宁市梁祝文化研究会
2	孟姜女传说	第一批	I—8	淄博市非物质文化遗产保护中心
		第二批（扩）		莒县文化馆
3	董永传说	第一批（扩）	I—9	博兴县文化馆
4	尧的传说	第二批（扩）	I—35	菏泽市牡丹区非物质文化遗产保护中心
5	牛郎织女传说	第二批	I—36	沂源县文化馆
6	徐福传说	第二批（扩）	I—41	青岛胶南市文化馆
				青岛市黄岛区文化馆
7	陶朱公传说	第二批	I—42	定陶县文化馆
8	麒麟传说	第二批	I—43	巨野县文化馆
				嘉祥县文化馆
9	鲁班传说	第二批	I—44	曲阜市文化馆
				滕州市非物质文化遗产保护中心
10	八仙传说	第二批	I—45	蓬莱市文化馆
11	秃尾巴老李的传说	第二批	I—46	青岛圣龙山旅游开发有限公司
				莒县文化馆
				文登市文化馆
				诸城市文化馆
12	崂山民间故事	第二批	I—55	青岛市崂山区非物质文化遗产保护协会
13	舜的传说	第三批	I—90	诸城市文化馆
14	庄子传说	第三批	I—94	菏泽市东明县文化馆
15	柳毅传说	第三批	I—95	潍坊市寒亭区非物质文化遗产保护中心
16	牡丹传说	第三批	I—103	菏泽市牡丹区非物质文化遗产保护中心
17	泰山传说	第三批	I—104	泰安市泰山研究院泰安市艺术馆
18	胡峄阳传说	第四批	I—133	青岛市城阳区
19	孟母教子传说	第四批	I—144	曲阜市非物质文化遗产保护中心

山东省国家级民俗类非物质文化遗产项目及其保护单位

序号	项目名称	国家级非遗名录批次	项目编号	保护单位
1	祭孔大典	第一批	X—35	曲阜市文化馆
2	泰山石敢当习俗	第一批	X—53	泰安市泰山管理委员会
3	胡集书会	第一批	X—59	惠民县文化馆
4	渔民开洋、谢洋节	第二批	X—72	荣成市人和镇院夼村村民委员会
				日照市东港区北京路街道办事处
				即墨市田横镇周戈庄村村民委员会
5	灯会（渔灯节）	第二批	X—81	烟台经济技术开发区文化馆
6	庙会（泰山东岳庙会）	第二批	X—84	泰安市旅游协会
7	抬阁（阁子里芯子、周村芯子、章丘芯子）	第二批	X—87	淄博市临淄区南仇东村村民委员会
				淄博市周村区文化馆
				章丘市文化馆
8	元宵节（淄博花灯会）	第四批（扩）	I—71	淄博张店区非物质文化遗产保护中心
9	民间信俗（东镇沂山祭仪）	第四批（扩）	I—85	临朐县

编后记

本书资料来源于山东省文化厅非物质文化遗产处和山东省文化馆（非物质文化遗产保护中心），参考书籍主要有《中国山川名胜传说故事》《古韵流彩——滨州首批非物质文化遗产名录》《风物传说卷》《济宁非物质文化遗产集萃》《山东省省级非物质文化遗产名录图典》《中国民间故事精品库：风物传说卷》《中国海洋民间故事》《中国民间故事》等，在此对山东省文化厅非物质文化遗产处和山东省文化馆（非物质文化遗产保护中心）表示感谢，对参考文献作者表示感谢，对文中部分图片的拍摄者、提供者王丕琢、乔方辉、李红岳、别培海等人表示衷心的感谢。

因民间文学广为流传，民俗活动参与者众多，在整理资料和编写过程中不可避免与已出版物的描述有重复之处，部分图片由单位供图，找不到明确拍摄者，若作者发现并举证，我们将按著作权法的相关要求支付一定报酬，并赠送书籍作为回报。

本书出版时间紧，工作量大，虽经数番校订，仍不免有挂一漏万之处，尚祈读者与专家教正。

声　明

由林凡军、何秀丽编写的《山东民间文学与民俗集要》一书，部分图片使用了由山东省文化馆（山东省非物质文化遗产保护中心）所提供的图片，现就图片使用相关事宜作如下声明：

1. 编写者对上述图片的使用仅限于《山东民间文学与民俗集要》一书。

2. 凡山东省文化馆（山东省非物质文化遗产保护中心）所提供的图片，其版权始终归属其拍摄者所有。涉及版权问题由本书作者与拍摄者协商解决。